CHARM MASTER
참마스터

눈매 퓨전 판타지 소설
FUSION FANTASTIC STORY

참 마스터 1

눈매 퓨전 판타지 소설

초판 1쇄 찍은 날 § 2008년 9월 12일
초판 1쇄 펴낸 날 § 2008년 9월 22일

지은이 § 눈매
펴낸이 § 서경석

편집장 § 문혜영
편집책임 § 정서진
편집 § 이재권 · 문정흠

펴낸곳 § 도서출판 청어람
등록번호 § 제1081-1-89호
등록일자 § 1999. 5. 31
어람번호 § 제1-0989호

주소 § 경기도 부천시 원미구 심곡동 163-2 서경B/D 3F (우) 420-010
전화 § 032-656-4452 팩스 § 032-656-4453
http://www.chungeoram.com
E-mail § eoram99@chollian.net

ISBN 978-89-251-1472-9 04810
ISBN 978-89-251-1471-2 (세트)

눈매 퓨전 판타지 소설
FUSION FANTASTIC STORY

CHARM MASTER

참마스터

[부적술사]

도서출판 청어람

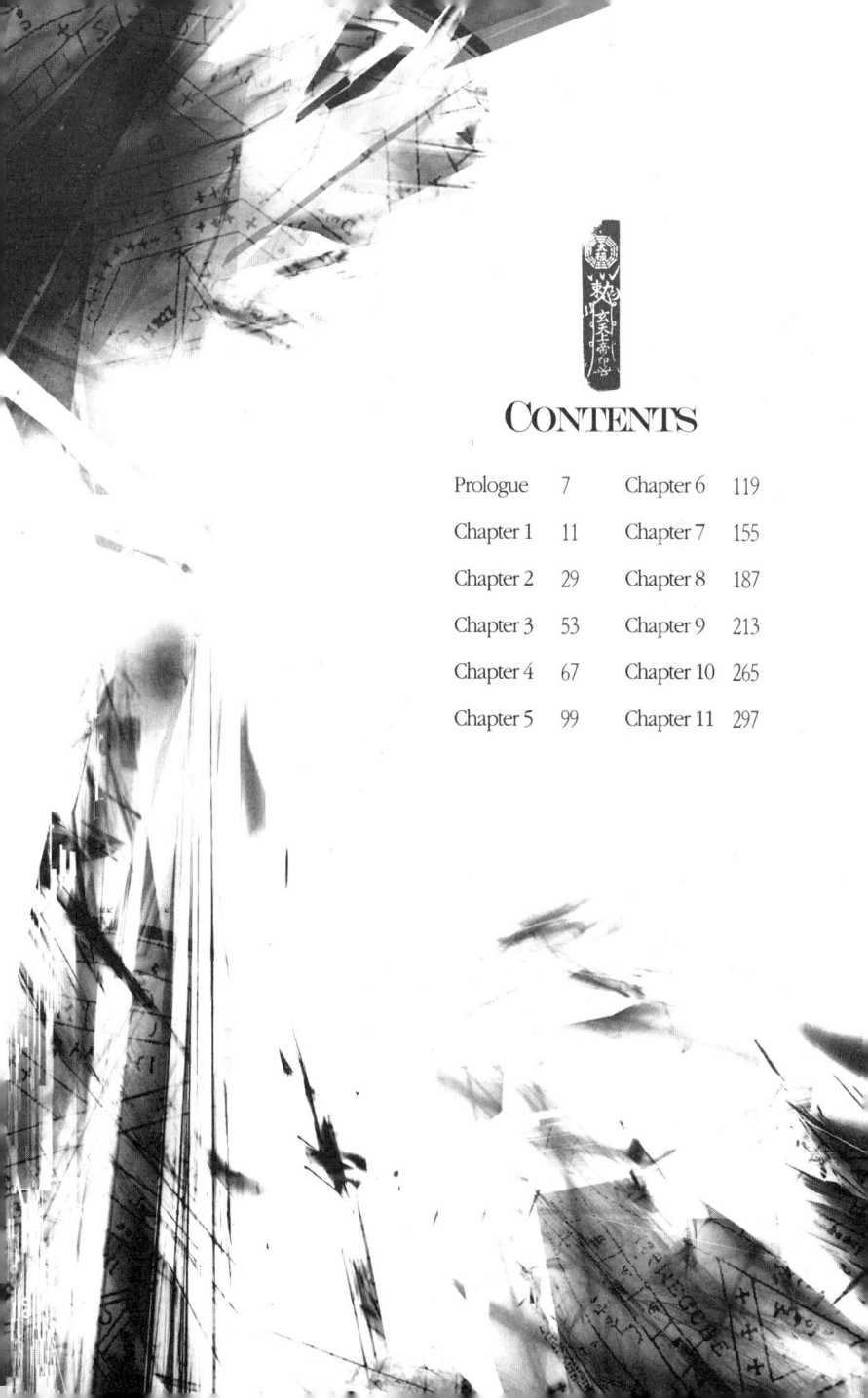

CONTENTS

Prologue

월랑은 몸을 일으키며 눈을 비볐다.

"아버지?"

기척은 없다. 실내에는 월랑 혼자뿐이다.

그러나 조금 전까지 침대 옆에서 자신을 내려다보던 아버지의 온기가 느껴진다. 월랑은 침대 커버를 쓸어내리다가 문득 고개를 들었다.

바깥이 소란스럽다.

새벽까지 사병들이 훈련을 하고 있는 것일까? 그렇다면 이례적인 일이다.

병장기가 부딪치는 소리, 고함 소리, 분주한 발걸음 소리,

그리고 비명 소리.

월랑은 덜컥 겁이 났다.

이 늦은 시간에 훈련을 하고 있을 리는 만무하다. 뭔가가 일어나고 있다.

월랑은 잠옷 차림으로 복도까지 나왔다. 온갖 소음이 더욱 선명하게 어둠을 뚫고 들려왔다. 복도 끝에 희미한 불빛이 어른거리고 사람들의 실루엣이 비쳤다.

뛰는 가슴만큼이나 월랑의 걸음도 빨라졌다.

"아버지? 엄마?"

모퉁이를 돌아섰을 때 월랑은 두 발을 우뚝 멈췄다. 온통 핏자국으로 뒤덮인 복도.

생전 처음 느껴보는 공포가 어린 월랑의 전신을 휘어 감았다.

월랑은 본능적으로 뒷걸음질을 쳤다.

툭.

뭔가 발에 걸렸다. 투구인가?

월랑은 발치를 내려다보고는 반사적으로 물러났다.

"으아아아!"

투구가 아니다. 사람의 머리다. 어두운 복도여서 처음에는 바로 발견하지 못했지만 틀림없이 사람의 머리다.

"아, 아버지… 아버지……."

몸통은 보이지 않았다. 다만 늘 침대맡에서 이야기해 주던 아버지의 얼굴이 분명했다. 무엇을 본 것인지 아버지는 힘껏 부릅뜬 눈을 죽고 나서도 감지 못했다.

아버지 머리가 복도에 나뒹굴고 있다니…….

이건 악몽이다. 빨리 꿈에서 깨어나야 한다. 지독한 악몽에서 깨어나면 다시 평화로운 하루가 시작될 터다.

그때,

"꺄아악!"

단말마의 비명 소리.

얼어붙은 월랑의 발이 가까스로 떨어졌다.

본능적으로 비명이 들린 곳으로 달렸다.

"엄마!"

방문을 벌컥 열고 들어간 월랑은 두 다리를 사시나무처럼 떨었다.

"바, 바츠 형, 지금… 뭐 하는 거야?"

월랑의 부름에 남자가 뒤를 슥 돌아보았다.

완전한 무표정. 증오도, 슬픔도, 원망도 담겨 있지 않은 무정한 표정이다.

그가 들고 있는 칼은 정확히 엄마의 심장을 뚫었다. 엄마는 월랑을 보고 힘겹게 손을 들어 올렸다.

"아, 아가… 어서 도망… 으윽!"

심장을 꿰뚫고 있던 긴 칼이 뽑히면서 여인은 그대로 절명하고 말았다.

순간 월랑은 털썩 주저앉아 버렸다. 가랑이 사이에서 뜨끈한 액체가 흘러나왔다.

"어, 어, 엄마… 엄마아……."

엄마를 부르면서도 가까이 갈 수조차 없다. 엄마의 시신 옆에는 평소 그에게 학문을 가르쳐 주던 시리우스의 시신이 피범벅이 된 채 쓰러져 있다.

모두 죽었다. 아버지, 엄마, 시리우스 형. 그를 아껴주던 사람들이 전부 죽어버렸다. 그것도 바츠 형에게. 도대체 왜?

"어째서… 왜……?"

피가 뚝뚝 흐르는 칼을 든 채 바츠가 다가왔다. 그는 아무 말도 하지 않았다. 눈빛은 지옥에서 올라온 악마처럼 차가웠다.

"도대체 왜……?"

월랑은 그대로 잠에 빠져들 듯 의식을 잃었다.

Chapter 1

부적이란

만드는 자의 정성,

만드는 자의 능력,

받는 자의 믿음,

이 세 가지가 충족되어야 최고의 힘을 발휘한다.

—부적의 대가, 진천양.

　마차 한 대가 눈 덮인 숲길을 지나고 있었다.

　마차는 단 한 대에 불과했지만 그 마차의 전후방에 따르는 사람은 대략 오십여 명에 달했다.

　가장 앞선 자는 마차에 탄 귀족의 신분을 나타내는 가문의 깃발을 높이 치켜들고 있었다.

　푸른 용이 여의주를 물고 승천하는 문양.

　바로 아르젠 제국의 제1대 귀족 가문인 진가의 문양이다.

　지금의 진가는 이계에서 차원 이동해서 온 진천양의 후손이다. 사람들은 진천양을 하늘에서 보내준 사자라고 불렀다. 진천양은 함께 나타난 호위무사들을 데리고 아르젠 황제를 도와 전국시대를 통일했다.

그 공을 인정받아 진천양은 황제 다음으로 권위있는 제1대 귀족이 됐고, 그의 호위무사들은 각자의 공에 걸맞는 작위를 얻거나 적절한 포상을 받았다. 사람들은 이들의 후손을 '이계인' 이라 불렀다.

뿐만 아니라, 제국에서는 이들이 사용하는 언어를 '한어'라 부르고 제국 제2의 공용어로 인정했다.

마차에 탄 사람은 현재 진가의 가장인 진조위와 그의 아들 진월랑이었다. 두 부자는 제국의 국교인 루멘 교의 종교 행사에 참여했다가 집으로 돌아가는 길이었다.

마차 안에서 어린 월랑의 목소리가 흘러나왔다.

"아버지, 부적술을 익히면 정말 마른하늘에 비도 내리게 할 수 있어요?"

"그럼. 부적을 이용하면 기사들의 힘을 세게 만들어줄 수도 있고, 반대로 적의 힘을 약하게 만들 수도 있단다. 그리고 조금 어렵지만 잡귀를 물리치고 복을 부르는 효과도 볼 수 있지. 하지만 방금 이 말은 랑이만 아는 비밀로 해야 한다. 특히 루멘 신관들 앞에선 절대 얘기해서는 안 된다."

"음, 왜요?"

진조위가 미소를 지으며 대답하려는데 갑자기 마차가 덜컹 멈췄다.

진조위가 마차 문을 열고 물었다.

"무슨 일인가?"

근처에 있던 호위병이 달려와서 보고했다.

"웬 두 사내가 길을 막고 있습니다. 별일 아니니 안심하십시오."

"빨리 처리하게."

그런데 문득 다급한 고함 소리가 들렸다.

"도와주십시오! 친구의 상처가 심합니다!"

진조위는 문을 닫으려다가 말고 고개를 돌렸다.

구릿빛 피부에 짧은 머리카락, 근육으로 다져진 몸이 꽤나 인상적인 사내였다. 그의 목에 생긴 초승달 모양의 상처에서는 아직도 피가 흐르고 있었다.

그런데 그가 안고 있는 사내의 몸 상태는 더욱 심각했다. 긴 금발에 곱상한 외모를 가진 그 사내는 복부를 심하게 다쳐서 출혈 과다로 곧 죽을 수도 있는 상황이었다.

'어디서 저런 상처를⋯⋯.'

"자네들은 누군가?"

진조위가 묻자 근육질의 사내가 무릎을 꿇고 대답했다.

"저희는 수상한 자들이 아닙니다. 여행을 하던 중 웨어울프의 습격을 받고 다쳤습니다. 부디 은혜를 베풀어 친구의 목숨을 살려주십시오!"

"웨어울프? 허튼소리!"

진조위가 버럭 소리쳤다.

웨어울프라니? 말이 되지 않는다. 웨어울프라는 몬스터가 이 땅에서 사라진 지는 이미 오래전 일이다. 이제는 역사책이나 전설에서만 볼 수 있는 생물이다.

"거짓말이 아닙니다. 감히 어느 앞이라고 거짓을 고하겠습니까? 정히 의심스러우시다면 근방의 숲을 수색해 보십시오. 웨어울프의 사체를 찾을 수 있으실 겁니다."

"가당치도 않는 소리! 더 이상 들을 필요도 없군. 녀석들을 치우고 길을 계속 가라."

진조위는 지체없이 몸을 돌렸다.

하지만 때마침 월랑이 안타까운 표정으로 말했다.

"아버지, 저 사람들 도와줘요. 불쌍해요."

"랑아, 녀석들은 수상한 자들이니 신경 쓰지 말거라."

"수상한 사람들이 아닐 수도 있잖아요. 아니면 병사들에게 숲을 수색해 보고 내쫓아도 되잖아요."

'끄음, 랑이가 이렇게까지 말하니 할 수 없군.'

진조위는 마차 문을 열고 내렸다. 그는 호위병장에게 눈짓을 보내 숲을 수색하도록 했다. 호위병장이 일부 병사들을 이끌고 숲으로 들어가자 안색이 파리한 금발의 사내가 가까스로 감사의 뜻을 전했다.

"정말 감사합니다."

"흥! 내 아들이 너희들에게 기회를 준 것이다. 하나 만약 너희들의 말이 거짓이라면 그냥 넘어가지 않겠다."

"물론입니다, 진 귀인."

귀인이란 아르젠 제국에서 평민들이 귀족들을 높여 부르는 말이었다.

순간, 진조위의 눈썹이 꿈틀거렸다.

그는 빠르게 기억을 더듬어보았다. 아는 사람의 얼굴이던가? 아니다. 낯선 얼굴이다.

"나를 어떻게 알지? 너는 누구냐?"

"아르젠 제국의 제1대 귀족가의 가주를 못 알아본다면 제국의 사람이라고 할 수 없지요. 저 깃발을 보고 알 수 있었습니다. 그리고 전 시리우스라 하는 평민일 뿐입니다."

금발의 사내는 힘겹게 손을 들어 올려 가문의 문양이 새겨진 깃발을 가리켰다.

잠시 후, 호위병장이 돌아와서 보고했다.

"아무래도 저 녀석들의 말이 사실인 듯합니다."

"뭐야? 정말 웨어울프가 나타났단 말이냐?"

"예. 병사들이 사체를 가져오는 중입니다."

진조위는 보고를 듣고도 믿기 힘들었다.

요즘 세상에 웨어울프라니! 그게 말이 되는가! 웨어울프가 이 땅에서 사라진 지가 벌써 오백 년이 다 되어가는데…….

숲에서 부스럭거리는 소리가 들리더니 병사들이 나왔다. 그들은 자신들보다 덩치가 큰 사체들을 몇 구씩 끌고 나왔다.

진조위는 자신의 눈을 의심했다.

날카롭게 뻗은 송곳니, 앞으로 길쭉하게 돌출한 얼굴, 온몸에 뒤덮인 털, 동물의 그것처럼 날카롭고 단단한 손톱과 발톱. 분명히 인간이라 보기에는 무리가 있었다. 그렇다고 늑대로 볼 수도 없었다.

　"정말 웨어울프가……!"

　'아냐, 이건 웨어울프가 아냐. 그렇다면?'

　진조위는 웨어울프를 본 적이 없다. 비단 그만이 아니라 지금 시대의 사람 어느 누구도 웨어울프를 직접 본 적이 없다. 그저 옛 문헌이나 그림을 통해서 보았을 뿐이다.

　얼핏 보기에 이것들은 웨어울프처럼 보이지만 뭔가가 달랐다. 문헌에 나오는 묘사와도 조금 다르고 옛 그림과 비교해도 약간의 차이가 있다.

　하지만 보통 사람들이라면 충분히 웨어울프라고 생각할 만했다.

　"모두 몇 구인가?"

　"죽은 웨어울프는 스무 마리가 넘습니다."

　"스, 스물이나?"

　"예. 도망친 흔적이 없는 것으로 보아서 무리 전부가 죽은 것 같습니다."

　진조위는 고개를 돌려 근육질의 사내를 바라보았다.

　"이것들을 전부 죽인 것은 자네인가?"

　"그렇습니다."

"이름이 뭔가?"

"바츠입니다."

"귀족인가?"

"평민입니다."

사내가 묵묵히 대답했다. 거짓말을 하는 것 같지는 않았다.

'이 정도 실력이라면… 쓸모가 있을지도…….'

언제 나왔는지 월랑이 진조위의 바짓단을 잡고 울먹였다.

"아, 아버지, 저게 뭐예요? 무서워요."

'아차! 랑이 함께 있다는 걸 깜빡했다!'

진조위는 서둘러 병사들에게 명령했다.

"당장 이 사체들을 치우고 저 두 사람을 데리고 간다. 의무병은 두 사람을 치료해 주도록 하라."

"감사합니다. 이 은혜는 절대 잊지 않겠습니다!"

진조위는 대꾸없이 월랑을 달래며 마차에 올랐다.

명령은 곧바로 이행됐다. 병사들은 다친 금발의 사내를 응급처치한 뒤에 수레에 실었다.

하지만 그때까지만 해도 아무도 알지 못했다, 그날 진가는 지옥을 향한 첫걸음을 내디뎠다는 것을.

*　　　　*　　　　*

진조위는 저택에 돌아와서 집사 카단을 불렀다. 그리고 데려온 두 사람에 대해 간단하게 알아보도록 지시했다.

일 처리가 빠른 카단은 며칠 지나지 않아서 두 사람에 대해 간략하게 보고했다.

"그 두 사람은 라마엘 고아원 출신으로, 어릴 때부터 친하게 지낸 사이입니다. 바츠는 선천적으로 몸이 다부지고 무예 감각이 뛰어난 아이였습니다. 그래서 기사들 밑에서 잡일을 거들며 어깨너머로 무술을 익힌 듯합니다. 그리고 고아원이 폐쇄되고 나서는 용병대를 따라다니며 실전 경험을 쌓았다는군요."

"그럼 시리우스는?"

"시리우스는 바츠와 전혀 다른 성격입니다. 어려서부터 병약한 몸으로 책 읽기를 좋아하고 이해력도 빨랐다는군요. 때문에 학자들이 그를 예뻐했고, 주로 학자들의 수발을 들어주며 학문을 두루 익혔다고 합니다. 나중에 바츠가 용병대에 들어가면서 시리우스도 함께 용병대의 책사 역할로 가담했습니다."

"용병대 이름은?"

"룩스 용병대라고, 삼 년 전에 전투에서 패한 뒤로 대원들이 뿔뿔이 흩어졌습니다."

"시리우스가 가진 지식은 어느 정도인가?"

"그게… 놀랍게도 왕실 학자에 버금가는 수준입니다."

"뭐라?"

진조위는 내심 놀랐다.

한낱 평민이 귀족의 수발을 들며 어깨너머로 배운 지식이 왕실 학자와 버금가는 수준이라니. 쓸모가 있다.

바츠와 시리우스. 두 사람 모두 우연찮게 굴러들어 온 귀재들이 아닌가. 게다가 고아원 출신이니 여러 정치적 성향이나 귀족들의 관계를 고려할 필요가 없다.

자고로 훌륭한 군주는 인재를 아끼는 법.

진조위는 두 사람을 하인으로 기용하려던 계획을 수정했다. 대신 두 사람을 월랑의 무예 선생과 학문 선생으로 삼기로 결심했다.

월랑은 유독 두 사람과 친하게 지냈다.

바츠와 시리우스는 최선을 다해서 월랑을 가르쳤고, 월랑은 두 사람을 친형처럼 여기며 잘 따랐다.

오전에는 바츠에게 무예를, 오후에는 시리우스에게 학문을 전수받았다.

시리우스의 상처가 회복되는 시간은 제법 길었지만, 그가 가르치는 것은 이론에 가까운 학문이어서 큰 문제는 없었다.

월랑은 늘 오전 동안 바츠로부터 혹독한 훈련을 받고 와서는 시리우스에게 불평을 늘어놓았다.

"바츠 형은 너무 무서워. 검을 옆에 두고 쉬기만 해도 손에서 검을 놓지 말라고 소리를 버럭버럭 지른다니까."

그때마다 시리우스는 인자한 미소를 지으며 대꾸했다.

"바츠는 그렇게 무서운 녀석이 아닙니다, 공자님. 검술을 가르치자니 엄할 수밖에 없는 것이겠지요."

"휴우~ 그래도 시리우스 형처럼 이렇게 부드럽게 이야기해 주면 얼마나 좋아? 시리우스 형하고 있으면 마음이 편해진단 말이야."

"왜 그런지 아세요?"

"시리우스 형이 자상하니까."

"하하하! 물론 그럴 수도 있지만, 그뿐만이 아니랍니다. 저 꽃이 보이죠?"

시리우스는 손가락으로 창가의 화분을 가리켰다. 보랏빛의 꽃이 예쁘게 피어 있었다.

"응, 저게 무슨 꽃인데?"

"프루이토라는 꽃인데, 저 꽃향기가 사람의 마음을 차분하게 해주는 효과가 있답니다. 그래서 마음이 불안한 환자 곁에 놓으면 효과가 좋지요."

"와아! 그런 효과가 있구나! 처음 알았어! 역시 시리우스 형은 똑똑해."

"하하! 하지만 저 꽃을 갖다준 분이 누구인지 아세요?"

"누군데? 카단 할아버지?"

"아뇨. 집사님이 아니라 바로 진 귀인입니다. 진 귀인께서 직접 가져다주셨지요."

"와! 그럼 우리 아버지도 똑똑하신 거구나!"

"그럼요. 제국 제1귀족이신걸요."

월랑은 뿌듯한 마음에 시리우스를 마주 보며 웃었다.

시리우스는 항상 이런 식으로 생활 속에서 지식을 전해주었다. 그렇기에 월랑은 다양한 지식을 빠르게 배워 나갔다.

그리고 언제나 잠이 들 때면 아버지가 침대맡에서 부적에 관한 이야기를 해주었다. 월랑은 그렇게 아버지의 이야기를 듣다가 자신도 모르게 스르르 잠에 빠져들곤 했다.

이때까지만 해도 월랑은 그것이 얼마나 중요한 의미인지 알지 못했다. 그저 가문의 비기인 부적술에 대한 기초 지식을 이야기해 주는 것인 줄 알았다.

하지만 머지않아 그는 그것이 얼마나 큰 의미가 있는지 깨닫게 된다.

그렇게 일 년 정도 흐른 어느 날.

월랑은 봄 햇살을 받으며 시리우스와 함께 숲을 걸었다. 오늘은 특별히 아버지를 졸라서 야외 수업을 허락받은 것이다. 오전에는 바츠와 함께 사냥 연습을 했고, 오후에는 시리우스와 함께 이것저것 자연에 대한 공부를 하기로 했다.

월랑은 바츠와 거리가 멀어질수록 노골적으로 불평을 해 댔다.

"정말 바츠 형은 너무해! 오늘은 토끼까지 잡았는데 칭찬도 안 해줬어! 다음 사냥 때는 멧돼지를 잡으라는 거 있지? 난 잡은 토끼도 불쌍하던데."

"하하! 아마 바츠는 공자님의 그런 약한 모습이 싫었나 봅니다. 무사는 몸보다 마음이 강해야 하거든요. 그리고 모르긴 하지만 공자님이 토끼를 잡은 것에 대해서는 바츠도 내심 대견하게 생각했을 겁니다."

바츠로부터 상처받은 마음을 시리우스에게 와서 치유받는 것은 월랑에게 이미 오래된 습관 같은 것이었다.

길을 걷던 시리우스가 문득 걸음을 멈췄다.

"정말 귀한 식물을 찾았네요."

월랑은 허리를 숙여 시리우스가 가리킨 식물을 바라보았다. 꼭 민들레처럼 기다란 줄기 위에 꽃송이 하나가 피어 있는 모양이었다.

"이게 뭔데?"

"올가라는 꽃입니다."

"올가? 이 꽃도 좋은 거야?"

"아주 좋은 것이죠. 이 올가의 줄기를 꺾어다가 바람 부는 음지에서 천 일 동안 말리면 아주 가늘게 쪼개집니다. 눈에 보이지 않을 만큼 가는 실이 되는데, 세상에서 가장 질긴 실이죠."

"우와! 그럼 그걸로 갑옷을 만들면 좋겠구나!"

"역시 하나를 가르쳐 드리면 둘을 아시는군요. 분명히 올가를 이용해서 갑옷을 만든다면 천하에서 둘도 없는 방어구가 될 겁니다. 하지만 올가는 귀할 뿐만 아니라 완전히 자란 뒤에야 쓸모가 있지요."

"이건 덜 자란 거야?"

"그렇습니다. 완전히 자라면 올가는 그 길이가 5미터에서 10미터까지도 자란답니다."

"세상에! 정말 크다."

"그래서 올가는 주로 건틀렛으로 만듭니다. 비교적 재료가 덜 들어가니까요. 하지만 올가로 만든 건틀렛 역시 세상에 단 두 개밖에 없습니다."

그때였다.

시리우스의 눈빛이 변했다.

"공자님, 조용히 하세요."

"왜? 갑자기… 읍!"

시리우스는 고운 손으로 윌랑의 입을 틀어막았다. 그의 눈동자가 좌우로 굴렀다.

그르렁그르렁.

희미한 숨소리. 호흡이 긴 것으로 보아 덩치가 큰 동물이거나 사람이다. 하지만 사람이라면 이렇게 크게 숨소리를 내지 않는다.

'맹수가 아니면 좋겠건만.'

시리우스는 마른침을 삼켰다.

월랑도 숨소리를 들었다.

'바, 바츠 형……'

이 순간만큼은 평소에 그렇게도 원망하던 바츠가 그리웠다. 바츠라면 어느 무엇과 싸워도 지지 않을 것이다. 그런데 지금 그 바츠가 자신의 곁에 없다.

"조용히 바츠에게로 가는 겁니다, 공자님."

시리우스가 귀에 대고 속삭였다. 월랑은 고개를 끄덕였다.

바스락바스락.

두 사람은 손을 꼭 잡고 걸음을 옮겼다. 하지만 침묵은 잠시.

"으악!"

월랑은 옆에서 불쑥 튀어나온 괴물을 본 순간 비명을 터뜨리고 말았다. 예전에 숲에서 보았던 그 웨어울프가 풀숲 사이로 머리를 들이민 것이다.

"공자님!"

시리우스가 월랑을 안은 채 몸을 날렸다.

웨어울프는 곧바로 두 사람을 향해 달려들었다. 월랑은 눈을 질끈 감고 소리쳤다.

"바츠 허엉!"

서컹!

구원자가 나타났다.

마치 월랑의 부름에 즉각 소환된 것처럼 바츠가 눈앞에 나타났다.

쿠아아악!

길고 단단한 손톱이 가차없이 잘려 나갔다. 웨어울프가 고통에 겨운 비명을 지르며 물러섰다.

바츠는 놈에게서 시선을 떼지 않은 채 소리쳤다.

"시리우스! 공자님을 모시고 물러섯!"

"아, 알았어."

시리우스는 월랑을 데리고 멀찌감치 물러났다.

웨어울프는 갑작스레 나타난 복병 때문에 잠시 당황했는지 주춤거렸다.

하지만 당황한 기색이 오래가지는 않았다. 놈은 인간보다 두 배 가까운 덩치다. 본능적으로 우월감을 느낀다.

크르렁!

괴성을 지르며 팔을 휘둘렀다.

스컹!

한줄기 빛이 녀석의 오른쪽 겨드랑이부터 목을 지나쳤다.

그것으로 끝이었다.

더 이상의 비명도 괴성도 없었다. 몸이 둘로 나눠진 웨어울프는 힘없이 쓰러졌다.

털썩! 쿵!

"대, 대단해."

월랑이 멍한 표정으로 중얼거렸다.

곁에 있던 시리우스는 간신히 안도의 한숨을 내쉬었다.

바츠가 월랑에게 다가와 물었다.

"다친 곳은 없으십니까, 공자님?"

"으, 응. 고마워, 바츠 형."

"다행이군요."

바츠는 여느 때처럼 무뚝뚝하게 돌아섰다. 마치 아무런 일도 없었던 것처럼, 그저 넘어진 아이를 일으켜 세우고 물어보는 것처럼 담담했다.

그날 이후로 월랑은 바츠에 대한 불평을 한마디도 하지 않았다. 그 누구보다도 바츠를 믿고 따랐다. 바츠 역시 월랑을 보호하기 위해서라면 불속이라도 뛰어들었다.

그런데⋯⋯. 그런데 그 악몽과도 같은 끔찍한 사건이 터지고 말았다.

바츠와 시리우스를 만난 지 정확히 이 년 육 개월이 지난 날이었다.

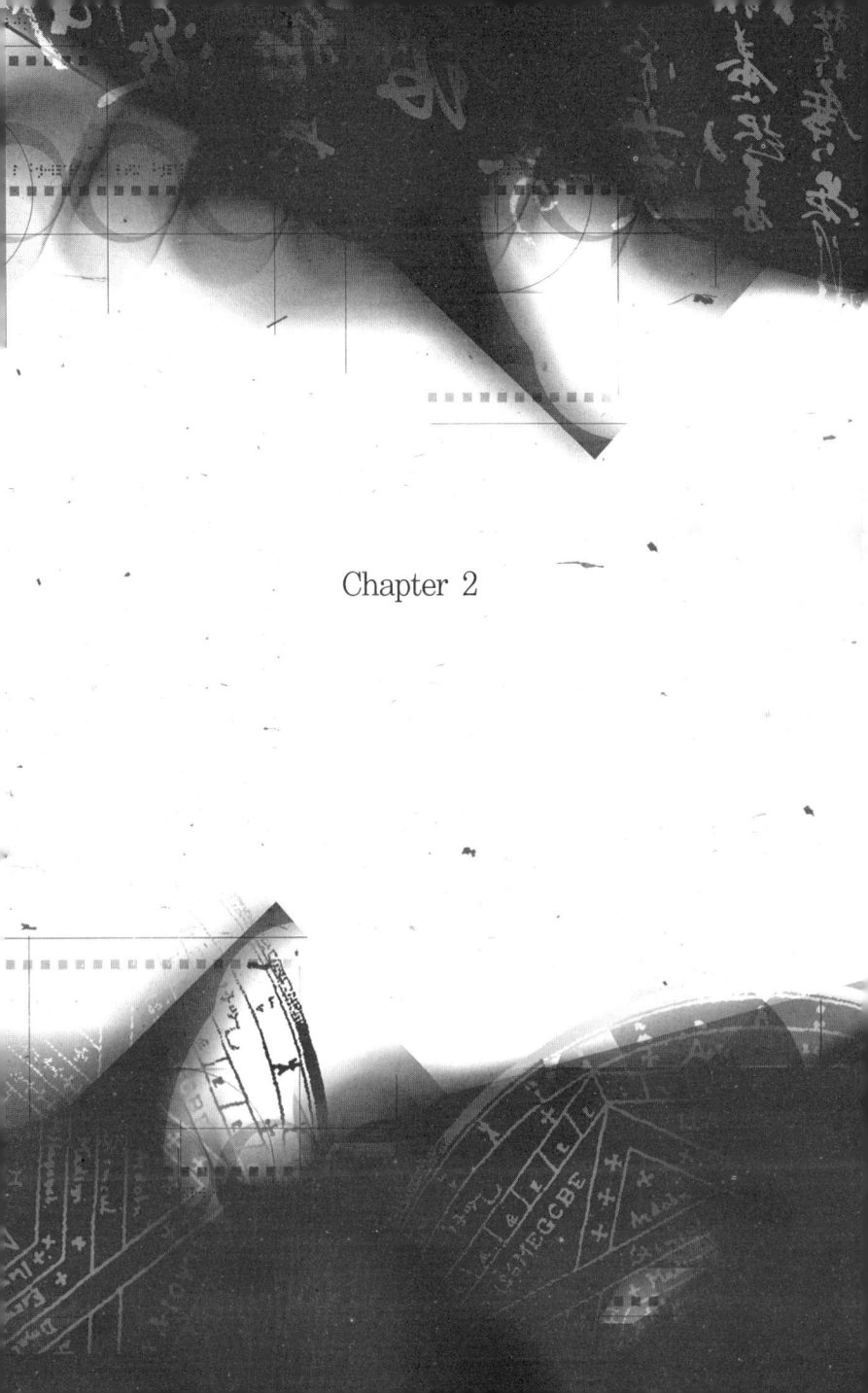

Chapter 2

Charm 참마스터
Master

　진조위는 방문을 벌컥 열고 들어왔다.

　아직 월랑은 잠에서 깨어나지 않은 상태였다.

　다행이다. 뇌에 영력을 주입하기 위해서는 상대의 영력이
활발한 순간이 좋다. 그런 의미에서 잠을 자는 순간은 최적기
다. 특히 꿈을 꾸는 순간은 영적으로 가장 활발한 순간이다.

　진조위는 월랑의 눈꺼풀을 내려다보았다. 감은 눈꺼풀 안
에서 눈동자가 이리저리 구르는 것이 보인다.

　'좋군. 마침 꿈을 꾸고 있어!'

　진조위는 망설임없이 품에서 괴황지를 꺼냈다. 그리고 붓
을 꺼내 들어 곧장 부적을 적어나갔다. 단숨에 부적을 완성한

그는 월랑의 이마에 부적을 붙였다.

'이 부적으로 인해 너는 앞으로 네 몸에 부적을 사용할 수 없게 될 것이다. 하나 이 방법만이 너를 강하게 만들 것이다. 아들아, 못난 아비를 용서해 다오!'

진조위는 양손을 모으고 곧바로 주문을 읊었다. 주문은 제법 오랫동안 이어졌다. 한어와 아르젠 어가 뒤죽박죽 섞인 독특한 주문이었다.

그러는 동안 바깥에서 들려오는 소음은 점점 가까워지고 있었다.

순간 월랑의 이마에 붙은 부적이 붉게 빛났다. 그리고 사르르 소리를 내며 타 들어가더니 연기처럼 사라졌다.

월랑은 아주 잠깐 미간을 찡그렸을 뿐, 다른 반응을 보이지는 않았다.

진조위는 몸을 일으켰다. 이마에 구슬땀이 맺혔다.

'내가 가진 모든 영력을 쏟아 부었다. 남은 일은 운에 맡겨야 한다.'

이제 진조위는 가문의 비기인 부적술을 사용할 수 없게 됐다. 부적술은 영력으로 사용하는 기술이다. 하지만 그에게는 단 한 줌의 영력도 남아 있지 않았다.

그가 허리춤에서 검을 뽑아 들었다. 부적술사에게 검은 낯선 무기다. 아무리 좋은 검을 든다 하더라도 오래 버티지 못할 것이다.

"제길, 좀 더 신중했어야 했는데."

후회가 밀려든다. 하지만 이미 늦었다.

어떻게든 월랑에게 시간을 벌어주어야 한다. 지금 깨우면 월랑은 영적 충격을 받게 된다. 적어도 스스로 깨어날 때까지는 시간을 벌어야 한다.

"바츠, 이노옴!"

진조위는 이를 바드득 갈고는 걸음을 옮겼다. 죽음을 향한 걸음이라는 것을 알면서도 그의 뒷모습은 흔들림이 없었다.

월랑은 몸을 일으키며 눈을 비볐다.

"아버지?"

기적은 없다. 실내에는 월랑 혼자뿐이다.

방 안 가득 어둠만이 존재한다.

하지만 조금 전까지 침대 옆에서 자신을 내려다보던 아버지의 온기가 느껴진다. 월랑은 침대 커버를 쓸어내리다가 문득 고개를 돌렸다.

병장기가 부딪치는 소리, 고함 소리, 발걸음 소리, 그리고⋯ 비명 소리!

이런 밤중에 병사들이 훈련을 하고 있을 리가 없다.

월랑은 소리에 이끌리듯 침대에서 내려섰다.

심장이 뛴다. 뭔지 모를 불길한 예감이 어린 월랑을 휘감는다.

월랑은 잠옷 차림으로 복도까지 나왔다.

복도 끝에서 희끗희끗 사람들의 그림자가 스쳐 갔다. 그 모습이 반갑기보다는 오히려 괴기스럽기까지 했다.

"아버지… 엄마?"

심장은 더 빠르게 뛰었다. 그만큼 발걸음도 빨라졌다.

모퉁이를 막 돌아서던 월랑은 그대로 숨을 멈춰 버렸다.

온통 피투성이가 된 복도.

툭.

투구가 발에 걸렸나?

발치를 내려다본 월랑은 기겁을 하며 물러났다.

"으아아아!"

투구가 아니다. 사람의 머리다.

"아, 아버지… 아버지……."

발에 걸린 사람의 머리는 아버지의 것이 틀림없다. 어째서 아버지의 머리가 이런 복도에 나뒹굴고 있는 것일까?

악몽이다. 이건 질 나쁜 꿈이다.

그때, 단말마의 비명 소리가 월랑의 귀를 뚫었다.

"꺄아악!"

월랑이 본능적으로 달렸다.

"엄마!"

월랑은 방문을 벌컥 열어젖혔다. 그리고 그 자리에 얼어붙은 듯 꼼짝하지 못했다. 그는 온몸을 사시나무처럼 떨었다.

"바, 바츠 형… 지금… 뭐 하는 거야?"

월랑이 가장 믿고 따랐던 바츠.

그가 쥔 칼은 지금 엄마의 심장을 꿰뚫고 있었다.

그는 월랑의 말을 듣고도 무표정했다.

바츠에게 심장이 꿰뚫린 여인은 월랑을 보고 힘겹게 손을 들어 올렸다.

"아, 아가… 어서 도망… 으윽!"

심장을 꿰뚫고 있던 긴 칼이 뽑히면서 그녀는 그대로 절명하고 말았다.

순간 월랑은 털썩 주저앉아 버렸다. 가랑이 사이에서 뜨끈한 액체가 흘러나왔다.

"어, 어, 엄마… 엄마아……."

가까이 다가갈 수도 없다. 손가락 하나 까딱할 수 있는 힘이 없다. 오로지 공포만이 전신을 무겁게 짓눌러 왔다.

쓰러진 엄마의 시신 옆에는 평소 그에게 학문을 가르쳐 주던 시리우스가 피범벅이 된 채 죽어 있었다.

모두 죽었다. 아버지, 엄마, 시리우스 형. 그를 아껴주던 사람들이 전부 죽어버렸다. 그것도 바츠 형에게. 도대체 왜?

"어째서… 왜……."

피가 뚝뚝 흐르는 칼을 든 채 바츠가 다가왔다. 그는 아무 말도 하지 않았다. 눈빛은 지옥에서 올라온 악마처럼 차가웠다.

"도대체 왜……?"

바츠가 뭐라고 입을 열었다.

하지만 월랑은 아무것도 듣지 못한 채 그대로 잠에 빠져들 듯 의식을 잃었다.

*　　　*　　　*

원형 계단 모양의 좌석에 귀족들이 가득 둘러앉아 있었다. 그리고 북쪽 단상 위에는 이번 재판을 맡은 제23귀족인 파머가 엄숙한 표정으로 앉아 있었다.

그 법정 한가운데에 아이가 있었다. 넋을 잃은 듯 멍한 표정. 아이는 양 발목에 자신의 머리보다 큰 쇳덩이를 달았고, 온몸은 밧줄로 꽁꽁 묶여 있었다.

불과 어제까지만 해도 제1귀족가의 자제인 아이가 이런 꼴이 되리라고는 누구도 상상하지 못했으리라.

아이를 내려다보는 귀족들의 시선은 차디차다. 얼마 전까지만 해도 그 아이 앞에서 비굴한 미소를 지어 보이던 이들이 지금은 신이라도 된 것처럼 경멸 어린 조소를 내보이고 있었다.

단상 위에서 파머가 일어서더니 판결문을 낭독했다.

"죄수 번호 14번. 본명 진월랑. 죄목 반역죄. 반역을 주도한 죄인 진조위는 진압 과정에 죽었으며 그에게 동조한 가족

및 하인들 역시 모두 죽었다. 죄수 14번은 진가의 저택에서 유일하게 살아남은 사람이다. 반역죄는 무조건 극형이다. 따라서 반역 죄인의 일가인 죄수 14번은 처형되는 것이 마땅하나 아직 나이가 어린 점을 감안하여 본 법정은 죄수 14번을 '악마의 뿔'로 보낼 것을 결정한다."

탕! 탕! 탕!

법봉이 두드려지자 귀족들이 작게 웅성거렸다.

"사형보다도 더 잔인하군."

"그러게 말이야. 뭐, 반역을 저지른 대가니까 당연한 거지만."

경호원들이 월랑에게 다가왔다. 그들은 월랑을 질질 끌다시피 데려갔다.

죄수들이 끌려가는 복도 입구에는 바츠가 무표정한 얼굴로 서 있었다.

월랑은 바츠를 지나치는 순간 걸음을 멈췄다. 잔뜩 쉬어버린 목소리가 희미하게 흘러나왔다.

"왜? 도대체… 왜……?"

바츠는 말이 없었다.

월랑이 다시 물었다.

"이유가… 뭐야? 왜 그런……."

영원히 열리지 않을 것 같던 바츠의 입이 열렸다.

"왜라는 건 중요하지 않다. 결국 결과만 남을 뿐."

바즈는 넋 나간 월랑을 물끄러미 바라보았다.

순간, 월랑의 미간에 깊은 주름이 팍 새겨졌다.

"너를 죽여 버리겠어."

아주 잠깐 바즈의 표정이 흔들렸다.

그러나 월랑은 곧 경호원들의 손에 이끌려 복도 깊숙이 들어가고 말았다.

사람들은 '악마의 뿔'을 살인자들의 섬이라고 부른다.

에레브 대륙의 최북단에 위치한 이 섬은 지도상으로 보면 마치 짐승의 뿔처럼 보인다. 그래서 섬의 원래 이름도 뿔을 의미하는 '고린토'였다.

고린토 섬이 처음부터 이미지가 좋지 않았던 것은 아니다. 예전의 그곳은 그저 험한 바닷길 끝에 위치한 경치 좋은 무인도였을 뿐이다.

하지만 팔십여 년 전, 아르젠 황제가 전국시대를 통일하면서 고린토 섬의 용도는 달라졌다.

처음에는 포로수용소로 시작했다.

그러나 지금은 사형을 시켜야 마땅한 흉악범들을 모아두는 곳이다.

그곳에서는 매일 상상도 할 수 없는 잔혹한 일들이 반복된다.

생존을 위한 살인 게임.

그래서 사람들은 이제 그곳을 악마의 뿔, 혹은 살인자들의 섬이라고 부른다.

바로 그 악마의 뿔을 향해 배 한 척이 쾌속 질주하고 있었다. 거센 바람과 높은 파도를 유유히 지나쳐 섬에 다가가는 배는 단 하나의 종류밖에 없다.

죄수를 실은 수송선.

"알겠어? 사람들이 괜히 악마의 뿔이라고 부르는 게 아니란다. 그곳은 아주 살벌한 곳이야."

죄수 수송 책임을 맡은 간수는 잔뜩 거드름을 피우며 의자에 앉았다. 그가 피식 웃으며 말을 이었다.

"너 같은 꼬맹이는 차라리 일찍 죽는 게 나을 거야."

그는 온몸이 결박된 아이를 내려다보았다.

이제 열 살이나 됐을까? 아니, 어쩌면 그보다 어릴지도.

간수는 아이의 죄목을 몰랐다.

하지만 이런 끔찍한 섬에 보내지는 것을 보면 어지간히 중죄를 저질렀다는 이야기다. 친부모를 토막 냈거나 귀족을 죽였거나 귀족의 자제를 죽였거나.

어떤 죄목이라도 상관없다. 벌써 십이 년 동안 죄수들을 수송해 온 그에게는 남녀노소를 불문하고 죄인은 죄인일 뿐이다.

그는 여느 때처럼 악마의 뿔에 대해서 설명해 주었다.

"그러니까 잘 들어라. 나중에 듣지 못했다고 날 원망해도 소용없어. 죽으면 그만이니까."

"……."

"악마의 뿔은 말 그대로 살인자들의 섬이야. 서로 죽고 죽이는 곳이지. 저곳에는 사형받아 마땅할 놈들만 모였어. 그놈들이 매일 뭘 할 것 같아? 확 눈에 보이는 놈은 무조건 죽이는 거야. 그래, 저기에는 감옥 같은 것이 없어. 그저 섬에 너희 같은 죄인들을 자유롭게 풀어둬. 그리고 서로 죽이게 만드는 거야. 매일 살인 게임이 벌어지는 거라고. 왜 그런 짓을 하는지 궁금하지 않아?"

"……."

"궁금할 거야. 이유를 말해주지. 제국에서는 섬에서 가장 많은 사람을 죽이고 오랫동안 살아남은 놈을 특별히 선별해. 그리고 그렇게 발탁된 놈들에게 몇 년 동안 정신교육을 시켜. 그 후에 제국의 스파이나 비밀 요원으로 고용하는 거지. 즉, 갱생의 기회를 주는 거야. 특수 요원을 선발하기 위해서 죽어 마땅한 너희 같은 인간들에게 생존 게임에서 우수한 성적을 거두면 기회를 준다는 거야."

"……."

"쳇! 이거 완전히 맛이 갔구먼."

간수는 말을 하다 말고 혀를 찼다. 이 정도 이야기하면 죄인들의 반응은 대부분 똑같다. 모두 겁에 질려서 잘못을 싹싹 빌게 된다. 그게 아니면 여기서 내보내 달라고 울며불며 아우성을 친다.

그런데 이 꼬마는 달랐다.

그저 퀭한 눈으로 간수의 말을 듣고 있는 건지 아닌지 도통 알 수가 없다.

'뭐, 이런 꼬마니까 정신적으로 충격이 큰 것도 무리는 아니지.'

그런데 문득 앳된 목소리가 흘러나왔다.

"선발 기준이 뭐죠?"

간수는 아이를 내려다보았다. 놀랍게도 녀석은 두 눈을 똑바로 뜨고 간수를 쳐다보고 있었다.

'뭐, 뭐야? 이 꼬마……'

간수가 엉겁결에 대꾸했다.

"귀와 코."

"귀와 코?"

"그래. 상대방을 살해하고 잘라낸 귀와 코의 숫자가 많은 녀석을 우선 선발한다. 그리고 선발된 녀석들을 정신교육시켜서 갱생의 기미가 보인다면 요원으로 최종 결정돼. 물론 상대를 죽이지 않고 귀와 코를 잘라냈다가 들통이라도 나면 무효야. 그리고 귀와 코가 없는 채로 돌아다니다가 관리 요원들에게 발각되면 무조건 즉살되지. 그러니 이 섬에서는 인간의 마음을 버려."

간수는 이야기를 하다가 문득 정신을 차렸다.

아이는 다시 퀭한 눈동자로 돌아와 있었다. 조금 전의 날카로운 눈빛이 상상되지 않을 만큼 멍한 표정이었다.

'역시 정신 상태가 온전치 않아.'

아이는 정서적으로 불안한 상태임이 분명하다. 저러다가는 앞으로 도착할 섬에서 아이는 오래 살아남지 못할 것이다.

뿌우―!

고동이 울렸다.

이제 곧 배가 악마의 뿔에 도착한다.

간수는 검은 천을 들고 아이에게 다가갔다. 자신의 허리춤까지밖에 오지 않을 아이가 문득 불쌍하다는 생각이 든다.

"눈을 떴을 때 살아 있다면 무조건 도망쳐라. 너는 어려서 살인자들의 좋은 먹잇감이야. 어쩌면 다시는 눈을 뜨지 않는 게 더 나을지도 모르지. 하지만 너무 절망하지는 마. 가끔 너 같은 아이가 들어가서 이르면 수년 후에 갱생 요원으로 선발되기도 하니까. 명심해. 그냥 죽여서는 안 돼. 코와 귀를 뜯어내야 해."

간수는 아이의 얼굴에 천을 뒤집어씌웠다.

더 이상 아무 말도 하지 않았다.

행운을 빈다는 말도 할 필요가 없다. 아이는 죽을 것이다. 오히려 편히 떠나라는 말이 더 어울릴 것이다.

하지만 간수는 입을 다물었다.

월랑은 눈을 떴다.

풀벌레 우는 소리가 찌르륵찌르륵 들려온다.

불그스름한 햇살이 발치에 머물러 있었다. 조금 있으면 땅이 어두워질 모양이다.

"끄응."

신음을 흘리며 몸을 일으켰다. 몸이 천근만근이다. 붉은 태양이 월랑의 얼굴에 정면으로 비쳤다.

천천히 주위를 둘러보았다. 수풀이 우거진 숲이다.

꿈이 아니었다. 긴 악몽에서 깨어나는 순간이길 바랐는데 꿈이 아니었다. 지금까지 내내 현실이었다.

"윽."

관자놀이가 욱신거린다. 평소였다면 카단 할아버지가 두통약을 가져다줬을 터다.

하지만 이제 그의 곁에는 아무도 없다. 이 세상 어디에도 그를 아는 자는 없다.

아, 단 한 명, 바츠만을 제외하고는.

월랑은 비틀거리며 일어섰다.

움직여야 한다. 몸이 천근만근이고 발은 철추를 매단 것처럼 무겁지만 어떻게든 움직여야 한다.

꼬르륵.

뱃속에서 아우성을 친다. 먹을 것을 달라고.

이곳은 섬의 어디쯤일까? 알 수 없다. 하지만 갈매기나 파도 소리가 들리지 않으니 섬 깊은 곳이다.

악마의 뿔은 꽤 넓다. 위치를 정확히 파악하기는 쉽지 않다.

수송선의 간수는 월랑에게 눈을 뜨면 무조건 도망치라고 했다. 섬 안에 있는 누구라도 월랑을 발견하면 죽이려 달려들 것이라 했다. 죽이지 않으면 죽는 곳이 바로 이 섬이라고.

하지만 그런 것들을 기억하기에는 굶주림이 너무 심했다.

월랑은 걸음을 옮겼다. 어디로 가야 하는지는 모른다. 그래도 가만히 드러누워 있다가 살해당하는 것보다는 낫지 않은가. 뭔가 먹을 것을 찾아야 한다.

자박자박.

멍한 표정으로 제법 오래 걸었다.

부스럭.

풀숲이 움직였다.

월랑의 시선이 자연스레 이동했다.

풀숲 너머에 뭔가 있다. 토끼라도 사는 걸까? 토끼. 토끼라면 잡을 수 있을지도 모른다. 월랑은 토끼를 잡아본 적이 있으니까.

월랑은 풀숲을 헤집으며 천천히 다가갔다.

월랑은 입을 척 벌렸다.

턱이 달달 떨렸다. 부릅뜬 두 눈은 공포로 가득 찼다.

다행히 놈은 아직 월랑을 발견하지 못했다.

월랑의 몸이 수풀에 거의 가려져 있었기 때문에 발각될 가능성은 적었다.

놈은 다른 사내를 죽이는 중이었다. 넘어뜨린 사내의 가슴에 쇠창살을 꽂기 직전이었다.

놈이 쓰러진 사내를 향해 물었다.

"귀랑 코는 전부 어디 있어?"

"그, 그게 다예요. 정말이에요! 사, 살려주세요! 그거 전부 드릴 테니까 살려주세요!"

"까불지 말고 솔직히 불어. 잘라낸 귀를 가지고 다니는 놈이 어디 있어?"

"저, 정말이에요! 제발 살려주세요!"

누워 있는 사내는 이미 피투성이가 된 상태인데도 혼신의 힘을 다해 빌었다.

하지만 놈은 사정을 봐주지 않았다.

"셋 셀 동안 불어. 안 그럼 죽인다."

"헉! 제, 제발!"

"하나! 둘!"

"으아! 제바알!"

"셋."

파악!

쇠창살이 사내의 가슴에 꽂혔다. 폐까지 바로 관통했는지 사내는 입만 뻥긋 벌린 채 비명도 지르지 못했다. 사내는 잠시 경련을 일으키다가 축 늘어져 버렸다.

월랑은 입을 틀어막았다. 손이 바들바들 떨렸다.

소리 내면 안 된다. 소리 내면 죽는다. 저 악마에게 들켜 버리면 모든 것이 끝장이다.

악마는 그대로 허리를 숙여 남자의 귀에 단검을 가져갔다. 그리고는 능숙한 솜씨로 귀를 찢어냈다.

"쳇! 섬에 온 지 얼마 안 된 녀석이었군. 오늘은 영 재수가 없잖아."

결국 월랑은 치미는 구토를 참지 못했다.

"우웁!"

"누구냐!"

들켰다!

월랑은 곧바로 몸을 돌리고 내달렸다. 다른 생각을 할 여유는 없다. 오로지 살고 싶다는 생각에 달리고 또 달렸다.

놈 역시 사내의 귀와 코를 주머니에 챙겨 넣은 다음 월랑의 뒤를 쫓기 시작했다.

잔가지에 살갗이 긁히고 찢어졌지만 달리는 속도를 늦추지는 않았다. 젖 먹던 힘까지 짜내도 도망갈 수 있을까 말까다. 자잘한 상처를 신경 쓸 여유가 없다.

온몸이 긁힌 채로 숲을 빠져나온 월랑은 허름한 흉가를 발견했다. 지붕 절반이 무너져 내린 폐가였는데, 오래전에는 사람이 살았을 만한 집이었다.

아마 포로수용소 시절 관사로 사용되던 집이겠지만, 월랑은 거기까지 생각할 정신도 없었다. 다만 몸을 숨길 만한 장소가 될지도 모른다는 생각뿐이었다.

월랑은 헐레벌떡 폐가 안으로 들어갔다.

"으헉!"

들어서자마자 본 것은 참혹한 시체 세 구였다. 양쪽 귀는 찢겨져 나가고 코는 움푹 파였다. 살은 썩어 문드러져 구더기가 바글거렸다. 눈알 역시 까마귀가 쪼아 먹었는지 시커먼 구멍만 깊게 파여 있었다.

놀란 것도 잠시, 월랑은 정신없이 폐가의 구조를 살폈다. 숨을 곳이 없다. 그래도 숨을 곳을 찾아야 한다.

벌써 그 악마가 등 뒤에서 숨을 쉬는 것 같다.

한참 동안 방황하던 월랑의 시선이 한곳에 멈췄다.

시체 뒤에 지붕이 내려앉은 곳. 그곳에 미세한 틈이 있었다. 월랑은 부랴부랴 시체를 잡고 끌어냈다. 구더기가 그의 작은 손을 따라 꾸물꾸물 기어올랐다.

그래도 개의치 않았다. 당장 죽게 생겼는데 그깟 구더기가 손등 좀 기어오르는 게 대수인가.

시체를 조금 빼내자 틈새가 정확히 드러났다. 갓난아기가 간신히 통과할 수 있을 정도의 틈이다. 그 안의 공간은 비교적 넓었다.

이곳이라면 가능하다. 숨을 수 있다.

몸을 세워서 발부터 집어넣는다면 완전히 들어갈 수 있다.

결론을 내린 월랑은 바로 실행에 옮겼다. 발부터 틈새로 집 어넣은 그는 살갗이 돌 더미에 긁히는 고통을 감수하며 몸을 악착같이 쑤셔 넣었다.

그리고 상체를 집어넣기 전 시체를 바짝 끌어당겨 틈새를 막았다.

그러는 동안 해는 완전히 저물었다.

만약 이 공간이 발견된다 하더라도 당분간은 안전하다. 어 른이 들어올 수 없을 정도로 얇고 좁은 틈새다. 설사 창이나 화살로 죽인다고 하더라도 귀나 코를 잘라서 가져가기는 까 다롭다. 그러니 밖으로 나올 때까지 기다리든지 아니면 다른 사냥감을 찾을 것이다.

바스락.

악마가 찾아왔다. 틀림없이 놈의 발걸음 소리다.

아직도 월랑의 뇌리에 박힌 놈의 모습이 지워지지 않았다. 괴소를 지으며 쇠창살로 심장을 뚫고 태연히 귀를 찢어내던 그 악마의 모습.

"하악! 하악! 쥐새끼 같은 놈."

놈은 거친 숨을 몰아쉬며 폐가로 들어왔다. 입가에는 뭐가 그리 즐거운지 미소까지 걸려 있다.

월랑은 아주 얇은 틈새로 놈을 지켜보았다.

온몸을 달달 떨었다. 이와 이가 부딪치면 놈이 눈치 챌지도
모른다. 이를 악물었다.

살아오면서 이토록 가까이 죽음을 직면한 적이 있던가. 웨
어울프의 습격을 받았을 때도 이 정도는 아니었다. 가족들이
참사를 당할 때는 상황을 파악하기도 전에 의식을 잃었다.

그런데 지금은 아니다. 자신을 지켜줄 누군가가 있는 것도
아니고 의식을 잃지도 않았다.

"꼬마야, 어딨니~?"

놈은 히죽 웃으며 놀이를 하듯 월랑을 찾았다.

그가 천천히 걸음을 옮기다가 발치에 걸린 시체를 내려다
보고는 신경질을 부렸다.

"씨발! 이런 곳에 숨으면 병들어. 빨리 나와, 꼬마야."

월랑은 숨도 쉬지 않았다. 양손으로 덜덜 떠는 팔뚝을 꽉
붙잡았다.

놈은 폐가를 이리저리 훑어보며 걸음을 옮겼다. 바닥에 널
브러진 시체 따위는 거들떠보지도 않았다.

"쳇! 없나?"

놈이 투덜거렸다.

월랑의 손아귀에 더욱 힘이 들어갔다.

그때였다.

쐐애애액!

공기를 가르는 날카로운 소리와 함께 화살 하나가 난데없이 날아들었다.

"큭!"

화살이 왼쪽 팔뚝을 관통하자 놈은 눈살을 잔뜩 찌푸렸다.

"염병할! 너무 오래 머물러 버렸어!"

놈이 욕지기를 뱉으며 폐가를 뛰쳐나갔다.

또 다른 죄수가 나타난 것이다.

악마의 뿔에서는 아무도 믿을 수 없다. 오로지 자신만을 믿는다. 그리고 눈에 보이는 자는 무조건 죽이는 것이 원칙이다.

놈은 너무나 오랫동안 월랑에게 집착했다. 그 바람에 자신을 지나치게 노출시켰다. 그러다가 다른 죄수에게 꼬리를 밟혔다. 게다가 상대는 활을 사용한다. 위치를 잡아내기 어렵다.

"귀찮게 됐어. 쳇!"

놈이 어디론가 훌쩍 몸을 날렸다.

'가… 갔다…….'

놈이 가고 나서도 월랑은 한참 동안 눈도 한 번 깜빡이지 않았다.

몇 시간이나 지났을까?

달이 휘영청 떠오른 지 한참이 지나서야 월랑은 살아남은 것을 실감했다. 죽음의 그림자가 그를 비껴갔다.

뒤늦게 찢어지고 까진 살갗이 따갑다. 추위도 느낀다. 배고픈 건 두말할 것도 없다. 잊었던 두통도 점점 심해진다.

마지막으로 지독한 졸음이 몰려왔다.

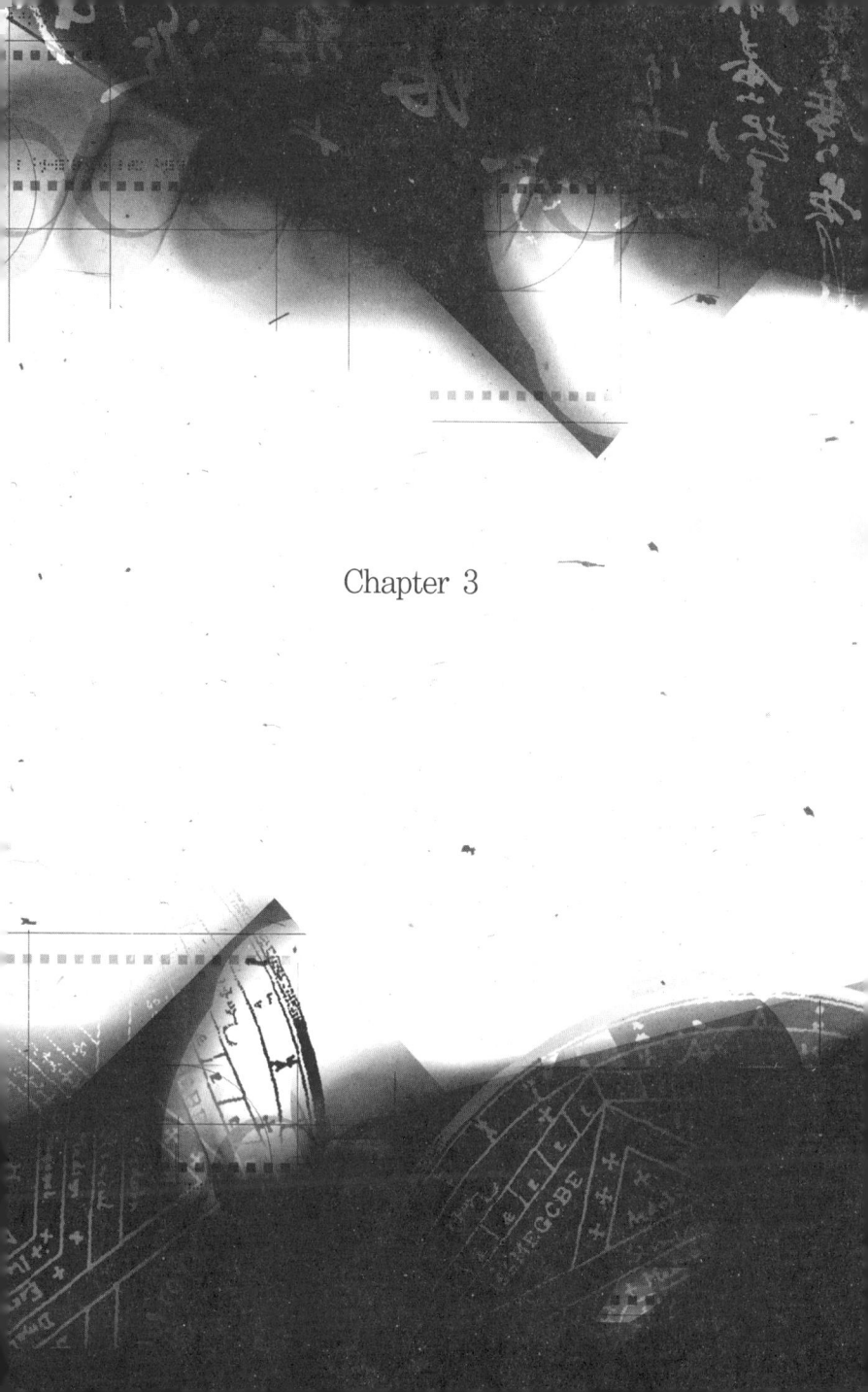

Chapter 3

Charm 참마스터
Master

쨱쨱, 쨱!

끔찍한 살인자들의 섬에도 산새는 살았다.

아침 햇살이 폐가를 비집고 들어왔다.

부스럭부스럭.

폐가 한쪽에 내려앉은 지붕. 그 앞에 놓인 시체 한 구가 들썩였다.

시체가 밀려나면서 드러난 틈새로 아이 하나가 머리를 빼죽 내밀었다.

월랑이었다.

월랑은 강력한 햇살에 눈살을 찌푸렸다. 엉금엉금 기어서 구멍 밖으로 나왔다.

우두둑.

허리를 펴자 열 살도 안 된 아이에게 어울리지 않는 소리가 났다. 아이의 두 눈동자는 어둠에 삼켜진 듯 텅 비어버렸다.

월랑은 구멍 안에 들어갈 때보다 훨씬 쉽게 몸을 빼낼 수 있었다. 그도 그럴 것이, 월랑이 그 구멍에서 빠져나온 것은 꼬박 사흘 만이었다. 피골이 상접했다.

어둡고 좁은 틈 안에서 월랑은 허리도 한 번 펴지 못한 채 사흘 밤낮을 보냈다.

사흘 동안 비는 단 한 번 내렸다. 그것도 행운인 셈이다. 만약 비라도 내리지 않았다면 월랑은 정말 죽었을지도 모른다.

월랑은 무너진 돌 더미를 타고 흐르는 빗물을 핥아먹었다. 살기 위한 본능이었다. 그리고 그는 지금 본능에 이끌려 구멍 속에서 기어나왔다.

월랑이 퀭한 눈동자를 이리저리 굴렸다. 그것은 사람의 눈동자라기보다는 짐승의 것에 가까웠다.

폐가의 시체는 첫날보다 두 구가 늘어났다. 지난 사흘 동안 그 좁은 구멍 안에서 끔찍한 살해 장면을 두 번이나 목격했다.

시체는 모두 다섯 구.

바닥은 꾸물거리는 구더기 천지다.

월랑은 그중 가장 깨끗한 시신으로 걸어갔다. 이유 따위는 모른다. 그저 본능이 시키는 대로 움직였을 뿐. 그리고 시신의 허리춤에 매어져 있는 단검을 풀었다. 길이는 30센티 정도로 어른 팔뚝만 하다.

그는 여전히 멍청한 표정으로 단검을 자신의 허리에 매고는 일어섰다.

터덜터덜 걸음을 옮겼다.

어딘가로 한참을 걷던 월랑은 자신이 한쪽 신발만 신었다는 것을 알았다. 월랑은 신발을 벗어 던졌다. 완전히 맨발이 된 월랑은 다시 길을 걸었다.

코로 냄새를 맡고 발바닥은 촉각에 의존했다.

'조금 더 습한 곳으로……'

인간의 생존 본능은 강했다.

한참 후, 월랑은 아득히 들려오는 물소리를 들었다.

만약 어제 밤비가 내리지 않았다면 그마저도 불가능했을 것이다. 계곡이 불어서 찾기가 조금이나마 수월해진 것이다.

월랑의 걸음이 점점 빨라졌다.

계곡 주위에는 시체가 세 구나 널브러져 있었다. 시체에서 흘러내린 피가 계곡 물을 타고 퍼져 나갔다.

아직 피가 굳지도 않은 것을 보면 죽은 지 얼마 지나지 않았다는 뜻이다.

월랑은 시체를 보고도 태연했다. 이제 그에게 죽은 사람은 한낱 고깃덩이에 지나지 않았다.

대신 눈앞에 펼쳐진 계곡만큼은 그에게 경이로운 세상이
었다.

"으아!"

감탄인지 비명인지 모를 소리를 내지르며 월랑은 물속에
뛰어들었다. 차가운 물이 몸을 흠뻑 적셨다. 월랑은 그대로
코를 처박고 흐르는 물을 벌컥벌컥 마셔댔다.

"푸아!"

배가 부를 정도로 물을 마신 월랑은 잠시 물속에서 유영을
즐기다가 나왔다. 그리고 옷을 벗어놓고 단검을 쥔 채 다시
물속으로 들어갔다.

물고기를 잡을 생각이었다.

"우적우적! 쩝쩝!"

월랑은 숨도 쉬지 않고 먹었다.

한 시간 동안 물속을 헤맨 끝에 물고기 한 마리를 잡았다.
그리고 산 채로 뜯어 먹는 중이다. 그의 손에 붙들려 내장을
모두 쏟아낸 물고기는 가끔씩 아가미를 벌떡였다.

한 시간을 헤맨 끝에 겨우 잡은 한 마리지만 제법 크다. 무
슨 종인지도 모르고, 먹어도 되는지 독은 없는지도 모른다.
그저 짐승처럼 명줄을 이으려는 집착으로 먹는 것이다.

"꺼억!"

길게 트림을 한 월랑은 남은 가시를 어깨너머로 던지고 일

어섰다.

이제는 어디로 가나.

갈증을 해소하고 배도 채우니 딱히 할 것이 없다. 죽어 있는 이성도 깨어날 생각이 없다.

월랑은 고개를 들었다.

하늘이 푸르다.

구름을 따라 발을 옮기기 시작했다.

숲을 헤집으며 정처없이 걷던 월랑이 문득 걸음을 멈췄다. 그리고 주위를 두리번거렸다.

아득하게 소리가 들린다.

월랑은 소리를 따라서 걸음을 옮겼다. 비명 소리다.

이 저주받은 섬에 오고 나서 비명이라면 지겹도록 들었다. 숲을 걷다가 비명 소리가 들린다 해서 새삼스러울 것도 없다.

하지만 월랑의 표정은 여느 때와 조금 달랐다. 이번에는 소리의 종류가 다르다.

아이. 여자 아이의 비명 소리. 섬에 오고 나서 처음으로 자신과 비슷한 또래의 목소리를 들었다. 월랑은 본능적으로 소리를 찾아 걸음을 놀렸다.

수풀을 헤집고 나가자 지난번에 숨었던 폐가와 비슷한 흉가가 나타났다. 소리는 거기서 흘러나오고 있었다.

"꺅!"

다시 한 번 비명이 터졌다. 확실히 저곳에 비슷한 나이의 소녀가 있다.

월랑은 허리를 바짝 숙이고 조심조심 걸음을 옮겼다. 왜 다가가고 있는지는 모른다. 어쩌면 비슷한 나이라는 것에서 동질감을 느꼈을지도. 아니면 비슷한 처지의 아이를 보면서 위안을 삼으려는 것일지도 모른다.

어쨌든 월랑은 한쪽이 무너져 내린 돌담까지 무사히 다가갔다. 그리고 깨진 창문으로 조심스럽게 머리를 내밀었다.

"흡."

창문 안쪽을 들여다본 월랑은 황급히 고개를 숙였다.

생각보다 놈과 거리가 너무나 가까웠다. 긴장을 하기 시작하자 죽어 있던 이성이 조금씩 깨어났다.

월랑은 다시 조심스럽게 고개를 내밀었다.

남자는 키가 크고 몸이 탄탄하다. 벗고 있는 상체는 온통 단단한 근육이다. 남자는 바지까지 벗더니 한쪽으로 휙 집어던졌다.

바지는 바닥에 널브러져 있는 활과 화살통 위에 떨어졌다. 활은 아마도 남자의 무기일 것이다.

"킬킬킬."

사내가 기분 나쁜 웃음을 흘렸다.

"가, 가까이 오지 마!"

여자 아이는 표독스럽게 외치며 물러났다. 하지만 다리가 묶여 있어 그것도 한계다.

까무잡잡한 피부와 매서운 눈매를 가진 소녀. 그러나 깊고 큰 눈망울과 오뚝한 코, 앙다물어진 붉은 입술은 상당히 매력 적이었다.

하지만 여인이라고 부르기에는 역시 한참 어린 소녀였다.

"킬킬킬, 나는 요런 싱싱한 것들이 좋단 말이야. 쓰읍."

사내는 소녀에게 다가가며 혀로 입술을 핥았다.

남자는 소녀를 강간하려 한다. 그런 다음 죽이고 귀와 코를 잘라낼 것이다. 어쩌면 남자는 죽을 때까지 끌고 다니면서 부려먹을지도 모른다. 하지만 저렇게 반항이 심하면 소녀는 살 해당할 것이다.

월랑은 말없이 지켜보았다.

그때, 소녀의 눈이 정확히 월랑과 마주쳤다. 동시에 월랑의 죽어있던 이성이 완전히 깨어났다.

'들켰다!'

하지만 월랑은 당황하지 않았다. 대신 그대로 몸을 돌렸다.

분명히 소녀는 자신을 부를 것이다. 도와달라고.

하지만 지금 저 남자는 색욕에 미쳐 있다. 자신에게 위협도 되지 않는 꼬마 때문에 숲을 한바탕 뒤지며 시간을 낭비하지 는 않을 것이다. 여유있게 피할 수 있다.

그런데,

부르지 않는다?

지금쯤 소녀가 자신을 부르며 살려달라고 애원할 때가 됐는데 아무런 소리가 없다. 왜?

월랑은 몸을 돌렸다.

남자는 여자 아이의 웃옷을 거칠게 찢어냈다.

'설마 날 발견하지 못한 건가? 틀림없이 눈이 마주쳤는데.'

그때, 또 한 번 소녀와 눈이 마주쳤다.

그럼에도 소녀는 월랑을 보이지 않는 사람처럼 취급했다.

'어째서? 왜 살려달라는 말을 하지 않는 거지?'

월랑은 주먹을 꾹 말아 쥐고는 입술을 씹었다.

월랑이 가진 무기는 단검이 전부다. 이것으로 저런 덩치의 어른을 상대하지는 못한다. 칼을 이용해 사람의 뼈를 자르는 것은 생각처럼 쉽지 않다고 바츠에게 배운 적이 있다.

그렇다면 여자 아이를 구할 방도가 없다. 자칫하면 오히려 자신이 개죽임당한다.

하지만 구하고 싶어졌다. 생각지 못한 여자 아이의 반응이 월랑을 살아 움직이게 했다.

"킬킬킬, 소리 지르면 우리 둘 다 위험하다구."

사내는 이제 소녀의 배에 올라탔다. 소리를 지르지 못하도록 재갈을 물리는 중이다. 두 사람 위로 햇빛이 떨어져 내렸다. 천장에 어른 몸통만 한 구멍이 나 있었다.

순간 월랑의 눈이 반짝 빛났다.

'저거다!'

월랑은 돌담을 돌아서 폐가 뒤쪽에 있는 나무통을 밟고 지붕으로 살금살금 기어올랐다. 최대한 소리가 나지 않도록 손끝부터 발끝까지 힘을 주었다.

월랑이 지붕 한가운데까지 올랐을 때는 남자 역시 욕구를 풀기 위한 모든 준비를 끝낸 상태였다.

"하악! 하악! 죽이는구먼. 크흐흐."

남자는 소녀의 목덜미를 혀로 길게 핥았다.

"흐윽!"

소녀는 모멸감에 치를 떨었다.

그러든 말든 남자는 소녀의 바지를 잡고 죽 찢어냈다. 엉덩이 옆까지 탄실한 속살이 드러났다.

바로 그때, 월랑이 지붕에서 고개를 내밀었다.

누워 있던 소녀의 눈동자가 잔뜩 커졌다.

"웅?"

소녀를 겁탈하던 사내도 눈살을 찌푸렸다. 사람의 그림자가 그와 소녀를 한꺼번에 덮어버린 것이다.

"뭐야? 누구야!"

남자가 몸을 돌려 지붕을 바라보았다.

절체절명의 순간, 월랑은 허리춤에서 단검을 뽑아 들고 뛰어내렸다.

눈을 노린다면 몸이 떨어지는 속도를 이용해서 죽일 수 있다.

슈우욱! 콰지직!

"끄아아악!"

"꺅!"

검붉은 피가 분수처럼 솟구쳤다. 순간 뛰어내린 월랑의 얼굴이 피를 흠뻑 뒤집어썼다. 솟구친 피가 비산하면서 소녀의 얼굴과 몸도 온통 뒤덮었다.

남자는 그대로 소녀 옆에 드러누웠다. 월랑이 내리찍은 칼날은 사내의 한쪽 눈알을 파고들어 가서 뒤통수까지 뚫고 튀어나왔다.

"헉! 헉! 헉!"

바닥에 엎드린 월랑이 거친 숨을 몰아쉬었다.

태어나서 처음으로 사람을 죽였다.

털썩!

월랑은 그대로 빌러덩 누워버렸다. 몸이 덜덜 떨렸다. 누군가 죽는 모습을 목격했을 때보다 몇 배는 심하게 떨렸다.

소녀는 아직까지 말이 없었다.

그저 물끄러미 누워 있는 월랑을 바라보기만 했다. 이윽고 소녀가 몸을 일으켰다. 그녀는 쓰러진 사내에게 다가가서 몸통을 발로 힘껏 걷어찼다. 그게 전부였다.

대신 그녀는 사내가 벗어놓은 옷들을 주섬주섬 챙겼다. 바로 옆에 월랑이 드러누워 있는데도 개의치 않는 듯 찢어진 바지를 벗어냈다. 그리고 사내의 바짓단을 단검으로 찢어내서 반바지를 만들어 입고는 남은 천으로 벨트를 만들어 허리에 맸다.

그럭저럭 봐줄 만하다.

남은 천 조각을 대충 챙긴 소녀는 활과 화살통을 챙겼다. 소녀가 사용하기에는 조금 컸지만 없는 것보다 나았다.

월랑도 몸을 일으켰다. 그는 소녀에게 눈길도 주지 않고 걸음을 옮기기 시작했다.

소녀가 월랑의 뒤를 따랐다.

월랑은 걸음을 멈추고 소녀를 돌아보았다. 소녀도 물끄러미 월랑을 마주 보았다.

먼저 입을 연 것은 월랑이었다.

"왜 도와달라고 하지 않았어?"

"어차피 넌 도울 수 없을 거라고 생각했으니까."

소녀는 의외로 차분하게 대답했다.

월랑은 고개를 끄덕였다. 궁금증이 풀렸다. 이제 이 소녀에게는 볼일이 없다.

이번에는 소녀가 궁금한 것을 물었다.

"왜 구해줬어?"

"못생겼으면 안 구했을 거야."

월랑은 별것 아니라는 듯 대답하고는 걸음을 옮겼다. 그 말은 사실이었다. 만약 여자 아이가 형편없이 못생겼다면 위험을 감수하면서까지 사내를 죽이지 않았을 것이다.

한심하고 잔인한 대답이지만 사실이다. 그는 정의의 사자 따위가 아니다. 그저 힘없고 제 몸 지키기도 급급한 초식동물 일 뿐이다.

한편 대답을 들은 소녀의 눈동자에는 이채가 서렸다.

예뻐서 구해줬다니… 이상한 아이.

소녀는 월랑을 따라서 걸음을 옮겼다.

"따라오지 마."

"싫어."

"두 번 구해줄 용기는 없어."

이건 진심이다. 여자 아이가 따라붙으면 월랑도 위험해진 다. 만약 여자 아이가 위험에 처한다고 해도 다시 구할 자신 은 없다. 아마 다음에는 죽도록 내버려 둘 것이다.

그래도 소녀는 뜻을 굽히지 않았다.

"상관없어. 어차피 기대도 안 하니까. 이번에는 너도 운이 좋았을 뿐인 거 알아."

월랑은 한숨을 내쉬었다.

혹이 붙었다. 쉽게 떼어지지 않을 것 같은 혹이.

월랑은 걸음을 멈추지 않은 채 물었다.

"이름이 뭐야?"

"사야."

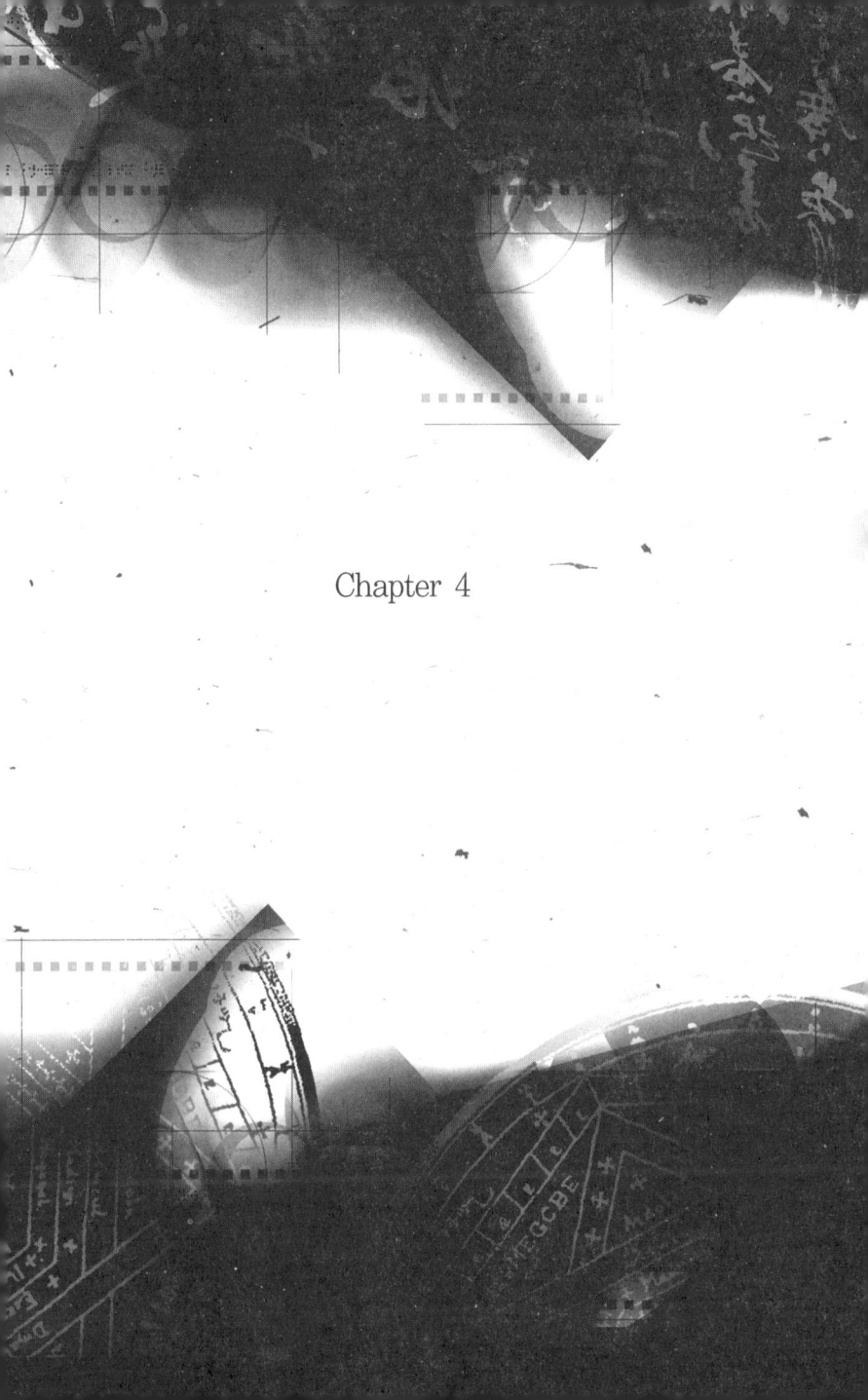

Chapter 4

Charm 참마스터
Master

사야는 열두 살이었다.

월랑보다 세 살 많았다.

섬에 들어온 지는 삼 년이 지났다. 즉, 월랑과 같은 나이인 아홉 살에 섬에 들어온 것이다.

월랑은 생각을 바꿨다.

이런 지옥 같은 섬에서 삼 년 동안 살아남은 소녀다. 단순히 운만 가지고는 그렇게 오래 버티지 못한다. 사야는 자신에게 도움이 될 가능성이 컸다.

두 사람은 숲 속에 위치한 2층짜리 건물 앞에서 멈춰 섰다.

"들어갈 거야?"

사야가 물었다. 그녀는 웬만하면 월랑의 행동에 따랐다. 그녀가 월랑을 따라나선 순간 결정한 것이다.

월랑은 대꾸없이 건물 안으로 들어섰다.

사야는 뒤따르며 말했다.

"포로수용소 시절에 사용하던 건물일 거야. 이런 건물이 숲 속에 꽤 많아."

월랑은 사야의 말을 들으며 2층으로 올라갔다. 계단에 시체 한 구가 널브러져 있었다. 죽은 지 꽤 오래된 듯 살이 썩어서 뼈가 드러나고 있었다.

월랑은 2층 계단 바로 옆에 있는 방으로 들어갔다. 만약의 경우 빨리 계단을 타고 도망갈 수 있기 위함이었다.

실내에는 먼지가 뽀얗게 쌓여 있었다. 사람의 발길이 닿은 지 꽤 오래 지난 모양이다.

"후우!"

월랑은 벽에 등을 기대고 앉았다. 하루 종일 맨발로 돌아다녔더니 발바닥이 욱신거린다.

사야도 월랑 옆에 나란히 앉았다. 둘은 한참 동안 아무 말도 하지 않았다.

서산에 걸친 해가 완전히 저물었다. 어둠이 실내의 두 사람도 집어삼켰다.

그렇게 얼마나 침묵의 시간이 흘렀을까?

부스럭.

월랑이 먼저 일어났다.

"지금 여기서 나가려고?"

"어두워졌으니 슬슬 움직여야지."

사야가 고개를 절레절레 저었다.

"낮에 쉬고 밤에 움직인다는 것은 좋지 않은 생각이야."

"어째서?"

"여긴 악마의 뿔이야. 다른 곳처럼 생각하면 안 돼."

월랑은 이맛살을 구겼다.

그럼 벌건 대낮에 온몸을 드러내 놓고 돌아다니란 말인가. 그것이야말로 죽기로 작정한 것이 아닌가.

사야가 말을 이었다.

"이 섬은 낮에 잠을 자. 그리고 밤마다 깨어나. 모든 죄수들이 낮엔 꽁꽁 숨어 있다가 밤에 움직이기 시작하지. 먹잇감을 찾아서."

"죽일 상대를 찾으려면 낮이 더 좋지 않아?"

"아니. 낮에 누군가를 죽이면 자신의 위치도 노출돼. 그럼 또 다른 누군가에게 죽기 십상이야."

듣고 보니 그것도 일리있는 말이다.

월랑은 다시 돌아와 앉았다. 그런데 이번에는 사야가 일어났다.

"왜?"

"땔감을 구해와야겠어."

월랑이 물끄러미 그녀를 올려다보았다.

설명을 요구하는 눈빛이었다. 아무리 밤에 움직이지 않는 것이 좋다지만 불을 피우게 되면 적에게 무방비로 노출되는 것이 아닌가.

사야는 엉덩이를 털며 설명했다.

"밤에 불을 피우는 것은 미친 짓이야. 누구나 아는 사실이야. 하지만 그렇기 때문에 피워야 해. 사람들은 우리만 있다고 생각하지 않을 테니까. 밤에 불을 피우는 사람은 아주 강하거나 집단으로 행동하는 사람들뿐이야. 분명히 너랑 나 말고도 누군가 있다고 생각하겠지. 아니면 유인책이라고 생각할 거야. 이런 걸 이계어로 허허실실(虛虛實實)이라고 하지?"

"한어를 잘 아네."

"공용어니까."

'어쩌면 그 공용어도 이제 없어질지도 모르지.'

제국에서 가장 권위있는 귀족 진가가 멸문했다.

지금은 이계인의 인구가 제법 많아졌다고는 하지만, 가장 권위있던 진가가 멸문했으니 한어가 공용어의 한쪽 자리에서 물러나는 것은 시간문제일 것이다.

월랑은 생각을 멈추고 자리에서 일어났다.

모닥불을 피우자 실내 공기는 금세 훈훈해졌다. 삭막하던 분위기도 한결 나아졌다.

꾸륵, 꾸르륵.

월랑은 인상을 찡그렸다. 아까부터 뱃속이 요동을 친다. 아무래도 낮에 먹었던 날생선 때문에 탈이 난 모양이다. 지금 생각하면 생선을 굽지도 않고 어떻게 먹었을까 싶다.

"천 가지고 있어?"

사야가 눈치 챘는지 말없이 천 조각을 내밀었다.

"빨리 갔다 와."

월랑은 대답 대신 천을 받고 옆방으로 걸어갔다.

쪼그리고 앉아서 볼일을 보던 월랑은 신경을 바짝 곤두세웠다.

뭔가가 일어나고 있다.

월랑은 이 섬에 오고 나서 모든 감각이 극도로 예민해졌다. 그 예민한 감각이 지금 그에게 경고를 한다. 누군가 곧 이곳으로 온다고.

월랑은 천으로 뒤처리를 한 다음 얼른 몸을 일으켰다. 그리고 발걸음을 떼려는 순간 뒷골이 서늘해지는 것을 느꼈다.

'창문이 열렸어!'

분명히 창문을 닫아놓았다. 그런데 언제 열렸는지 지금은 활짝 열려 있다.

실내에 누군가 들어왔다.

뭔가를 본 적도 없고 들은 적도 없지만 확실히 느껴진다. 어둠 속에 그 외에 또 다른 누군가가 있다.

누군가? 이 정도로 기척을 숨긴다면 대단한 고수다. 누군지는 몰라도 그는 지금 월랑을 뚫어져라 보고 있다. 살갗이 따가울 정도로 시선이 느껴진다.

'누구지? 왜지? 왜 숨어 있지?'

자신의 목숨을 끊고 귀와 코를 가져갈 생각이면 이렇게 고난도의 은신술을 펼칠 필요가 없다. 한낱 아이를 상대하려고 이렇게까지 숨어 있는 것이 아닐 게다. 다른 이유가 있는 것이다.

모른 척해야 하나.

그때 어둠 속에서 손이 불쑥 튀어나와 월랑의 입을 덮쳤다.

"흐읍!"

"쉿!"

월랑은 떨리는 가슴을 진정시켰다.

이 남자에게서 위협감이 느껴지진 않는다. 왜인지 모르지만 자신을 해칠 생각이 없다는 것은 분명히 느껴진다.

"조용히 해."

월랑은 고개를 끄덕였다. 남자는 천천히 손에 힘을 풀었다. 그리고 모기처럼 가는 목소리로 말했다.

"이름이 뭐냐?"

"진… 월랑."

월랑 역시 그 기세 때문에 한껏 낮은 목소리로 말했다.

"확실… 하냐?"

남자의 목소리가 떨렸다. 월랑은 고개를 끄덕였다.

남자는 월랑의 양어깨를 짚더니 격정을 억누른 목소리로
말했다.

"이제야… 이제야… 찾았어."

"아저씨는 누구세요?"

"쉿! 목소리가 크면 안 돼."

월랑은 다시 고개를 끄덕였다.

"정말 고생이 많았구나. 아직까지 살아 있어줘서 고맙다.
이걸 받아라."

남자는 품에서 책자 하나를 꺼냈다. 책 모서리에는 금속 고
리로 된 손바닥만 한 팬타그램이 달려 있었다. 그러고 보니
남자의 손목에도 같은 모양의 문신이 새겨져 있었다.

"진 귀인께서 널 위해 남겨두신 것이다. 소중하게 간직해
라. 그리고 절대 아무에게도 넘겨주어서는 안 된다."

월랑은 책을 받아 들고 멍한 표정이 됐다.

아버지가 남겨두신 거라니? 그렇다면 아버지는 지금 같은
상황을 짐작하셨단 말인가.

책 표지를 열자 첫 페이지에는 복잡한 글씨와 문양이 괴황
지에 새겨져 있었다.

'이건 부적이야!'

월랑은 단번에 그것이 부적이라는 것을 알았다.

아버지는 항상 소중한 책이 있으면 제일 앞장에 부적을 그

려 넣으셨다. 책을 잘 보관하기 위해서다. 보통 서재에 두고 보관하는 것들은 방화부(防火符)를 사용한다.

방화부를 사용하면 불에 잘 타지 않는다.

그러나 부적은 만능이 아니다. 하나의 장점을 극대화하는 대신 다른 하나의 단점이 생기기 마련이다. 즉, 방화부를 사용하면 불에 잘 타지 않는 대신 습기에 약해진다.

반대로 자주 들고 다니게 되는 책에는 방수부(防水符)를 사용한다. 그러면 책이 물에 빠지거나 닿아도 젖지 않게 된다. 대신 불에는 약하다.

책 첫 장에 붙은 부적은 방수부였다. 즉, 주로 들고 다니는 책이라는 말이다.

두 번째 장부터는 본격적으로 글씨가 적혀 있었는데 한자와 에레브 글자가 섞여 있었다.

"들어라. 이것이 네게 큰 도움을 줄 것이다. 그러니 용기를 잃지 말고 어떻게 해서든 살아남아야 한다. 알겠니? 반드시 살아남아야 한다."

"아저씨는 누구세요? 아버지께서는 돌아가실 것을 예감하셨어요?"

"나는 진 귀인 밑에서 일하던 사람이다. 진 귀인께서는 예상하셨지만 너무 늦어버린 후였다. 그러니 너는 어떻게든 살아남아서 네 아버지의 한을 풀어드려라."

월랑은 입을 꾹 다물었다. 그리고 천천히 고개를 끄덕였다.

아직 뭐가 뭔지 모르겠다. 갑작스럽게 나타난 사내가 아버지 유품을 전해준다고 해서 감격하지도 않았다.

다만 반드시 살아남으라는 소리에 고개를 끄덕였다. 무슨 일이 있어도 살아남겠다고 다짐했다.

쾅! 쾅!

누군가 문을 두드렸다.

순간 남자는 월랑을 막아서면서 검을 뽑아 들었다. 월랑도 잔뜩 긴장한 채 문짝을 바라보았다.

쾅! 쾅! 쾅!

다시 한 번 문이 울렸다.

"꿀꺽."

남자도 월랑도 긴장한 채 문을 주시했다. 마침내 문이 벌컥 열렸다.

"무슨 일 있는 거야? 너무 오래 걸려."

들어선 사람은 사야였다. 월랑이 너무 오랫동안 돌아오지 않자 와본 것이다.

하지만 사야를 모르는 사내는 지체없이 검을 휘둘렀다.

샤아악!

"안 돼요!"

사내의 검이 사야의 목에서 부챗살 하나 정도를 남겨놓고 멈췄다. 침이라도 삼켰다간 칼날에 살이 닿을 것이다.

월랑이 말했다.

"동료예요."

"동료?"

사내는 여전히 검을 치우지 않은 채 사야를 훑어보았다. 아직 어린 여자다. 같은 또래의 여자 애에게 이끌렸을 수는 있다. 얼굴도 반반하다.

하지만 이런 섬에서 여자 아이와 함께 다니는 것은 위험하다. 차라리 없는 게 낫다.

그런데 월랑의 이어진 말을 들은 그는 검을 움직일 수 없었다.

"이곳에서 삼 년 동안 살아남은 아이예요."

'삼 년이나!'

사내는 다시 여자 아이를 바라보았다. 다소 까무잡잡한 피부에 예쁘장한 여자 아이다. 특별할 것이 없어 보인다. 그런데 이런 곳에서 삼 년을 살아남았다니. 날고 긴다는 성인 범죄자들조차 이 년을 넘기 힘든 지옥의 섬에서⋯ 이 년이 다 무슨 소린가. 삼 개월도 버티지 못하고 죽어 나가는 죄수들이 수두룩하다.

사야는 사내를 빤히 올려다보다가 말했다.

"빨리 정하세요. 치든지 치우든지."

맹랑한 꼬마 아이.

사내는 실소를 머금으며 검을 거두었다.

사야도 간신히 무릎을 짚으며 안도의 숨을 내쉬었다.

"후우~"

아무리 당돌하다고 하더라도 아직은 어린애다. 금방이라도 목을 칠 것 같은 칼날 앞에서 극한의 공포를 느꼈으리라.

사내가 몸을 돌렸다.

"나는 이곳에서 오래 머물 수 없다. 월랑, 반드시 살아라. 돌아가신 네 아버지를 위해서도."

"우리와 함께 계시지 않을 건가요?"

월랑이 실망한 표정으로 물었다. 만약 저 사내가 함께 있어준다면 든든한 아군이 생긴 셈이다.

하지만 남자의 생각은 달랐다.

"아니. 내가 있으면 오히려 너희들은 더 위험해져."

"왜요?"

"난 원래 이 섬에 없어야 할 사람이야. 이 섬에 잠입해서 널 찾아내느라 부하 여섯 명을 잃었다. 나 혼자 살아남았어. 섬을 관리하는 요원들이 날 찾아낼 것이다. 그러니 여기서 이만 헤어지도록 하자."

월랑과 사야는 아무 말도 하지 못했다. 바짓단을 붙잡기에는 남자의 말이 너무도 단호했다.

그는 창가에서 바깥을 두리번거린 다음 창틀을 밟았다. 순간,

쐐애애액! 푸욱!

"큭!"

화살 하나가 어둠을 뚫고 날아왔다. 남자는 가슴을 움켜쥐었다. 화살은 정확히 그의 심장을 뚫었다.

"아저씨!"

쐐애애액! 팍!

"커억!"

두 번째 화살이 날아들었다. 이번에도 같은 자리다.

사내가 목소리를 쥐어짜듯 말했다.

"곧 요원들이 여기로 올 거야. 책을……."

쐐애액! 푹!

마지막 화살이 그의 심장에 박혔다. 그는 더 이상 말을 잇지 못했다. 대신 천천히 앞으로 고꾸라지면서 창틀에 엎어졌다.

월랑과 사야는 순간 눈이 마주쳤다.

도망을 갈 것인가, 여기 남을 것인가.

결론은 빨리 났다. 지금 도망간다고 해서 요원들을 따돌릴 수는 없다. 얼마나 먼 거리에 있는지 모르지만 화살 세 대가 정확히 남자의 심장을 관통했다.

그렇다면 자신들이 도망가도 금방 추적당할 것이다.

그리고 죄수들이 아닌 요원들이니 만난다고 해도 살해당할 위험은 없다.

월랑은 얼른 주변을 살폈다.

책을 어디에 숨긴다?

이번에도 결정은 빨랐다. 월랑은 망설임없이 책을 냄새나는 대변 속에 밀어 넣었다. 그리고 주위에 굴러다니는 나뭇잎이나 먼지들을 잔뜩 쓸어와 완전히 덮었다. 사야도 도왔다.

지저분하지만 방법이 없다. 책은 방수부가 붙어 있으니 괜찮을 것이다.

월랑과 사야는 얼른 모닥불을 피워놓은 방으로 돌아갔다.

도망가지 않은 것은 잘한 결정이었다.

월랑과 사야가 방을 옮긴 지 1분도 채 지나지 않아서 요원들이 건물에 들이닥쳤다.

그들은 특수 철로 만든 얇고 검은 철갑을 전신에 두르고 있었다.

"놈의 시신부터 수색해라."

그들 중 한 명이 명령을 내리자 요원들은 신속하게 움직였다. 그들은 제일 먼저 남자의 시신부터 수색했다. 요원들이 움직일 때마다 얇은 철갑에서 찰가닥거리는 소리가 났다.

"책이 없습니다, 단장."

"뭐야? 그럴 리가 있나!"

"하지만 확실히 몸에 지니고 있진 않습니다."

보고를 받은 단장은 이맛살을 구기고는 방을 둘러보았다. 한쪽에 묽은 설사가 퍼질러져 있는 것을 빼고는 특이점이 발견되지 않았다.

그는 몸을 돌려 월랑과 사야가 있는 방으로 갔다.

"옆방에서 남자를 만났나?"

두 아이는 고개를 끄덕였다.

사야가 잔뜩 겁먹은 표정으로 말했다.

"사, 살려주세요."

"묻는 말에 대답만 해. 죽이진 않아. 그 남자가 무슨 말을 했어?"

월랑이 대답했다.

"그 아저씨가 이, 이름을 물었어요."

"그래서?"

"휴이츠라고 가르쳐 줬어요."

요원의 눈썹이 꿈틀거렸다.

"넌 혼혈 같은데? 이름이 아르젠 어인가?"

"몰라요. 고아원에서 지어준 이름이에요."

월랑은 잔뜩 겁먹은 표정으로 대꾸했다.

모두 사야가 시킨 대로였다. 그녀의 말에 의하면, 악마의 뿔에는 아이들이 꽤 많다. 물론 어른에 비하면 턱없이 적은 숫자지만 적어도 수십 명은 있다고 한다.

그중 칠 할 정도는 바깥세상에서 죄를 짓고 들어온 아이들이고 나머지는 이곳에서 태어난 아이들이라는 것이다. 강간을 당한 여자가 낳은 경우도 있고, 죄수들끼리 눈이 맞아 낳은 경우도 있다. 그런 경우 아이들은 아무 죄도 없이 이런 지옥 같은 섬에서 평생을 지내야 한다. 부모의 죄가 아이에게까지 물려지는 것이다.

어쨌든 그렇다고 하더라도 월랑의 거짓말은 위험성이 다분했다. 조금만 눈치가 빠른 요원이라면 월랑을 끝까지 추궁할 것이다.

요원이 물었다.

"그다음은?"

"아저씨가 자기를 본 걸 아무에게도 말하지 말라고 했어요."

"그리고?"

"아무것도……."

"거짓말이면 너희 둘 모두 죽는다."

"으흑! 살려주세요, 살려주세요."

월랑은 두 손을 싹싹 빌었다. 사야도 함께 울면서 빌었다. 두 아이가 울면서 빌자 단장도 조금은 의심을 거두었다.

악마의 뿔에서 요원 일을 하루 이틀 한 것은 아니다. 하지만 이렇게 어린아이들을 직접 대면한 적은 많지 않았다.

'휴우, 애들이니 이만 해도 되겠지.'

하지만 그건 큰 착오였다.

그는 악마의 뿔이 아이들을 어떻게 바꿔놓는지 짐작하지 못했다.

그가 요원들을 돌아보고 명령했다.

"이만 철수한다. 우선 대장님께 보고한다."

요원들은 순식간에 썰물처럼 빠져나갔다.

월랑은 곧장 옆방으로 달려갔다. 그리고 바닥에 굴러다니는 각목을 이용해서 인분(人糞)에 파묻혀 있는 책을 끄집어냈다.

사야가 고개를 갸웃거리고 물었다.

"왜 그렇게 서두르는 거야?"

"빨리 여기를 떠나야 해."

"왜?"

"아까 여기 온 사람들은 하급 요원들이야. 분명히 상급자에게 보고하면 이상한 걸 느끼고 다시 올 거야."

"하지만 지금 어디로 간단 말이야?"

"어디든. 너는 상관없으니까 따라오지 않아도 돼."

월랑은 인분에서 끄집어낸 책을 챙겨 들었다. 방수부 때문인지 책 상태는 깔끔했다. 하지만 배어든 냄새까지 어쩌지는 못했다.

사야는 얼른 옆방으로 달려갔다.

월랑이 문을 나서자 활과 화살통을 챙긴 사야가 복도에서 기다리고 있었다.

"따라올 필요 없어."

"내 맘이야."

"맘대로 해. 하지만 죽어도 내 책임은 아냐."

월랑은 그대로 계단을 달려 내려갔다.

"흥! 누가 구해달래? 한 번만 더 그딴 소리 하면 진짜 확 패 버릴 테다."

사야가 혼잣말처럼 중얼거리고는 월랑의 뒤를 따라갔다.

"뭐야? 놈이 죽었다고?"

"예! 확실합니다. 놈의 시신도 확인했습니다."

"그런데 책은 없었단 말이지?"

보고를 받은 중년의 대장이 이맛살을 잔뜩 구겼다. 그는 손으로 작고 둥근 안경을 고쳐 썼다. 그러고는 깔끔한 정장의 옷깃을 바로잡았다.

그의 앞에는 대략 서른 명에 달하는 요원들이 대열을 맞춰 서 있었다. 모두들 대장의 안색이 어두워지자 마음이 불안해 졌다.

"그곳에 있던 아이의 생김새는?"

"대략 열 살 정도 되어 보였고, 이름은 휴이츠라고 했습니다. 혼혈인 듯했습니다."

"혼혈? 그런데 아무것도 발견하지 못했단 말인가?"

"예, 단지 겁에 질린 꼬마 아이들인지라… 간단히 심문만 해보았으나……."

짜악!

대장의 손등이 요원 단장의 뺨을 올려붙였다.

"멍청한! 나를 당장 그곳으로 안내해!"

요원들이 일사불란하게 움직이기 시작했다.

건물 2층.

"이걸 어떻게 설명할 텐가, 카츠시?"

대장은 실내 한쪽 구석에 퍼질러져 있는 인분을 내려다보았다. 인분의 상태는 어쩐지 자연스럽지 못했다. 뭔가에 쓸려간 듯 지저분하게 흩어져 있었다.

요원단장 카츠시는 새파랗게 질려서 대꾸했다.

"주, 죽을죄를 지었습니다!"

"아니지. 죽을죄 정도는 아니야. 누구나 실수는 할 수 있지. 하지만 나는 그 실수 한 번으로 인생이 처참하게 뒤틀리는 자들을 수없이 봤네."

"한 번만 더 기회를!"

대장이 그의 어깨를 툭툭 두드렸다.

"한 번이 아니라 마지막 기회를 주겠네. 잡아와. 만약 이번에도 실수하면 대가를 치러야 할 게야."

"명심하겠습니다!"

카츠시는 요원들을 이끌고 건물을 빠져나갔다.

'그 어린놈들이 나를 속이다니!'

그는 이를 콱 깨물었다. 그가 옆을 따르는 요원에게 명령했다.

"사냥개를 끌고 와."

월랑과 사야는 쉬지 않고 달렸다.

"그 책이 뭔데?"

"나도 아직은 몰라. 하지만 아버지의 유품이야. 내게 꼭 필요한 걸 거야."

"목숨을 걸고라도 지킬 만큼?"

"그 이상."

사야는 더 이상 토를 달지 않았다.

숨이 턱까지 차오르고 다리가 후들거렸다. 조금이라도 정신을 놓았다가는 그대로 주저앉을 것만 같다.

"이만 하면 되지 않을까? 꽤 멀리 왔어. 우리를 찾지 못할 거야."

"아니. 더 가야 해. 놈들은 우리를 찾아낼 거야."

"어떻게 그렇게 확신해?"

"냄새."

"냄새?"

"책에 냄새가 뱄어. 그 냄새를 추적한다면 우리에게 바로 올 수 있어."

"쳇, 그런 지저분한 소리를 잘도 하네."

그 순간 월랑이 우뚝 멈춰 섰다.

"갑자기 왜… 읍!"

월랑이 사야의 입을 틀어막았다.

"쉿! 조용히!"

사야도 그제야 주위가 심상치 않음을 깨달았다.

지금까지 아무런 장애도 없이 달려온 것만으로도 요행이었다. 이곳은 살인자들이 득실거리는 섬이 아닌가.

부스럭.

풀숲이 움직였다.

월랑과 사야는 얼른 나무 뒤로 돌아가서 몸을 숨겼다.

타박타박.

잠시 후 풀숲에서 그림자가 모습을 드러냈다. 상대를 확인한 월랑과 사야는 간신히 안도의 숨을 내쉬었다.

'사슴.'

다행히 다른 죄수가 아니다. 이런 상황에서 다른 죄수를 만나 시간을 빼앗기면 최악이다.

사야가 월랑의 옷자락을 끌어당겼다.

"별일 아니니까 이제 가자. 금방 쫓아온다면서?"

"잠깐. 저놈을 이용하자."

"사슴을? 어떻게?"

"우선 저놈을 잡자. 활 챙겼지?"

"응."

"쏠 줄 알아?"

"조금."

"저거 잡을 수 있겠어?"

"날 무시하는 거야? 난 이 섬에서 삼 년이나 살아남았어. 이렇게 가까이 있는 사슴도 못 맞히면……."

"알았어. 믿을게. 저 녀석, 너무 상처 주지 말고 한쪽 다리만 쏴."

그러자 사야가 조금은 자신없는 목소리로 되물었다.

"다리… 만? 꼭 다리만 쏴야 해?"

"당연하지. 몸통에 맞으면 놀라서 도망갈 거야. 반드시 다리만 맞혀야 해."

"알았어. 해볼게."

사야는 천천히 시위를 매겼다.

패앵!

화살이 그녀의 손을 떠났다.

컹! 컹컹!

숲을 헤집으며 달리는 개들은 보통 개보다 덩치가 두 배는 컸다. 녀석들은 코를 벌름거리면서 쉬지 않고 달렸다. 사냥개의 목줄을 잡고 있는 요원들도 신속하게 이동했다.

'생각보다 멀리 달아났군.'

교활한 꼬마다. 이 정도로 멀리 왔다는 것은 자신들이 건물을 빠져나간 뒤에 바로 움직였다는 소리다.

'쳇! 이 나이에 꼬마들에게 당하다니.'

카츠시는 이를 바득 갈았다.

그런데 갑자기 사냥개들이 멈췄다.

쿵! 쿵쿵!

녀석들이 바닥에 대고 코를 벌름거리며 잠시 우왕좌왕했다. 개는 모두 열 마리. 개의 뒤를 따라 달리던 요원 삼십 명도 모두 멈춰 섰다.

카츠시가 소리쳤다.

"무슨 일이야? 개들이 왜 이래?"

요원 한 명이 다가와서 보고했다.

"아무래도 이곳에서 길이 둘로 나눠진 듯합니다."

"둘로 나눠지다니?"

"개들이 두 방향에 반응을 보이고 있습니다."

아이들이 각자의 길로 갈라섰다는 것인가? 어느 쪽이 책을 가진 아이일까?

꾸물거릴 시간은 없다. 고민은 짧고 결정은 언제나 빨라야 한다.

"좋아, 다섯 마리씩 나눠서 갈라선다. 열다섯 명씩 두 개 조로 나눈다. 1조는 나를 따라와!"

요원들은 평소 훈련받은 대로 신속하게 움직였다.

그들은 곧 각각 다섯 마리의 개를 끌고 열다섯 명씩 움직이기 시작했다.

"이런 빌어먹을!"

퍽!

카츠시는 주먹으로 나무 기둥을 후려쳤다. 나뭇잎이 우수수 떨어졌다.

사냥개는 확실히 목표를 물었다. 그런데 꼬마 녀석이 아니다. 사슴이다. 화살을 맞아 다리 한쪽을 절룩이는 사슴. 사슴의 몸에서 묻어 나오는 냄새 때문에 사냥개들이 엉뚱한 곳으로 쫓아온 것이다.

'이 쥐새끼 같은 놈들!'

그가 입술을 콱 씹었다.

영악한 아이들이다. 머리에 피도 마르지 않은 애송이들이 교란책까지 쓸 줄이야.

카츠시는 몸을 돌리며 신경질적으로 소리쳤다.

"2조를 쫓아간다!"

사야가 무릎을 짚었다.

"헉! 헉!"

너무나 힘들다. 심장을 입 밖으로 토해 버릴 것만 같다. 폐가 터질 듯하다. 그녀는 앞서 걷는 월랑의 뒷모습을 물끄러미 보았다.

쉬었다 가자는 말이 입술 끝에서 맴돈다.

하지만 말을 할 수 없다.

불현듯 지난 삼 년간의 기억들이 밀려온다.

삼 년. 지독한 고독이었다. 아홉 살 나이로 이런 지옥에 떨어져서 악착같이 살아남았다. 그동안 자신에게 접근한 죄수는 한둘이 아니다. 어떤 이는 지난번처럼 드러내 놓고 색욕을 표현하고, 어떤 이는 선인의 탈을 쓰고 덮쳐 왔다.

그럴 때마다 사야는 그들을 죽였다. 사야가 죽지 않고 상대가 죽은 것은 운이 좋았을 뿐이다. 저주받은 목숨은 질기고도 질겼다.

그러던 중 월랑을 만났다.

월랑은 달랐다. 이 지옥에 흔해빠진 죄수와 다르고, 또래의 다른 아이들과도 달랐다. 별로 힘도 없어 보이는데 그의 곁은 편하다.

그런데 지금 조금 힘들다고 그의 발목을 잡을 수는 없다. 아니, 발목이 잡히지도 않는다. 월랑은 기다리지 않고 혼자 갈 아이다.

"쉴 수 없어. 지금도 아슬아슬해."

월랑의 목소리다.

사야는 고개를 들고 월랑의 뒷모습을 바라보았다. 작은 등이지만 그녀에게는 초원처럼 넓어 보인다.

"쉬고 싶다는 거 알아. 나도 힘들어. 하지만 여기서 멈추면 금방 잡힐 거야."

"웅."

사야는 고개를 끄덕였다.

고마웠다. 힘들면 따라오지 말라고 하지 않아서 고맙다.

사야는 속도를 더했다. 그녀의 걸음이 빨라졌다.

실제로 체력은 월랑보다 사야가 좋았다. 게다가 월랑은 사흘을 굶었다. 그뿐이랴. 낮에 먹은 날생선 때문에 배탈마저 난 몸이다.

사야가 제대로 달리기 시작하니 월랑보다 훨씬 앞서기 시작했다.

컹컹! 컹컹컹!

개 짖는 소리!

두 아이는 걸음을 우뚝 멈추고 뒤를 돌아보았다. 아직은 아득하지만 개 짖는 소리가 확실히 가까워지고 있었다. 요원들이 개를 푼 것이다.

최악이다.

두 아이는 죽을힘을 다해 뛰기 시작했다. 이미 체력의 한계를 넘어선 지 오래다. 아이들을 지탱하는 것은 오로지 정신력이었다.

"이, 이런."

월랑은 털썩 무릎을 꿇었다.

체력을 초월해서 버텨오던 정신력마저 무너지는 순간이다.

훼에엥!

까마득한 절벽 아래로부터 검은 바람이 훅 불어왔다. 월랑은 망연자실한 표정으로 절벽 아래를 내려다보았다.

깜깜하다. 더 이상 갈 곳이 없다. 겨우 도망친 곳이 벼랑 끝이란 말인가. 아니, 어쩌면 개 짖는 소리가 들릴 때부터 두 아이는 벼랑 끝으로 내몰린 것인지도 모른다.

컹컹컹! 컹!

개 짖는 소리가 점점 가까워지고 있다.

사야가 불안한 목소리로 물었다.

"이제 어떡해?"

월랑은 입술을 깨물었다. 그라고 방법이 떠오를 리가 없다. 이런 곳에서 뭘 어떻게 한단 말인가.

컹컹! 컹!

이윽고 풀숲을 헤집고 사냥개들이 튀어나왔다.

"헉!"

사야는 놀란 눈으로 주춤주춤 물러섰다. 사냥개들은 보통 개보다 덩치가 두 배 정도 컸다.

그르릉그르릉!

사냥개 열 마리가 두 아이를 벼랑 끝에 두고 둘러싸서는 으르렁댔다. 잠시 후 개 줄을 쥐고 있는 요원들이 나타났다. 그 중에는 카츠시도 있었다.

"용케도 여기까지 도망쳤구나. 하지만 이제 끝났어. 그만큼 당해줬으면 이제 얌전히 말 들어."

그는 태연한 척 말하고 있었지만 입꼬리가 파르르 떨리고
있었다.

크르릉크르릉!

사냥개들이 금방이라도 잡아먹을 듯 으르렁댔다.

월랑이 잔뜩 겁먹은 표정으로 말했다.

"무, 무슨 소리예요?"

"아직도 연기할 생각이면 관두는 게 좋아. 책을 넘겨라. 외
부 물건이 죄수에게 전달되는 것은 금지다. 상황에 따라 너희
들은 이 자리에서 즉살될 수도 있다."

월랑은 작게 한숨을 내쉬었다. 더 속일 수는 없다. 결국 그
는 품에서 책을 꺼냈다.

"왜 그렇게 책을 찾는 거예요?"

"그건 나도 모르지. 상부의 지시니까. 자, 서로 힘 빼지 말
고 빨리 처리하자. 응?"

월랑이 절벽 밖으로 책을 불쑥 내밀었다.

"가까이 오면 책을 떨어뜨리겠어요!"

카츠시의 표정이 짐짓 일그러졌다. 그러나 그는 곧 팔짱을
끼며 여유를 부렸다.

"그래 준다면야 좋고."

"뭐?"

"우린 너희들을 어쩌자고 온 게 아니야. 내가 지시받은 건

하나다. 그 책을 회수하거나 아예 없애 버리거나."

월랑의 표정이 어두워졌다. 그렇다면 이 협박은 소용없다.

카츠시가 말을 이었다.

"이곳 지형을 잘 모르나 본데, 그 절벽 아래는 계곡이 흘러. 그런 곳에 책을 떨어뜨려 준다면야 우리로서는 수고를 더는 셈이지."

월랑은 내밀었던 팔을 거두어들였다.

놈들 생각처럼 책을 떨어뜨려도 훼손되지는 않을 것이다. 이 책에는 방수부가 붙어 있으니 물에 젖지 않는다.

다만 책을 잃어버리고 마는 것이다. 엉겁결에 선택한 것이 최악의 수라니.

구르릉! 쿠르릉!

사냥개들이 허연 이를 드러내며 거리를 좁혀왔다.

그야말로 진퇴양난. 짧은 시간 동안 수만 가지 생각이 떠올랐지만 마땅한 대책이 떠오르지 않는다.

찰나,

"꺄악!"

"사야!"

벼랑 끝에 섰던 사야가 뒤로 주춤 물러서다가 절벽 아래로 떨어졌다.

탁!

까마득한 절벽 아래로 추락하기 직전, 사야는 몸이 허공에 멈춘 것을 느꼈다.

작은 손이 그의 팔목을 휘어 감았다. 월랑의 손이다. 월랑
은 팔을 부들부들 떨었다. 여자 아이지만 어린 월랑이 들어
올리기에는 역부족이었다.

사야가 두려움에 떨면서도 희미하게 웃었다.

"안 구해준다더니?"

"안 구해줘."

"응?"

"같이 죽는 거야."

순간 사야는 다시 몸이 허공에 붕 뜨는 것을 느꼈다.

추락한다!

그 생각을 떠올렸을 때는 이미 절벽 깊숙이 두 아이의 모습
이 사라진 후였다.

"저것들이!"

카츠시는 얼른 벼랑 끝으로 달려갔다. 하지만 두 아이의 모
습은 찾아볼 수 없었다.

"쳇! 꼬마 녀석들까지 어떻게 하려던 것은 아니었는데, 할
수 없지."

그는 입술을 씹고는 몸을 돌렸다.

절벽 아래는 급류가 흐른다. 저런 곳에서 살아남지는 못할
것이다. 상관없다. 어차피 이런 섬이라면 얼마 살지 못하고
죽을 꼬마들이 아닌가.

책은 더욱 마음이 놓인다. 무슨 책인지는 몰라도 저런 급류에 휩쓸려 간다면 이 세상에 없는 것이나 다름없다.

"돌아가자."

그는 미련없이 몸을 돌렸다.

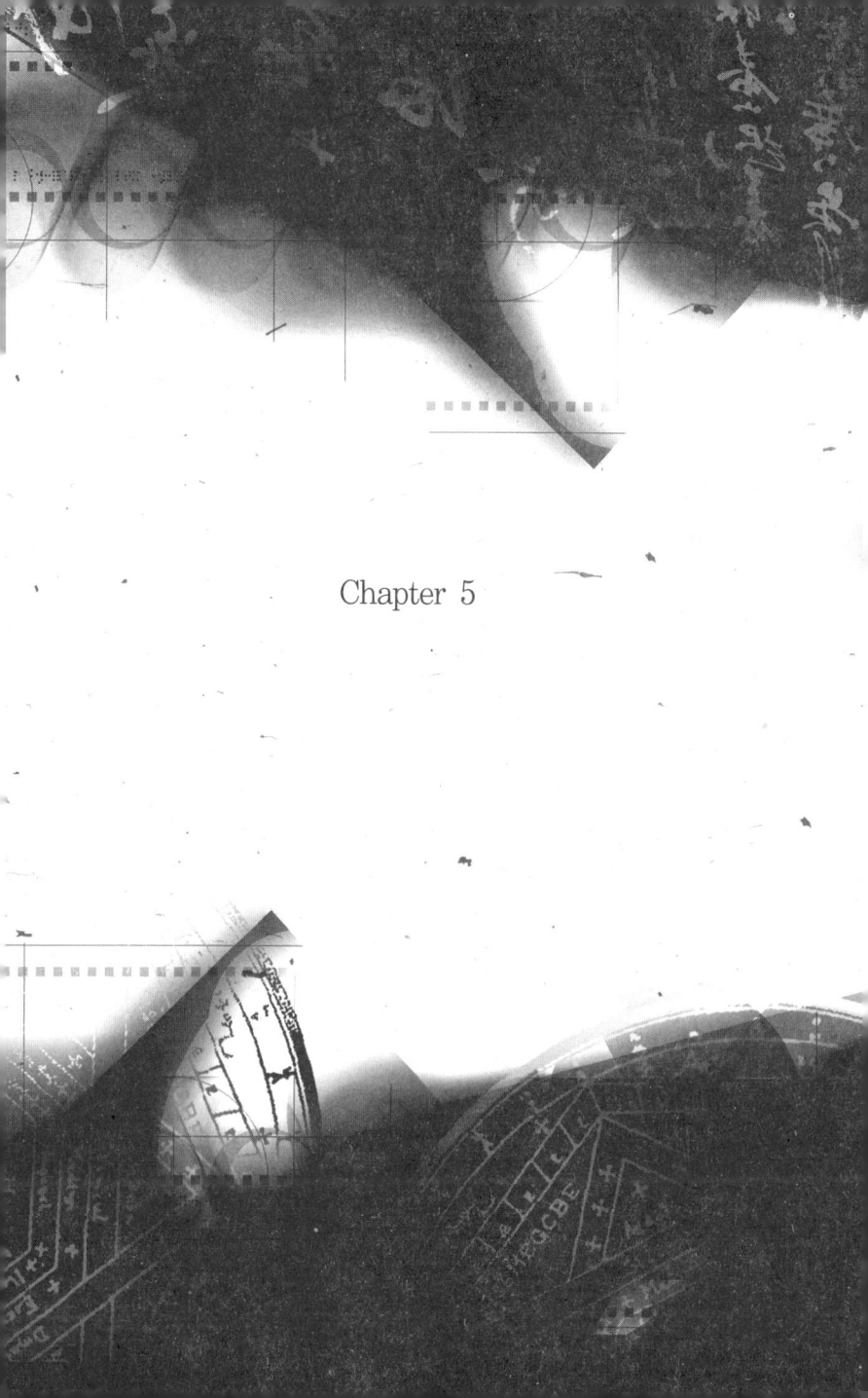

Chapter 5

Charm 참마스터
Master

사방이 암흑이다.

월랑은 암흑 한가운데에 가부좌를 틀고 앉아 있었다.

이곳은 동굴과 비슷하다. 아니, 동굴이라기보다는 커다란 봉분 안에 들어 있다는 느낌이다.

검은 공간에서는 목소리가 왕왕 울렸다.

"부적은 괴황지에 쓰는 것이 기본이란다. 부적을 쓸 때는 경면주사를 곱게 갈아서 쓴다. 그리고 단 한 번에 부적을 완성해야 한다. 부적을 쓸 때 중간에 멈추거나 수정해서는 안 된다. 그러면 영기가 흐트러져 제대로 된 부적이 나올 수 없다. 명심하거라."

"괴황지나 경면주사를 구할 수 없을 때는 어떻게 하죠?"

월랑이 어두운 공간을 향해 질문을 던졌다.

그러자 목소리가 대답했다.

"네가 가진 책 뒤쪽은 모두 깔끔한 괴황지다. 그리고 가장 뒷장은 겹장으로 되어 있는데, 모서리를 찢으면 곱게 갈린 경면주사가 나올 것이다. 처음에는 그것들을 사용하도록 해라. 하지만 그 재료들이 바닥날 때쯤이면 너는 굳이 괴황지나 경면주사를 사용하지 않아도 부적을 만들 수 있는 경지가 되어야 한다. 너는 내게서 영력을 전수받았으니 해낼 수 있을 것이야."

"경면주사를 사용하지 않으면 무엇을 사용해야 하나요?"

"붉은색일수록 부적의 효과는 좋단다. 생물의 피도 좋겠지. 하지만 그 경지가 극한에 이르게 되면 아무 곳에나 무엇으로 써도 부적은 발휘될 것이야."

"아버지는 왜 돌아가셨죠?"

"부적에 관한 지식만을 대답해 줄 수 있단다."

"바츠는 왜 우리 가문을 멸문시켰나요?"

"부적에 관한 지식만을 대답해 줄 수 있단다."

"전 살 수 있을까요?"

"부적에 관한 지식만을 대답해 줄 수 있단다."

월랑은 한숨을 내쉬었다.

몇 번을 물어도 똑같은 대답만 돌아올 것이다. 그는 자리에서 일어났다.

"퇴실."

그가 조그맣게 중얼거리자 지붕이 점차 사라지듯 사방에서 빛이 스며들기 시작했다.

월랑은 눈을 떴다.

동굴 천장이 보였다. 월랑은 동굴 바닥에 한일자로 누운 채 책을 배에 올려놓고 있었다. 천천히 몸을 일으켜 주위를 둘러보았다.

또박또박.

동굴 입구에서 발걸음 소리가 울렸다.

"일어났어?"

소녀의 낭랑한 목소리. 사야다.

보름 전, 절벽에서 떨어진 후 눈을 뜰 때면 언제나 듣는 목소리다.

사야는 커다란 활을 어깨에 멘 채 양손으로 토끼 두 마리를 잡고 서 있었다.

"오늘은 운이 좋았어. 두 마리나 잡았어."

"수고했어."

월랑이 빙긋이 웃었다.

사야가 눈을 동그랗게 떴다.

"웃는 거 처음 봐."

"그래?"

"응. 무슨 좋은 일 있어?"

월랑은 대답 대신 손에 들린 책을 내려다보았다.

책을 읽기 시작한 후로 묘한 현상이 일어났다. 잠을 잘 때면 늘 부적술에 대한 꿈을 꾸게 된 것이다. 처음에는 우연이라고 생각했다. 하지만 지금은 그것이 단지 우연이 아니라는 것을 알았다.

"예전에 아버지는 내가 잠들 때마다 부적에 관한 이야기를 해주곤 하셨어. 부적술은 우리 가문의 비기거든. 난 그때 왜 날마다 재미없는 부적 이야기를 잘 때마다 해주는지 잘 몰랐어. 그런데 이제 조금 알 것 같아."

책에 적힌 글의 내용은 사실 큰 의미가 없었다. 다만 그것들은 일종의 주문 같은 효력이 있다. 책의 글귀를 읽은 후 잠을 자면 잠재의식 속에 봉인된 기억들이 스르르 풀려 나온다. 바로 아버지가 밤마다 전수해 준 가문의 비기들이다. 즉, 월랑이 잘 때마다 매일같이 들었던 그 이야기들이 꿈에서 또렷하게 기억나는 것이다.

그런데 책을 읽은 지 사흘째 되는 날, 월랑은 굳이 잠을 자지 않아도 잠재의식 속에 봉인된 부적술에 대한 지식을 끌어내는 방법을 알았다.

아주 간단한 방법이다. 우선 편한 자세로 명상에 잠기면 된다. 잡념이 사라지고 완전한 집중 상태가 되면 '입실'이라는 말만 내뱉는다.

그러면 월랑은 곧바로 잠재의식 속에 만들어진 가상의 수련방으로 입실하게 된다. 만약 아버지가 매일 밤마다 비기를 전하지 않고, 또 월랑에게 상당량의 영력을 전수하지 않았다면 불가능한 방법이다.

벌써 이런 식으로 부적술을 익히기 시작한 것이 일주일 정도 흘렀다.

월랑은 책의 가장 뒷장을 펼쳤다.

명상 속에서 들었던 대로 뒷장은 겹장으로 되어 있었다. 월랑이 모서리를 조금 찢어내자 붉은색 가루가 쏟아져 나왔다.

사야가 눈을 동그랗게 뜨고 물었다.

"그게 뭐야?"

"사야, 이 섬에서 살아남으려면 병기 하나 정도는 확실히 익혀야 해. 어떤 걸 할 거야?"

뜬금없는 질문. 하지만 월랑이 묻는 것이기에 사야는 대답했다.

"나는 활이 좋아."

"그럼 널 앞으로 활 쏘기 가장 좋은 몸으로 만들어줄게. 시간은 조금 걸릴지도 몰라."

월랑은 자리에서 일어났다.

사야가 식량을 구했으니 이제 땔감을 구해올 생각이다.

잘그락잘그락.

물가의 자갈돌을 밟으며 한 노인이 걷고 있었다.

안경을 코끝에 걸친 노인은 렌즈 너머로 계곡 하류를 휩쓸 듯 훑어보았다. 그리고 코를 벌름거렸다.

"킁킁! 냄새가 나."

노인이 히죽 웃었다.

사람 냄새가 난다. 그것도 아주 풋풋하고 싱싱한 사람 냄새 다. 아이들이다.

"킥킥킥, 냄새가 나더라니."

자갈을 밟으며 걷던 노인이 허리를 굽혔다. 그의 주름진 손 에 작은 신발이 들렸다. 아이가 신었을 신발이다.

노인은 휘파람을 불었다.

"휘유~ 어쩌면 하나 건지겠는데?"

그는 코를 벌름거리면서 다시 걸음을 옮겼다. 그의 옆구리 에 달린 술통에서 찰랑찰랑 소리가 났다.

큰일이다.

월랑은 주먹을 꽉 말아 쥐고 식은땀을 흘렸다.

취르르르.

은빛 비늘이 고목을 휘감으며 미끄러졌다. 역삼각형의 뱀 대가리가 수직으로 올라와 월랑과 눈을 마주쳤다.

고목을 휘어 감은 뱀은 맹독을 지닌 실버 스네이크다.

실버 스네이크에 대해서는 시리우스로부터 배운 적이 있

다. 제일 큰 특징은 온몸이 은빛 비늘로 뒤덮여 아름답기까지 하다는 것, 두 번째 특징은 여느 맹독사와 달리 이빨이 입 중앙에 하나만 있다는 것이다.

한 번 물리면 삼 일 동안 앞을 보지 못하다가 살이 썩어 들어간 채로 죽는다.

바스락, 우지끈.

취리릿!

나뭇가지를 밟아 부러뜨리는 소리가 나자 뱀은 날쌔게 몸을 뒤틀었다. 월랑은 그대로 돌처럼 굳어버렸다.

놈은 빠르다. 만약 놈이 자신을 물기로 작정한다면 피할 방법이 없다. 사람을 피해 우여곡절 끝에 살아남았더니 이제는 뱀 따위가 목숨을 위협하나. 정말 이곳은 저주받은 섬이다.

월랑은 천천히 바닥에 쓰러진 매를 안아 들었다. 깃이 온통 푸른색인 매였다.

땔감을 찾아 헤매다가 푸른 매가 쓰러져 있는 것을 보고 왔더니 실버 스네이크의 소굴일 줄이야.

위협이 되는 실버 스네이크는 한 마리. 몸통은 허벅지만 하고 길이는 4미터나 된다. 나머지는 새끼들이다. 새끼들은 위협이 되지 않는다.

어미 뱀 한 마리가 문제다.

취리릿!

가늘고 긴 뱀의 혀가 날름거린다.

어떻게 한다? 선택의 여지는 많지 않은데 생각은 많다.

월랑은 가만히 눈을 굴렸다. 왼쪽으로 다섯 걸음을 걸어가면 벼랑 끝이다. 벼랑의 높이는 10미터 정도다. 그리고 오른쪽은 숲인데 풀숲이 우거져 도망치기가 용이치 않다.

'천천히 왔던 곳을 되돌아갈 수밖에……..'

월랑이 천천히 뒷걸음쳤다. 그런데,

"거기서 뭐 해?"

취리릿!

사야의 목소리! 상황이 좋지 않게 흘렀다.

월랑이 너무 오랫동안 돌아오지 않자 사야가 나와본 것이다. 실버 스네이크는 작고 노란 눈빛을 날카롭게 빛내며 소리가 난 방향으로 고개를 틀었다.

'안 돼!'

월랑이 고개를 돌리고 사야를 바라보았다.

실버 스네이크는 한껏 살기를 곤두세우고 있다. 미세한 움직임이나 소리만 나더라도 곧장 반응할 것이다. 월랑은 사야에게 최대한 눈짓으로 경고했다.

'이곳으로 오면 안 돼.'

사야도 뭔가 심상치 않은 것을 눈치 챈 모양이다. 사야의 얼굴도 급격히 굳었다. 그런데 상황은 오히려 더 좋지 않게 흘렀다.

"왜 그래? 무슨 일이야?"

사야는 그대로 몸을 빼내는 대신 활을 꺼내 들며 조심스럽게 월랑에게 접근했다.

실버 스네이크는 화살 한두 대로는 어림도 없다. 게다가 사야의 화살이 저 단단한 비늘을 뚫을 수 있을지도 문제다.

오면 안 된다. 지금은 혼자만 위험하지만 사야가 오면 두 사람 모두 위험해진다. 돌아가라는 말을 하고 싶어도 입술이 떨어지지 않는다.

작은 소리라도 냈다간 뱀이 어떻게 반응할지 알 수가 없다.

"괜찮아?"

사야가 조심스럽게 다가오며 물었다. 아직까지 뱀을 발견하지 못한 듯하다.

취리릿!

뱀이 사야와 월랑을 번갈아 본다.

지금 소리친다면 월랑은 물린다. 실버 스네이크보다 빠를 수는 없다.

상황을 모르는 사야는 계속 다가왔다. 5미터, 3미터, 2미터…….

"헛!"

실버 스네이크를 발견한 사야가 헛바람을 집어삼켰다. 그리고는 재빨리 시위를 매겼다.

취리릿!

"안 돼!"

패앵!

뱀이 머리를 들고, 월랑이 소리치고, 화살이 시위를 떠났다.

취리릿!

불과 2, 3미터 앞에서 쏜 화살이 뱀을 비껴 고목을 맞혀 버렸다. 실버 스네이크는 상상 이상으로 빨랐다. 월랑은 곧장 사야에게 달려갔다.

취리리릿!

"꺄악!"

"크악!"

실버 스네이크의 날카로운 이빨이 월랑의 팔목에 틀어박혔다. 뜨거운 독 기운을 훅 뿜어낸 실버 스네이크는 그대로 사야를 향해 미끄러졌다.

월랑은 있는 힘을 다해 사야를 밀쳐 냈다. 그리고 자신도 벼랑 밖으로 몸을 던졌다. 높이는 10미터 정도. 목숨을 잃을 정도는 아니지만 충분히 위험하다. 하지만 실버 스네이크를 단숨에 뿌려칠 수 있는 방법은 절벽 아래로 떨어지는 것이 유일하다.

쿠당!

"악!"

"큭!"

월랑과 사야는 10미터 아래의 숲 바닥에 나뒹굴었다. 벼랑 끝에서 실버 스네이크가 몸을 비틀며 아래를 내려다보았다. 곧 실버 스네이크는 새끼들이 있는 소굴로 유유히 돌아갔다.

얼마 동안 의식을 잃었을까?

월랑은 천천히 눈을 떴다. 사방이 어둑했다.

왼팔을 들어보니 허벅지처럼 부어 있었다. 손목 한가운데 실버 스네이크의 이빨 자국이 선명하게 보인다.

"아야!"

두통과 팔의 통증이 동시에 찾아왔다. 눈살을 잔뜩 구기고는 주위를 보았다. 품에 안고 떨어졌던 매가 한쪽에서 할딱이고 있었다.

"사야?"

대답이 들리지 않는다.

월랑은 비틀거리며 일어났다. 그리고 어둑한 주위를 다시 한 번 천천히 살펴보았다.

풀숲 사이에 쓰러진 사야가 보인다.

"사야!"

추락하면서 머리를 부딪쳤는지 이마에서 피가 흘렀다. 그런데 문제는 이마의 상처가 아니다. 단단한 나뭇가지 하나가 사야의 허벅지를 완전히 관통했다.

"사야! 괜찮아?"

월랑이 사야를 흔들었다. 한데,

"킬킬킬! 이거 대낮부터 횡재했구먼."

"누구야?!"

월랑이 몸을 홱 돌리고 소리쳤다.

커다란 나무 위, 낡아빠진 중절모를 쓰고 술통을 한 손에 들고 있는 영감이 키들거렸다.

"누구? 꼬맹아, 그딴 건 이 섬에서 중요하지 않아. 내게 해가 될 상대인지 득이 될 상대인지만 파악하면 그만이야."

"할아버지는 누구야?"

월랑이 매섭게 쏘아보며 소리쳤다.

"방금 말해줬는데도 못 알아듣네? 누구인지는 중요하지 않다니까. 내 이름은 루브르다, 꼬맹아. 자, 뭐가 좀 달라졌냐? 킥킥킥."

"……."

"지금쯤 사위가 어둑하지? 꼭 저녁이나 밤중 같지? 딱 보니 알겠군. 실버 스네이크에게 물렸어. 한 시간 정도만 더 지나면 아무것도 보이지 않을 거야."

월랑은 입을 척 벌렸다.

그렇다면 지금 저녁이 아니란 말인가! 주위가 어두워서 해가 저문 것이라고 생각했건만.

월랑의 충격을 아는지 모르는지 루브르는 안경을 고쳐 잡으며 태연히 말을 이어갔다.

"저 계집년은 아주 예쁜걸. 다리는 못 쓰게 되더라도 두고 두고 부려먹기 좋겠어. 쓰읍~"

루브르가 혀로 입술을 핥자 월랑이 발끈했다.

"추잡한 영감탱이!"

"허헛! 꼬맹이가 예의를 모르는군. 아, 그리고 그 계집년은 너무 흔들어서 깨우지 않는 게 좋아. 지금 일어나 봤자 고통만 더할 테고, 그렇게 흔들어대다가 상처가 벌어질 수도 있으니까."

"우리를 어쩔 생각이야?"

"당연한 걸 묻는군. 네놈이 죽으면 귀와 코를 가져갈 생각이란다. 그리고 저 계집년은 내 몸종으로 부려먹을 생각이지. 킬킬킬."

"할아버지 말대로 내가 중독돼서 곧 죽는다면 귀와 코를 가져가기가 쉽지 않을 텐데."

"호오? 어린놈 주제에 제법 똑똑하군. 물론 네 피에 독 성분이 있으니 조심은 해야겠지. 그런데 나는 탄부르 지방의 외과 의사였단다. 그 정도 소독하는 건 식은 죽 먹기지. 킬킬킬."

"탄부르 지방!"

월랑이 깜짝 놀라서 소리쳤다.

시리우스에게 들은 적이 있다.

의술이 가장 뛰어난 곳. 제국은 거의 모든 곳에서 신관들이 신성력으로 환자를 치료하지만 유일하게 의사가 환자를 치료하는 곳. 그곳이 바로 탄부르 지방이다.

탄부르 지방은 제국 동남쪽에 위치한 매튜 사막 건너편의 땅이다. 사막 덕분에 백 년 전까지는 외세의 침략도 받지 않은 채 부족민이 서로 연합해서 평화롭게 살아갔다.

그들에겐 거대한 피라미드를 쌓고 그 안에 부족장의 시신을 안치하는 풍습이 있는데, 그 덕에 수학과 의학이 발달했다. 특히 미라를 만들면서 해부학을 일찍이 익혀 의사들의 실력이 뛰어났다.

그런데 전국시대에 아르젠 황제가 탄부르 지방마저 통합해 버리면서 지금은 아르젠 제국의 땅이 됐다.

월랑은 정신을 추슬렀다.

탄부르 지방의 의사 출신이라니. 그렇다면 자신의 중독 상태도 고칠 수 있지 않을까? 이 할아버지를 잘만 구슬리면 자신에게 득이 될 수도 있다.

"도와줘."

"잉?"

"우리 좀 도와줘."

밑도 끝도 없는 말.

루브르가 실소했다.

"허허헛! 나이가 들어서 헛소리까지 들리는군."

"부탁이야. 나랑 사야를 구해줘."

루브르가 정색했다.

"꼬맹아, 동정심을 유발할 생각이면 관둬라. 이딴 곳에서 그런 것을 키우다가는 딱 죽기 십상이니까. 의사인 내가 이런 지옥 같은 곳에서 어떻게 살아남았는지 아느냐?"

"……."

"거래다. 이런 곳에서는 의사가 귀하지. 그래서 함부로 날 죽이진 않아. 난 다친 놈들을 치료해 주고 귀와 코를 보수로 받아내지. 또 하나는 귀와 코가 썩지 않게 오랫동안 보관하는 방법을 가르쳐 주고 보수를 받는다. 자, 그럼 이제 네놈은 내 게 무엇을 줄 것이냐?"

월랑은 입을 열지 못했다. 그에게 귀와 코는 태어날 때부터 가진 것밖에 없다. 하지만 그걸 내놓았다가는 죽음보다 더한 지옥을 보게 될 것이다.

루브르가 웃었다.

"킥킥킥. 머리 굴릴 필요 없어. 그냥 죽어라. 게다가 난 보다시피 이제 술주정뱅이일 뿐이야. 이 섬에서 십 년 동안 살면서 익힌 것이라고는 살아남는 기술과 술 마시는 법이다. 의술 따위, 잊은 지 오래다."

루브르는 술통을 벌컥 들이켰다. 그의 눈동자에 씁쓸함이 스쳤다.

섬에 갇히고 나서 처음 몇 년 동안은 부상자를 치료하고 귀와 코를 받았다. 하지만 술에 손을 대기 시작하면서 그마저도 힘들게 됐다.

월랑이 벌떡 일어나서 말했다.

"내가 할아버지를 의신으로 만들어줄게. 어때?"

루브르가 눈을 동그랗게 떴다.

"허허참! 오늘 별소리를 다 듣는군. 꼬맹아, 너 의신이 뭔 줄 아느냐?"

"알아. 의술의 신. 말하자면 검신 같은 거지?"

틀린 말은 아니다. 검술에 통달한 자를 검신이라고 부른다. 의술에 통달한 자는 의신이다.

한데 그 의신을 아무나 하나? 길고 긴 인간의 역사 속에서도 의신은 단 한 명밖에 없었다.

파라세스. 그 역시 탄부르 지방의 의사였다. 그가 집도한 수술은 한 번도 실패한 적이 없다고 전해진다.

의사의 길을 걷는 자라면 누구라도 의신이 되기를 꿈꾼다. 루브르 역시 타락했지만 의사였다. 사람을 죽이는 것이 아니라 살리는 것이 그의 사명이었다.

염병! 꼬마가 내뱉은 말인데 가슴은 왜 이리 뛰나. 의신이라는 것은 누가 만들어줄 수 있는 것이 아닌데. 그걸 알면서도 저 꼬마의 눈동자를 보니 마음이 흔들린다.

"킥킥킥! 맹랑한 꼬맹이로군. 감히 그딴 소리를 하다니. 꼬마야, 거래라는 건 좀 더 현실적인 거란다."

"잔말 말고 거래할 거야, 말 거야?"

월랑이 버럭 소리쳤다. 그에겐 노닥거릴 시간이 없다.

루브르는 안경 너머로 월랑을 물끄러미 바라보았다.

그가 실소했다.

"허참! 이 나이에 꼬마의 농간에 넘어가다니. 좋다, 꼬맹아. 대신 내 이야기도 들어보고 결정하자."

"뭔데?"

"네놈은 이미 중독 상태가 아주 심해. 둘 중 하나를 결정해야 하지. 팔을 잘라내든지 독을 아예 흡수해 버리든지. 전자는 가장 안전한 치료다. 대신 평생 불구로 살아야겠지. 후자는 오히려 널 강하게 만들 수도 있다. 하지만 실패하면 죽는다. 쿠쿠쿠, 세상이 다 그런 거야."

"그리고?"

"저 계집년을 치료하는 것도 쉽진 않아. 까딱하다가 동맥을 건드려 버리면 피가 콸콸 쏟아지지. 아주 콸콸. 출혈 과다로 사망할 수도 있어. 나는 예전의 의사가 아니니까."

"할 말은 그게 다야?"

"아니지. 날 의신으로 만들어주겠다고 했는데, 어떻게 한단 말이냐?"

"부적으로."

"부적?"

"그래. 보름 안에 만들어주겠어. 그리고 할아버지가 말한 것들, 전부 감안하겠어. 어차피 죽을지도 모르는 상황인데 할아버지한테 걸어볼 거야."

"킬킬킬! 하여튼 이 섬의 꼬맹이들은 애답지가 않아서 싫다니까. 일주일만 이곳에서 살면 전부 너 같은 애늙은이가 되지. 킥킥킥. 좋다, 꼬맹아. 하지만 보름 안에 만약 날 의신으로 만들지 못하면 너와 저 계집아이는 내 마음대로 하마."

"좋을 대로."

"그럼 네놈은 어쩔 거냐? 팔을 자를 테냐, 목숨을 걸 테냐?"

월랑은 망설이지 않았다.

어차피 이 섬에서 살아가는 것 자체가 목숨을 건 상황이다. 지난 한 달 가까이 되는 시간 동안 뼈저리게 느꼈다.

그런데 목숨 한 번 더 건다고 해서 두려울 게 뭐란 말인가.

"독을 흡수할 거야."

"킥킥킥! 어쩔 수 없는 놈이군. 하지만 마음에 들어. 그럼 한번 시작해 볼까?"

"그리고 한 가지 더. 저 매도 치료해 줘. 가능하다면."

"허참, 가지가지 하는군."

루브르는 나뭇가지에서 뛰어내렸다.

나이에 어울리지 않게 날렵한 동작이었다.

그는 트림을 꺽, 하고는 천천히 주머니에서 뭔가를 꺼냈다. 검은 장갑이었다.

"그럼 먼저 네놈 팔부터 손을 써볼까?"

장갑 낀 열 손가락에서 은빛 바늘 열 개가 나왔다. 이내 루브르는 바늘 하나하나를 각각 이용해서 월랑의 팔을 수술하기 시작했다.

Chapter 6

15년 후.

우거진 수풀을 헤집으며 한 사내가 필사적으로 달리고 있었다.

"헉! 헉!"

검은 머리카락, 약간은 둥근 코, 흑갈색의 눈동자. 척 봐도 이계인의 피가 섞인 남자다.

그가 움켜쥔 옆구리에서 피가 잔뜩 배어 나왔다. 이마에서는 땀이 비 오듯 흘렀다.

사내의 바로 뒤를 쫓고 있는 것은 세 마리의 늑대였다.

"헉!"

한참 동안 달리던 사내가 갑자기 우뚝 멈춰 섰다. 바로 앞에 깎아지른 듯 높이 치솟은 절벽이 떡하니 버티고 있었다. 더 이상 도망갈 곳이 없다.

"젠장!"

사내는 무릎을 털썩 꿇고 머리를 감싸 쥐었다.

'여기서 끝나는 건가? 내 인생이 여기서? 안 돼. 그럴 수는 없어. 그럴 수는!'

하지만 아무리 생각해도 살 방도가 없다. 그러는 사이, 그의 뒤를 쫓던 늑대 세 마리가 어슬렁거리며 다가왔다. 한 마리는 다리에 부상을 입고 절뚝거렸다.

사내가 몸을 돌려 늑대 세 마리에게 다가갔다. 늑대들은 잠시 움찔거렸지만 아무런 저항 없이 사내의 팔에 안겼다.

"다들 수고했다. 나 때문에 너희들이 고생이구나. 미안하다."

남자는 늑대들의 목덜미를 어루만지고 등을 쓸어주었다. 그때,

"크크크, 작별 인사 중인가?"

숲에서 허스키한 웃음소리와 함께 두 사내가 모습을 드러냈다. 한 명은 애꾸눈이었고, 다른 한 명은 두건을 쓴 덩치 큰 남자였다.

늑대를 쓰다듬던 남자의 표정이 굳었다.

크르렁! 크르렁!

늦대들도 으르렁거리며 두 사내를 쏘아보았다.

애꾸가 피식 웃었다.

"크크, 다섯 마리 중 세 마리만 남은 거야? 그것도 하나는 병신이군."

크르렁!

말이 떨어지기가 무섭게 늦대 한 마리가 튀어 올랐다. 애꾸가 곧바로 검을 휘둘렀다.

"흥! 죽을 줄도 모르고 덤비는 멍청한 개 같으니라고!"

캐앵!

순식간에 검이 대각선으로 지나가면서 달려들던 늦대가 바닥에 내동댕이쳐졌다.

크르르!

늦대 한 마리가 배가 갈라진 채 죽어 나자빠지자 남은 두 마리는 송곳니를 드러내며 살기를 뿜어댔다.

두건을 쓴 덩치의 사내가 이죽거렸다.

"멍청한 개들아, 원망하려면 네놈들을 부리는 저 맹수사를 원망해야지."

크르렁! 쿠악!

이번에는 두 마리의 늦대가 동시에 달려들었다.

하지만 덩치는 눈 하나 깜빡하지 않은 채 할버드를 휘둘렀다.

"고통없이 보내주지!"

슈각!

캐앵!

적어도 한 마리는 그의 말대로 됐다. 튀어 오르는 순간 할버드에 의해 목이 댕강 날아갔다. 어찌 죽는 줄도 모른 채 죽었으리라. 하지만 남은 한 마리는 목이 절반만 베였다.

깨앵! 깽!

바닥에 드러누워 피를 쏟는 늑대가 힘겹게 할딱였다. 반쯤 찢어진 목에서는 피가 쉴 새 없이 흘러나왔다.

덩치가 뒤통수를 긁었다.

"이런, 미안하게 됐군. 고통없이 죽여준다는 게 그만 힘이 좀 부족했어. 곧 편안하게 해주마."

덩치는 쓰러진 늑대에게 걸어갔다. 늑대는 혀를 길게 빼 물고 헐떡였다.

덩치가 늑대의 머리 위로 발을 들어 올렸다.

맹수사가 눈을 부릅떴다.

"무슨 짓이야?"

"무슨 짓이긴, 고통없이 보내주려는 거잖아."

"안 돼! 하지 마! 차라리 목을 쳐!"

하지만 이미 덩치의 발은 늑대의 머리통을 짓밟았다.

콰직!

피가 사방으로 튀면서 늑대의 머리가 처참하게 터져 나갔다.

"크윽! 이 죽일 놈들!"

"크크크! 개 몇 마리 내세워서 비겁하게 싸우던 놈이 화내봤자 무섭지도 않아."

애꾸가 검날을 혀로 핥으며 다가왔다.

맹수사는 뒤로 주춤주춤 물러섰다.

당황하지 말자. 아직 죽지 않았다. 침착하게 대응한다면 살 수도 있다.

그는 먼저 오감을 활짝 열었다. 그리고 근방에 자신을 도울 만한 동물이 없는지 살폈다. 결과는 절망적이었다. 적어도 그가 부를 수 있는 범위 내에는 단 한 마리의 동물도 없었다.

죽는 건가?

애꾸의 뒤에서 덩치가 중얼거렸다.

"저 녀석 귀랑 코는 내 거야."

"알았어. 알았다고. 너 주면 되잖아!"

애꾸는 신경질적으로 대답하고는 맹수사를 향해 검을 찔렀다.

'헉! 정말 죽는다!'

맹수사는 눈을 질끈 감았다. 한데,

까앙!

뜻밖의 금속성.

'뭐지?'

그는 조심스럽게 한쪽 눈을 떴다.

제일 먼저 본 것은 애꾸의 놀란 표정이다. 그다음엔 자신의 앞을 막아선 남자가 보였다. 갈색 단발머리에 가늘고 긴 검을 쥔 남자.

애꾸가 눈썹을 꿈틀거렸다.

"이건 또 뭐야? 죽고 싶어?"

단발머리의 검사가 나른한 목소리로 대꾸했다.

"돌아가. 죽이진 않을 테니."

"뭐야? 이런 미친 새끼!"

문답무용. 애꾸는 더 이상 말을 섞지 않고 곧장 검을 내찔 렀다. 한데,

카앙! 캉!

이것 봐라?

애꾸의 표정이 점점 일그러졌다. 모든 검로가 막힌다. 검 술 하나는 자신있다고 자부하던 그다. 그런데 답답하다. 검이 자유롭게 길을 찾아가지 못하고 있다. 마치 물이 흘러야 할 곳을 찾지 못하고 웅덩이에 고인 채 썩어가는 느낌이랄까.

"제기랄!"

이윽고 욕지기가 그의 입에서 튀어나왔다. 평상심이 무너 졌다.

지켜보던 덩치가 심상치 않음을 느끼고 한발 나서려는데,

"오지 마! 이놈 귀랑 코는 내가 가진다! 넌 저 애송이나 처 리해!"

"끄음, 그러지."

애꾸는 고집이 세다. 덩치도 그 사실을 잘 안다. 그렇기에 더 이상 나설 생각을 버렸다. 대신 어쩔 줄 모르고 서 있는 맹수사에게 다가갔다.

그런데,

쉬이잇!

"헙!"

새하얀 빛줄기가 그의 앞을 스치듯 지나갔다. 덩치는 용수철처럼 튕겨 물러났다. 그리고 믿을 수 없다는 눈으로 단발의 검사를 바라보았다.

조금 전 그의 앞을 스쳐 지나간 것은 분명히 단발검사의 검이다.

'저 검사, 보통이 아냐.'

생각을 바꿨다. 애송이를 상대할 때가 아니다. 자칫하다가는 애꾸와 자신이 죽는다.

"이런 빌어먹을!"

덩치가 할버드를 휘두르며 단발검사에게 달려들었다.

애꾸가 다시 신경질을 부렸다.

"오지 말래도!"

"멍청한 놈! 너 혼자 상대할 수 있는 새끼가 아냐!"

두 사람은 동시에 단발검사를 향해 쇄도해 들어갔다. 요란한 금속성이 울리기 시작했다.

한편, 절벽을 등지고 지켜보던 맹수사는 입을 척 벌렸다.

사람이 저렇게 빠를 수 있나?

단발의 검사는 매우 부드럽게 움직였다. 한데 빠르다. 분명히 하나의 검으로 싸우고 있는데, 지금 맹수사의 눈에는 수십 개의 검으로 보인다.

오히려 동작이 요란한 쪽은 애꾸와 덩치다. 저들은 몸을 크게 움직이지만, 진정 검과 할버드의 움직임은 굼뜨다.

마침내 단발검사가 호흡 하나 흐트러지지 않은 음성으로 말했다.

"물러날 생각이 없다면 둘 다 죽인다."

"건방진!"

애꾸가 검을 찔렀다.

카앙!

그걸로 마지막 공격이었다. 청명한 금속성과 함께 애꾸의 검이 하늘로 튕겨 올라갔다. 때마침 할버드가 옆에서 베어 들어왔다.

"죽어라!"

단발검사는 몸을 빙글 돌렸다. 그리고 할버드를 밀어 쳤다.

캉!

이번에도 할버드는 덩치의 손을 떠나서 멀찍이 나무 기둥에 처박혔다.

두 사람이 무기를 손에서 놓친 것은 순식간이었다.

애꾸와 덩치가 믿을 수 없다는 표정으로 단발검사를 바라보았다.

'이, 이놈은 괴물이다! 절대로 이길 수 없다!'

털썩!

둘은 약속이라도 한 듯 무릎을 꿇었다.

"사, 살려주십시오!"

"뭐든지 시키는 대로 하겠습니다. 목숨만은……."

절대로 이길 수 없는 상대 앞에서는 무슨 수를 써서라도 살아야 한다. 그것이 이 섬의 법칙이다.

자존심? 그런 걸 버리는 건 손바닥 뒤집기보다 쉬워야 한다.

단발검사는 두 사람을 가만히 내려다보았다.

"가."

"예?"

"지금 가면 목숨은 살려준다."

애꾸와 덩치는 서로를 바라보았다.

정말인가? 정말 아무 조건 없이 보내준단 말인가. 혹시 뒤돌아서는 순간 죽이려는 건 아닐까?

눈치 빠른 애꾸가 손을 삭삭 비볐다.

"그러지 마시고 저희들이 여기서 할 일이라도… 아니면 저희들이 가지고 있는 귀와 코를 드릴 수도……."

"그럼 죽든가."

"헉!"

어느새 시퍼런 검날이 그의 목줄에 와 닿았다.

애꾸와 덩치는 동시에 이마를 땅에 찧었다.

"살려주셔서 감사합니다!"

두 사람은 곧장 몸을 일으켜 달아났다. 땅에 떨어진 검과 나무에 박힌 할버드는 찾아갈 생각도 하지 못했다.

그들이 사라지고 나자 단발검사가 맹수사에게 다가갔다.

"다친 곳은 어떻습니까?"

"아, 꽤, 괜찮습니다. 감사합니다."

맹수사는 얼결에 대답했다. 하지만 그의 눈빛은 경계심으로 가득했다.

이곳은 악마의 뿔이다. 강자가 약자를 보호해 줄 이유는 전혀 없다. 그것도 다 죽어가는 약자를.

무조건 서로 죽여야만 살아남는 곳이 바로 이 섬 아닌가.

"그런데 왜 저를 구해주신 건지……."

"제 친구의 뜻입니다. 걱정 마세요. 당신을 해칠 생각은 없습니다."

친구? 친구는 또 누군가?

"친구라면……."

"곧 만나게 될 겁니다."

맹수사는 마지못해 고개를 끄덕였다.

어쨌거나 생명의 은인이 아닌가. 아무리 이곳이 악마의 뿔이지만 너무 꼬치꼬치 캐묻기에는 미안한 생각도 들었다.

단발검사가 입을 열었다.

"제 이름은 슈안입니다."

슈안. 어디선가 들어본 이름이다. 어디서 들었더라?

"전 유학우라고 합니다."

"이름이 한어군요. 제 친구의 이름도 한어입니다. 월랑이라고 하지요."

그때 숲에서 긴 창을 든 낯선 남자가 불쑥 나타났다.

뺨에 흉터가 있고 광대뼈가 불거져 나온 사내였는데, 짧게 자른 머리카락과 날카로운 눈이 인상적이었다. 그가 대뜸 슈안을 향해 소리쳤다.

"왜 이렇게 늦어?"

"이제 가려던 참이야."

"굼뜨긴."

학우가 슈안을 향해 물었다.

"아까 말씀하신 친구라는 분이……."

"아뇨. 저 녀석은 다른 친구입니다."

짧은 머리의 사내가 휘적휘적 걸어왔다. 그가 학우를 향해 말했다.

"난 이카렌이라고 한다. 너, 맹수사냐?"

"그렇습니다만……."

"잘됐군. 네가 늑대랑 같이 달려가는 걸 보고 슈안이 뒤쫓았지."

"덕분에 살았습니다. 감사합니다."

"크크크, 감사는 무슨. 우리도 필요해서 도운 거니까 신경쓰지 마라. 그리고 말 놔. 이딴 섬에서 예의 같은 건 필요없으니까."

"그, 그러지요."

학우는 대답하면서 의식이 혼미해지는 것을 느꼈다. 상처를 입은 상태에서 긴장이 풀리자 졸음이 쏟아졌다.

"그런데 괜찮아? 피가 꽤 나잖아."

슈안이 학우의 상태를 보고 표정을 굳혔다.

"빨리 루브르에게 데려가야겠어."

학우는 눈을 감았다.

'루브르. 그 이름도 들어본 것 같은데 누구더라?'

그 생각을 끝으로 그는 완전히 의식을 잃었다.

따닥따닥.

마른 장작이 타 들어가는 소리가 동굴에 울렸다.

동굴 안은 빛으로 채워졌다. 모닥불이 동굴 한가운데에서 활활 타올랐다.

낡은 중절모를 쓴 노인이 누워 있는 환자를 보면서 혀를 찼다.

"쯧! 좀 성한 놈을 데려올 것이지."

"어이, 영감탱이. 죽고 싶어? 고생해서 데려왔는데 불평 좀 그만 하지 그래?"

이카렌이 으르렁대며 대꾸했다.

"하여튼 요즘 젊은것들은 어른을 공경할 줄 몰라. 그렇게 까불다가는 일찍 죽어, 이것아."

"영감탱이, 나와. 뱃가죽을 뚫어줄 테니."

이카렌이 창을 짚고 일어섰다.

그 순간 동굴 한쪽에 가만히 앉아 있던 백발의 청년이 입을 열었다.

"루브르, 이카렌, 둘 다 그만 해."

"쳇! 저 영감탱이가 먼저 시비를 걸었다고."

"이카렌, 앉아."

백발청년이 다시 한 번 명령조로 말했다. 이카렌은 청년의 검푸른 눈동자를 빤히 바라보다가 마지못한 듯 자리에 앉았다.

백발청년이 노인에게 고개를 돌렸다.

"루브르, 상태가 어때?"

"끄흠, 복부가 심하게 찢어졌어. 출혈도 심하고. 바닥을 굴렀는지 상처 안에 돌가루가 들어간 것 같군. 장이 괴사할 거야."

"수술할 수 있겠어?"

"킥킥킥! 날 뭐로 보는 거냐? 이 정도는 수술이라 부르기도 민망하지."

백발청년이 빙긋 웃었다.

"부탁해."

"킬킬! 그럼 시작해 볼까?"

루브르는 주머니에서 검은 장갑을 꺼내서 꼈다.

수술 집도가 시작됐다.

검은 장갑에는 손가락마다 열 개의 침이 달려 있다. 니들이라 불리는 침이다. 그것들은 올가의 줄기에서 뽑은 실로, 손가락에 연결되어 있다.

루브르는 먼저 입에 머금은 술을 뿜어 바늘을 소독했다.

그리고 그중 하나를 이용해서 배를 가르자 피에 젖어 꾸물거리는 장이 드러났다.

그는 올가를 이용해서 동맥을 묶었다.

우선 큰 출혈이 멈췄다.

이어서 장 속에 틀어박힌 돌가루를 하나하나 제거하기 시작했다.

루브르의 손놀림은 가히 경이로운 지경이었다.

바늘은 상황에 따라 칼이 되기도 하고 집게가 되기도 했다.

돌가루가 제거되자 하얗게 변색되면서 괴사하던 내장이 조금씩 원색을 되찾으며 살아나기 시작했다.

"끄음."

학우는 천천히 눈꺼풀을 들어 올렸다.

"정신이 드나?"

노인의 목소리.

학우는 몸을 일으켰다. 복부에서 통증이 느껴진다. 상처를 보니 흰색 천으로 둘둘 감겨 있다.

"아직 움직이기 조금 힘들 게야. 하지만 내일이면 거의 회복될 거야."

"누구신지……?"

노인을 향해 질문을 던졌다.

처음 보는 노인이다. 낡은 중절모를 쓰고 두꺼운 돋보기안경을 쓴 노인. 옆구리에는 술통이 가득하고 얼굴엔 검버섯이 피었다.

노인이 히죽 웃었다. 술 냄새가 훅 끼쳐 온다.

"이딴 섬에서는 상대가 누구인지는 중요하지 않아. 내게 해가 될 것인지 득이 될 것인지만 구분하면 돼."

학우는 노인의 말을 들으면서 주위를 둘러보았다.

어둑한 동굴. 바로 옆에는 타다 남은 장작더미가 있었고, 벽 쪽에는 잘 개어진 옷들이 있었다. 아마도 이곳은 노인 혼자 머무는 곳이 아닌 모양이다.

"혹시 제 상처를 치료해 주셨습니까?"

"그랬지."

"감사합니다."

"감사는 무슨. 월랑에게 감사하도록 해."

월랑. 또 월랑이다. 도대체 월랑이 누구란 말인가?

"존함이 어떻게 되시는지……?"

"킥킥킥, 존함이라……. 모처럼 예의 바른 청년이구먼. 기분이 좋아졌으니 가르쳐 주지. 내 이름은 루브르일세."

루브르. 의식을 잃기 전에 들었던 이름.

그런데 그 순간, 그의 뇌리를 스치는 기억이 있었다.

"루브르라면 혹시?"

"호오, 내 이름을 들은 적이 있나?"

들은 적이 있다. 의식을 잃기 직전에 들은 것이 아니라 그보다 훨씬 전에 들었다.

이 섬에서 다쳤다면 반드시 만나야 할 사람이 있다. 바로 의신이다. 바깥 대륙에도 없는 의신이 악마의 뿔에 있다고 했다.

"의신 루브르……."

학우가 멍하니 중얼거리자 루브르가 호쾌하게 웃었다.

"크하하하! 날 알아보는구먼! 그래그래, 내가 바로 의신일세! 킥킥킥!"

하나가 기억나자 다른 기억도 저절로 이어졌다.

슈안! 그는 이 섬에서 절대로 만나서는 안 될 자로 알려졌다. 제아무리 날고 기는 죄수라도 그의 검술 앞에서는 무릎을 꿇어야 한다.

"천검(千劍) 슈안."

"호오, 슈안도 아는 모양이군. 킬킬킬, 그 녀석도 좋은 놈이지."

루브르는 예의 바른 슈안을 나름 좋게 보고 있었다.

학우는 입을 척 벌리고 루브르를 바라보았다.

'맙소사! 의신 루브르와 천검 슈안이 함께 있을 줄이야!'

악마의 뿔에서는 서로를 죽여야만 한다. 한데 몇몇 사람들은 이례적으로 협력 관계를 형성하기도 한다. 물론 이런 섬에서 협력 관계라는 것은 좀처럼 이루어지기가 어렵다. 서로 협력을 약속하다가도 언제 뒤통수를 칠지 알 수 없기 때문이다. 오로지 불신이 가득한 섬이 아닌가.

그런데 의신 루브르와 천검 슈안이 협력 관계라면 누가 그들을 상대할 수 있을 것인가.

게다가 이들은 단 두 사람이 아니지 않은가.

"혹시 또 다른 사람도 있습니까?"

루브르가 턱을 긁었다.

"있긴 하지. 이카렌은 봤다고 했으니 넘어가고, 사야랑 바브릭이 있지."

학우는 입을 척 벌렸다.

"사야라면… 설마 궁귀 사야?"

세상에! 이 말을 믿어야 하나? 월랑, 이카렌, 바브릭을 제외하면 모두 들어본 이름이다. 그것도 이 섬에서 제일 강하다는 사람들이 아닌가. 물론 루브르는 강한 것과 다른 분야지만.

어쨌든 이들이 모두 하나의 집단을 이루고 있다는 소리는 금시초문이다. 아마 악마의 뿔에서도 그 사실을 아는 자는 몇 되지 않으리라.

"킥킥, 사야도 들어본 모양이군. 아마 이 섬 애송이들이 그렇게들 부르지? 내가 볼 땐 그저 맛있어 보이는 계집년이지만 말이야. 킬킬킬."

쐐애액! 탁!

난데없이 화살 하나가 루브르의 뺨을 스치고 지나갔다. 화살은 그대로 동굴 벽에 박혀 부르르 떨었다.

루브르의 뺨에 가느다란 선혈이 생겼다. 그가 손으로 뺨을 슥 훔치더니 역정을 부렸다.

"이년아! 피 쏟는 날도 아니면서 왜 이렇게 까칠하게 구냐!"

동굴 입구에서 앙칼진 목소리가 튀어나왔다.

"닥쳐! 변태 영감탱이! 다음엔 눈알을 뚫을 줄 알아!"

한 여인이 걸어왔다.

생각보다 작은 활을 메고 있는 여인. 피부는 약간 검은 편이지만 눈매가 아름답고 코가 오뚝해서 상당한 미인이다. 게다가 몸에 달라붙는 옷차림으로 인해 육감적인 몸매가 여실히 드러났다.

'이 여자가 사야인가?'

생각보다 너무나 아름답다. '궁귀'라는 별호 때문인지 엄청 괴팍하게 생겼으리라 짐작했건만.

그녀는 화살촉으로 학우를 가리켰다.

"야, 너."

"어, 어?"

상대가 대뜸 반말로 부르자 학우도 어정쩡하게 대답했다.

"월랑이 불러. 나와."

사야는 대꾸할 틈도 주지 않고 몸을 돌려 걸었다.

학우는 어깨를 폈다.

하지만 자꾸 움츠러든다. 사방에서 쏟아지는 기가 예사롭지 않다.

나무에 등을 기댄 채 팔짱을 끼고 있는 남자는 바브릭이다. 보통 사람보다 머리 두 개는 더 크다. 온몸은 탄탄한 근육질이고 허리춤에는 어린아이만 한 할버드가 걸려 있었다.

이카렌은 조금 떨어진 곳에서 창술을 연마하고 있었다. 찌르고 빠지는 동작이 매끄럽다. 창술에 대해서 잘 모르는 학우가 보아도 군더더기라고는 전혀 찾아볼 수 없는 동작이다.

슈안은 나무 그늘 아래 앉아 있었고, 사야는 커다란 바위 옆에 섰다.

그리고 그 커다란 바위 위에 앉아 있는 백발의 청년.

머리가 온통 새하얗고 눈동자는 검었다. 이목구비가 뚜렷하고 잘생긴 청년. 그는 어깨에 내려앉은 매의 머리를 쓰다듬고 있었다.

'저자가 월랑인가?'

이들 중 가장 혼혈에 가깝게 생긴 자라면 백발의 청년이다.

'놀랍군. 푸른 매라니. 맹수사인가?'

아니다. 맹수사는 아니다. 저건 그저 친밀도다. 맹수사라면 동물과 의사소통이 가능하다. 서로의 의지가 명확히 전달된다는 뜻이다.

하지만 백발사내와 푸른 매 사이에서는 그런 것이 느껴지지 않았다.

그래서 더욱 놀랍다.

매 중에서도 가장 영리한 것이 푸른 매다. 수명도 백 년 정도로 가장 길다. 푸른 매는 사람을 잘 따르지 않는다. 그런 매를 지금 저자는 애 다루듯 하지 않는가.

백발사내가 고개를 돌려 학우를 보았다.

"몸은 좀 어때?"

"덕분에 괜찮소."

"다행이군. 말 편하게 해. 어차피 이 섬에서는 살아온 세월보다 살아갈 시간이 중요하니까."

이 섬에서 오랫동안 산 사람이다. 말투나 분위기에서 단번에 느낄 수 있다.

"내 이름은 월랑이야. 진월랑."

"난 유학우라 하오."

상대가 말을 편하게 하라고 했지만 쉽지 않았다. 학우가 이 섬에 들어온 지는 석 달 정도 됐다. 바깥에서 살아온 세월에 비해 이 섬에서 보낸 시간은 턱없이 짧았다. 몸에 밴 예절은 쉽게 지워지지 않는 법이다.

"구해줘서 감사하오."

학우는 악수라도 청할 생각으로 월랑에게 다가갔다. 하지만 루브르가 그의 어깨를 잡았다.

"살고 싶으면 가까이 가지 않는 게 좋아."

"아니, 난 그저 인사만 하려고……."

"저 녀석 머리가 왜 저렇게 허연 줄 알아? 독공을 익혀서 그래. 저놈 몸에 닿기만 해도 자넨 죽을 게야."

학우가 놀란 표정을 지었다.

신체 접촉만으로도 중독된단 말인가!

"하지만 저 매는?"

"저놈 독은 사람한테만 통해. 인간의 전염병이 동물에게는 옮지 않는 것처럼 말이지. 믿기 힘들면 죽을 각오로 만져 보든지."

"아, 아뇨. 됐습니다."

학우는 침을 꿀꺽 삼키고는 월랑을 바라보았다.

월랑이 웃으며 말했다.

"루브르 말은 사실이야. 독공을 잘못 익혀서 조절이 잘 안 돼. 그러니 나한테 가까이 오지 않는 게 좋아. 그건 그렇고… 맹수사라고?"

"그렇소."

"실력은?"

"별로 보잘것없소이다."

"이 섬에는 어떻게 오게 됐지?"

학우의 표정이 어두워졌다.

떠올리기 싫은 기억이다. 하지만 묻는 자가 생명의 은인이라고 할 수 있으니 대답했다.

"공연하던 중 내가 부리던 사자가 귀족의 아이를 물어뜯어 죽였소."

"저런, 쯧쯧."

듣고 있던 루브르가 혀를 끌끌 찼다.

학우 역시 밀려드는 죄책감으로 마음이 편치 못했다.

월랑은 개의치 않고 물었다.

"사고였나?"

"그렇소. 하지만 살인이지. 내가 좀 더 실력을 쌓은 후에 공연을 해야 했소. 그랬다면 그 아이는 죽지 않았을 거요."

"그랬겠군."

"나를 구해준 이유가 뭐요? 이제 말할 때도 되지 않았소? 그런 걸 물어보려고 구해준 건 아닐 테지."

월랑은 학우를 가만히 바라보았다. 검은 눈동자가 한없이 깊어 보인다.

월랑이 입을 열었다.

"내겐 계획이 있어. 그 계획을 실행하려면 조력자가 필요해. 그 조력자를 찾는 중이야."

"계획? 조력자? 내가 그 조력자로 적합하다는 말이오?"

"맞아."

"하지만 난 당신 생각처럼 훌륭한 맹수사가 아니오. 끽해야 사자 하나도 제대로 부리지 못해서 어린애를 죽였소이다. 이 섬에 오고 나서 실력이 나아졌지만, 어제도 늑대 다섯 마리를 부리다가 모두 죽어버렸소."

"어제가 아니라 사흘 전이지. 사흘 만에 의식이 돌아왔으니까."

맙소사! 그렇게 오랫동안 의식이 없었단 말인가. 그럼 그동안 이들이 계속 간호해 줬다는 소리가 아닌가.

월랑이 말을 이었다.

"그리고 실력은 상관없어. 맹수사로서 자질만 있으면 돼. 늑대 다섯 마리를 부렸다고? 그 정도면 충분해. 나머지는 내가 도울 수 있으니까."

"어떻게 돕는다는 거요?"

"실력을 향상시켜 주지."

"어떻게? 그리고 계획이라는 건 도대체 뭐요?"

"계획에 동참할 거야?"

"한번 들어는 봅시다."

"아니. 듣게 되면 선택권이 없어져. 지금 결정해. 동참할 건지 말 건지."

이건 또 무슨 말인가. 계획이 뭔지도 모른 채 결정하라니…….

월랑이 말했다.

"참고로 계획에 동참하면 목숨을 걸어야 할 거야. 아니, 죽는다고 생각해야 돼. 하지만 동참하지 않는다고 널 죽이진 않아. 그건 믿어도 좋아."

학우는 주위를 둘러보았다.

루브르, 바브릭, 슈안, 이카렌, 사야.

전부 각자의 일을 하거나 아예 눈을 감고 있다. 학우의 결정은 자신들과 무관하다는 듯. 이들은 제의를 거절한다고 해서 칼을 들이밀 자들이 아니다.

생각이 복잡해졌다. 무슨 계획인지는 모르지만 동참하는 순간 목숨을 걸어야 할 거라고 했다. 궁귀 사야와 천검 슈안, 그리고 의신 루브르가 함께 있는데도 목숨을 걸어야 한다. 도대체 얼마나 위험한 계획이기에.

제의를 거절한다면? 그럼 상황은 나아지나?

학우는 고개를 가로저었다. 어차피 그가 있는 곳은 악마의 뿔이다. 죽거나 살거나 둘 중 하나만이 그의 앞길에 놓인 해답이다.

좋다. 그렇다면 이들에게 한번 걸어보자. 어떤 상황이든 목숨을 거는 건 똑같지 않나. 이왕 거는 것, 좀 더 믿음직한 녀석들과 함께하는 것도 나쁘진 않으리라.

"좋아. 계획에 동참하겠어."

말을 놓았다. 그건 동료가 되기로 결심한 그의 의지를 반영한 것이기도 했다.

월랑이 웃었다.

"잘됐군. 계획을 말해주지. 내 계획은 이 섬을 탈출하는 거야."

학우는 다리에 힘이 풀리는 것을 느꼈다.

해가 저물었다.

사야가 모닥불을 피우고 바브릭은 멧돼지를 들고 왔다. 다른 사람들은 낮처럼 각자 할 일을 하고 있었다.

학우는 모닥불 앞에 멍하니 앉아 있었다.

아직도 낮에 들은 월랑의 목소리가 귀에서 맴돈다.

섬을 탈출하겠다고? 그게 가능한 말인가?

수백 년 전처럼 마법이라는 것이 존재해서 공간 이동이라도 할 수 있다면 모를까. 도대체 무슨 수로 탈출한단 말인가.

악마의 뿔을 탈출한 사람은 역사상 단 한 명도 없다.

이곳은 섬이지만 죄수들 중 누구도 바닷물에 발을 담글 수는 없다.

일차적으로 섬 내부에 철망이 쳐져 있다. 죄수들은 그 철망을 넘어가서는 안 된다. 철망을 경계로 감시 요원들이 상시 배치되어 있다. 그다음으로 바닷가의 경계에 2차 감시대가 배치되어 있다.

탈출을 시도한 자들은 대부분 1차 감시대에게 발각당해 즉살되지만, 가뭄에 콩 나듯 2차 방어선까지 탈출하는 죄수도 있다. 하지만 결과는 같다. 모두 즉살이다.

2차 방어선을 뚫고 탈출한 죄수는 없다고 알려졌다. 그럼 2차 방어선을 뚫으면 탈출할 수 있나?

그게 또 아니다.

2차 방어선을 기적처럼 뚫고 바다로 나간다고 해도 망망대해를 무슨 수로 건널까?

게다가 육지와 섬 사이에는 3차 방어선이 있다. 바로 해양 감시대다. 총 육십 척에 달하는 선박이 해중에 떠서 감시한다.

이런 외딴 섬에 가만히 놔두기만 해도 탈출이 어려운데, 이 모든 걸 뚫고 탈출한다고? 어불성설.

아니, 정말 엄청난 기적이 일어나서 탈출했다고 치자.

그럼 끝인가? 절대 아니다.

제국에서는 악마의 뿔을 탈출한 자를 결코 좌시하지 않을 것이다. 무슨 수를 써서라도 찾아낼 것이다. 그럼 평생 도망

다니는 수밖에 없다.

"휴우~"

긴 한숨이 새어 나왔다.

생각을 거듭할수록 후회가 밀려든다. 동참하지 않는 게 옳았다. 이런 무모한 계획은 듣지 않는 편이 나았다.

"킥킥킥! 겁나냐?"

그의 곁에 루브르가 앉았다.

"한 가지 물어보죠. 영감님은 왜 탈출하려고 하는 겁니까?"

"이유 같은 건 없어. 그냥 저놈이 나가려고 하니까 우리도 따라가는 거지."

루브르가 턱짓으로 월랑을 가리켰다.

"그럼 다른 사람도 모두 영감님과 같은 이유입니까?"

"뭐, 그런 셈이지."

"도대체 월랑이 어떤 자이기에……."

"부적술사. 그놈이 날 의신으로 만들어줬어. 뭐, 보름 만에 만들어준다고 큰소리 쳐놓고 삼 년이나 걸려서 문제였지만. 킥킥."

"그럼 월랑이 부적을 써서 영감님을 의신으로 만들어줬단 말입니까?"

"그래. 나뿐만 아니라 여기 있는 녀석들 전부 놈이 부적을 써줬어. 안 그랬으면 다들 이만한 실력이 못 됐을 게야."

한 가지 의문이 풀렸다.

월랑이 자신의 실력을 향상시켜 주겠다고 한 말이 이해된다. 상대방의 능력을 향상시킬 수 있는 부적술사라니. 금시초문이다.

하지만 사실이라면 대단한 힘이 아닐 수 없다.

"그럼 월랑은 왜 여기를 탈출하려는 겁니까?"

"글쎄… 이유라면 두 가지가 있지. 하나는 개인적으로 확인해 보고 싶은 게 있다더군."

"다른 하나는?"

"네놈도 알 듯이 저놈 몸이 말이 아냐. 독공을 익혔는데 녀석 체질상 제대로 컨트롤을 못하고 있어. 그래서 신체를 접촉하는 인간은 적아를 막론하고 모두 죽어버려. 그걸 해결하려는 이유도 있어."

"여길 나간다고 그걸 해결할 수 있는 겁니까?"

"가능할 수도 있어. 여왕벌을 만난다면."

"여왕벌을 만난다고요?"

학우가 놀라서 소리쳤다.

세상에는 '5대 노터치라인'이라는 것이 있다. 절대로 건드려서는 안 될 다섯 집단을 뜻한다.

그중 하나가 여왕벌이다. 가문 대대로 이어져 내려오는 독공을 극한까지 익힌 여자. 사람들은 그녀를 여왕벌이라 부른다.

학우는 벌어진 입을 다물지 못했다.

이들은 제정신인가? 여왕벌은 귀족이다. 악마의 뿔을 탈출한 자가 귀족을 찾아가겠다니. 세상에 어떤 귀족이 제국의 공적을 반길 것인가. 들으면 들을수록 무모한 계획이다.

"킬킬킬! 너무 겁먹지 마라. 월랑이라면 가능할 게야. 그게 무엇이든지."

"도대체 그 막연한 믿음은 어디서 나오는 겁니까? 분명히 전부 죽을 겁니다."

그렇다고 해서 도망갈 생각은 없다.

한 번 내뱉은 말은 지킨다. 설사 도망간다고 해도 이들이 잡으려고 한다면 금방 잡힐 것이다.

"킥킥킥! 네놈도 곧 알게 될 게다. 분명히 너도 우리처럼 막연한 믿음이 생기게 될 거야. 아니, 믿음이라기보다는 기대랄까? 월랑은 그런 놈이니까."

그때, 멀찍이 앉아 있던 월랑이 일어섰다.

"다들 저녁 먹고 있어. 학우는 날 따라오고."

월랑은 대답도 듣지 않고 휘적휘적 걸어갔다.

그가 동굴 안으로 사라지자 루브르가 학우의 어깨를 툭, 두드렸다.

"가보라고. 킬킬! 저놈이 널 강하게 만들어줄 게야."

월랑은 동굴을 따라 깊숙이 들어갔다.

학우는 아무 말 없이 그의 뒤를 따랐다.

동굴은 생각보다 깊었다. 안으로 들어갈수록 내려가는 경사도 심했다. 자칫 발을 헛디뎠다가는 한참 동안 굴러 떨어질 것이다.

다행히 길목마다 횃불이 밝혀져 있어서 위험을 덜었다.

"지금이라도 맘을 바꾸고 싶다면 말해."

월랑이 계속 걸음을 옮기며 입을 열었다.

마음을 바꾸고 싶다면? 바꾸고 싶다. 그런 무모한 계획에는 동참하고 싶지 않다.

한데, 막상 기회가 주어지니 또 망설여진다.

"정말 날 강하게 만들어줄 수 있나?"

"부적은 세 가지 조건이 함께 이루어져야 제대로 힘을 발휘할 수 있지. 만드는 자의 능력, 만드는 자의 정성, 그리고 받는 자의 믿음."

"하지만 능력과 정성이 부족하면?"

"아니. 그 두 가지보다 더욱 중요한 게 믿음이야. 부적을 특별하게 생각할 필요는 없어."

학우가 눈살을 찌푸렸다.

"무슨 소리지?"

"부적은 역사가 아주 깊어. 고대 인류 시대부터 부적은 사용됐어. 동굴에 벽화를 새겨서 복을 기원하는 것 역시 부적과 같은 이치야. 검사 수련생들의 머리띠에 적힌 '나는 할 수 있

다' 라는 것도 부적의 효과야. 부적은 일상생활에서 우리가
항상 사용하고 있지."

"그 부적들을 제대로 쓰려면 믿음이 있어야 한단 말인가?"

"그래. 그 믿음은 일종의 자기 암시가 되어서 평소 이상의
능력을 끌어올려 주는 거야. 그게 부적의 원리다. 때문에 부
적은 영력으로 만드는 거야. 하지만 아무리 강한 영력의 소유
자가 좋은 부적을 써줘도 받는 자의 믿음이 결여됐다면 무용
지물이야."

결국 믿으라는 소리다. 믿는 자만이 강해진다는 말이다.

얼마나 걸었을까?

물방울 소리가 들렸다.

'물? 동굴 속에 물이 고여 있나?

예상은 적중했다.

월랑은 제법 넓게 고인 물가에 멈춰 섰다.

"천연 암반수야. 몸을 깨끗이 씻도록 해."

"목욕하자고?"

"남자 둘이라서 실망이야? 중독될 걱정은 하지 않아도 돼.
직접적인 신체 접촉이 아니라면 괜찮아."

월랑은 농담처럼 말하고는 옷을 훌훌 벗기 시작했다.

참방참방!

월랑은 암반수에 몸을 담은 채 눈을 감았다. 학우도 옷을
벗고 물속으로 들어갔다.

목욕을 끝낸 월랑과 학우는 준비되어 있던 천으로 몸을 닦고 옷을 입었다.

목욕재계를 하는 동안 월랑은 학우에게 부적에 관한 기본 지식을 전해주었다.

부적은 기본적으로 영력을 사용해서 만든다.

하지만 작용되는 면에서는 크게 두 가지로 나눌 수 있다.

하나는 영계에 작용하는 부적이다.

흔히 액을 쫓고 길을 부르거나 귀신을 물리치고 반가운 손님을 부르는 부적 등이 바로 그것이다. 또한 상대로 하여금 환각을 보게 만드는 것도 영계에 작용하는 부적이다.

다른 하나는 물질계에 작용하는 부적이다.

체력을 강하게 해준다든지 사물을 단단하게 만들어 부식을 방지한다든지 하는 것들이다.

만들기 쉬운 쪽은 물질계다.

만약 영계에 작용하는 부적을 자유롭게 사용하는 경지에 이르면 귀신을 부리거나 시체를 부릴 수도 있다.

월랑은 부적술이 뛰어나지만 아직 영계에 작용하는 부적까지 쓸 수 있을 정도는 아니다.

"아까도 말했지만 부적을 사용한다고 해서 천하무적이 되는 건 아냐. 맹수사로서의 자질을 극한으로 끌어올려 주고 동물과의 친밀도를 향상시켜 주겠지만 그만큼 단점도 생길 거야."

"이를테면?"

"너와 소통하는 동물이 상처를 입거나 죽으면 네게도 정신적 충격이 클 테지."

"그런 것이라면 감안하고 있어."

"그럼 지금부터 부적을 써줄 테니 마음을 비우도록 해."

월랑은 가부좌를 틀고 앉아 크게 심호흡했다.

이제 부적을 쓸 차례다.

부적을 쓸 때는 언제나 한번에 적어내려야 한다. 영기가 흐트러지면 부적도 제대로 효력을 발휘할 수 없기 때문이다.

이윽고 월랑이 눈을 떴다. 그리고 철침을 들었다.

Chapter 7

Charm 참마스터
Master

부엉~ 부엉~

푸드득!

밤이 깊었다.

가지 끝에서 울던 부엉새가 갑자기 날아올랐다.

샤샤샥! 샤샥!

부엉이가 날아간 가지를 밟으며 몇 개의 그림자가 신속하게 이동했다. 마치 다람쥐가 가지를 타며 이동하듯 부드럽고 빨랐다.

커다란 떡갈나무 아래에 그림자들이 차례로 내려섰다.

우거진 나뭇잎 사이로 달빛 한줄기가 쏟아져 내렸다.

백발. 머리가 온통 새하얀 청년을 중심으로 여섯 그림자가
호위하듯 서 있었다.

월랑이다.

그는 지금 있어선 안 될 곳에 와 있다.

'더 이상 접근 시 즉살 대상'이라고 적힌 팻말을 지나쳐 50미
터나 들어왔다. 이대로 300미터만 더 나아가면 1차 감시대가
있는 곳이다.

"사야, 올라가서 감시초소를 확인하고 인원을 파악해."

월랑의 말이 떨어지기가 무섭게 사야는 몸을 날렸다. 그녀
는 다람쥐처럼 나무를 타고 꼭대기까지 올라갔다.

사방이 칠흑처럼 어두운 밤이다. 게다가 감시초소는 300미
터 앞에 배치되어 있다. 그런데 월랑은 초소를 확인하고 적의
숫자까지 파악하란다.

보통 사람이면 미쳤냐고 반문할 것이다.

하나 사야라면 가능하다. 월랑은 그녀를 궁수로서 최적의
몸으로 만들어주었다.

우선 사야의 시력은 보통 사람의 열 배 정도에 달한다. 게
다가 집중력 또한 일반인의 수십 배다. 적은 근육으로 효율적
으로 시위를 매길 줄 안다. 사야가 활을 쏘면 백발백중이다.

하지만 그녀가 강해진 만큼 단점도 생겼다.

시력이 좋은 대신 보기 싫은 것도 보게 됐다. 그리고 순간
적인 빛의 변화에 적응이 느리다. 활시위를 감각적으로 당기

지만, 칼이나 다른 무기를 쥐면 어린애나 다름없다. 그리고 무서운 집중력 때문에 한 번에 두 가지 일을 못한다.

잠시 후 사야가 내려섰다.

"초소에 궁수가 여섯 명, 근방 순찰 요원이 서른 명."

"서른 명?"

루브르가 눈을 동그랗게 뜨고 물었다. 사야는 두 번 말하지 않았다. 루브르도 굳이 대답을 바라고 물은 것은 아니다.

"니미럴, 뭐가 그렇게 많아?"

월랑의 표정도 조금 어두워졌다.

생각보다 많다. 많아야 초소 셋에 순찰 스무 명 정도라고 생각했는데.

이카렌이 이죽거렸다.

"큭큭큭! 이거 재미있는데? 삼십육 대 칠이라……. 한 놈이 다섯 명씩 상대하면 되는 것 아냐? 어이, 늙은 너구리. 겁나나? 큭큭."

"주둥아리 좀 꿰매주랴?"

루브르가 검은 장갑을 끼며 말을 받았다.

월랑이 나섰다.

"그만 해. 삼십육 대 칠이 아냐. 삼십육 대 오다. 슈안은 피를 볼 수 없으니 제외고, 학우는 아직 나서면 안 돼. 누가 학우를 호위하면서 싸울 거야?"

"쳇, 나는 죽일 줄은 알아도 지킬 줄은 모른다고."

이카렌이 혀를 차고는 고개를 돌렸다.

잠자코 있던 바브릭이 굵은 목소리로 말했다.

"내가 호위하지."

"그럼 사야는 초소 궁수를 맡아. 궁수가 제거되면 슈안이 정면으로 들어가서 미끼가 된다. 그다음 이카렌이 왼쪽, 바브릭이 오른쪽, 나와 루브르가 정면으로 친다."

저마다 고개를 끄덕였다.

"그럼 시작하지."

월랑의 말이 떨어지자마자 사야가 먼저 몸을 날렸다.

나무 꼭대기에 올라선 사야는 왼손으로 활을 잡았다.

휘이잉~

바람이 분다. 바람에 따라 나뭇가지가 흔들리고 사야의 몸도 흔들린다.

사야는 활에 덧살을 댔다.

그녀의 활은 보통 활보다 조금 작다. 화살도 마찬가지다. 30센티 정도로 매우 짧은 화살이다. 때문에 활을 쏠 때는 기다란 덧살을 대야 한다. 시위를 놓으면 덧살은 남고 화살만 날아가 목표를 뚫는다.

화살은 작고 빨라서 시야에 잡히지도 않는다. 소리도 희미하다.

사야는 왼손가락 사이에 덧살 두 개씩을 끼워 모두 여섯 개를 댔다. 그리고 화살 여섯 개를 시위에 걸었다.

끼이익!

시위를 당겨 조준했다.

어둑한 300미터 밖의 초소. 궁수 여섯 명이 철망 앞쪽을 향해 30도 간격으로 살피고 있다. 나뭇가지가 바람을 따라 흔들리면서 사야의 몸도 휘청거린다.

바람을 느끼자. 그리고 시위를 놓을 타이밍을 찾자.

휘이이잉~

오른쪽으로 5도.

지금이다!

패애앵! 쐐애액! 쐐액!

화살 여섯 대가 어둠 속으로 빨려들 듯 사라졌다.

댕! 댕! 댕!

초소에서 울린 종소리가 어둠을 깨웠다.

사삭! 사삭!

근방을 순찰하던 서른 명의 감시 요원들이 신속하게 철망 가까이 다가섰다.

종소리가 세 번 울리고 멈췄다.

궁수 여섯이 모두 죽었다는 뜻이다. 만약 한 명이라도 살아 있다면 종소리는 멈추지 않는다.

궁수들은 몸에 줄을 묶어서 쓰러지면 저절로 종이 한 번 울리게 되어 있다. 종소리가 세 번 울리고 그쳤다는 것은 세 명은 완전히 쓰러졌고, 나머지 셋은 초소 벽에 걸친 채 죽었다는 뜻이다.

저벅저벅.

초소 정면으로 갈색 단발머리의 사내가 걸어왔다. 마치 정원에 산책이라도 나온 사람처럼 태연한 표정이다.

대범한 건가, 멍청한 건가.

"탈출 시도자다!"

누군가 버럭 소리쳤다.

근방의 감시 요원 여섯 명이 일제히 슈안을 향해 달려들었다.

카카캉!

감시 요원들의 실력은 결코 무시할 만한 수준이 아니다. 감시 요원들 중에는 이 섬의 죄수였다가 발탁된 사람도 있다. 그만큼 산전수전을 다 겪은 정예 요원들이다.

한데 이게 웬일인가!

여섯 명의 감시 요원이 동시에 칼부림을 하는데도 단 한 명의 사내를 감당하지 못했다.

카카캉!

슈안은 감시 요원들의 모든 칼날을 쳐냈다. 표정도 변하지 않았고 호흡도 흐트러지지 않았다.

"증원!"

상황이 여의치 않자 감시 요원 여섯이 더 달려왔다.

12대 1의 싸움.

그럼에도 달라진 것은 고막을 찢어버릴 듯 울려대는 마찰음뿐이다. 싸움은 여전히 호각지세를 이루고 있었다.

"정말 대단하군요."

학우는 입을 척 벌렸다.

슈안의 검날은 그야말로 달빛마저 쪼개 버렸다. 한 마리의 아름다운 학이 우아한 날갯짓을 하는 것처럼 보인다. 슈안이 왜 천검이라 불리는지 절실히 느껴진다.

"슈안은 월랑에게 두 가지만 요구했다."

학우가 바브릭을 돌아보았다.

바브릭이 할버드의 날을 쓰다듬으며 말을 이었다.

"유연성과 속도. 다른 건 요구하지 않았어. 월랑이 슈안에게 써준 부적은 그게 전부야. 유연성을 극한으로 끌어올리고 속력도 최대한 끌어올리는 부적."

"그래서 저렇게 빠르군요. 그런데 정작 써먹을 수가 없다니 아쉽군요."

슈안에게는 치명적인 단점이 있다.

바로 사람을 베지 못하는 것.

섬의 사람들은 그의 검술만을 보고 두려워하지만, 사실 슈안은 이 섬에서 가장 안전한 사람이다. 그는 사람을 벨 수 없다. 지금까지 그가 실제로 벤 사람은 단 한 명도 없다.

학우도 이들과 함께 지내지 않았다면 몰랐을 사실이다. 천검이라고 불리는 검술 천재가 사람을 벨 수 없다니. 이 사실을 누가 알까.

슈안은 선천적으로 상대에게 상처 하나 입히지 못한다고 한다. 실제로 그가 사람을 베는 걸 본 사람은 아무도 없다. 가장 친하다는 이카렌조차도.

그런 그가 어쩌다가 이런 섬에 들어오게 된 건지는 의문이다. 본인이 입을 열지 않으니 알 방도는 없다.

아무튼 슈안의 치명적인 단점은 월랑조차도 해결하지 못했다고 한다.

바브릭이 일어섰다.

"슈안의 내면 문제겠지. 아무리 좋은 부적이라도 스스로 적을 벨 의지가 없다면 소용없어. 아마 이대로라면 저 녀석은 평생 누군가를 베지 못할 거야."

'꼭 누군가를 베어야만 하는 건 아니지만요.'

학우는 생각을 삼키고 함께 몸을 일으켰다.

바브릭은 할버드를 붕붕 휘두르며 저벅저벅 걸음을 내딛어갔다.

"히이익! 거, 거인……."

감시 요원은 발이 땅에 붙은 듯 꼼짝을 못했다.

쉬이익! 서걱!

결국 그는 부릅뜬 눈 그대로 머리통이 떨어져 나가고 말았다.

바브릭은 손속에 사정을 두지 않았다. 그의 할버드는 자비라는 것을 모른다. 베고, 자르고, 찍는다.

샤악! 부욱!

할버드가 지나간 자리에는 어김없이 피가 솟았다.

"이 빌어먹을 거인 새끼!"

파악!

검날 하나가 바브릭의 왼쪽 팔뚝에 박혔다. 바로 뒤에 있던 학우가 놀라서 주춤 물러섰다.

"헉!"

검은 아직까지 바브릭의 팔뚝에 틀어박힌 채였다.

한데 더욱 놀라운 것은 바브릭의 반응이다. 그는 마치 가시에 찔린 듯 눈살을 슬쩍 구기고는 고개를 돌렸다.

"좀 더 힘차게 베었어야지."

"힉! 괴, 괴물이잖아, 이 자식!"

검을 꽂아 넣은 감시 요원은 절망스런 표정을 지었다.

있는 힘을 다해 검을 휘둘렀다. 그런데 팔을 자르기는커녕 살갗에 상처만 주고 말았다. 뼈에서 걸린 것도 아니다. 놈의 근육을 베지 못한 것이다.

이게 사람 몸인가? 철 덩어리가 아니고서야 어찌 이럴 수가 있나!

바브릭은 커다란 손으로 칼날을 움켜쥐었다. 그리고 가시를 뽑아내듯 빼내고는 휙 집어 던졌다.

졸지에 검을 잃어버린 감시 요원이 뒤로 한 걸음 물러났다.

"으, 으으… 살려……."

슈악! 콰작!

감시 요원은 그 말을 끝으로 머리통을 잃어버리고 말았다. 그는 목에서 피를 분수처럼 쏘아 올리면서 바닥에 엎어졌다.

"대, 대단하다……!"

학우는 넋이 나간 표정으로 중얼거렸다.

바브릭. 이제 그가 누군지 알 것 같다. 처음 듣는 이름이라고 생각했는데 아니었다. 아니, 이름은 처음 듣지만 그에 대해서는 들은 적이 있다.

악마의 뿔에는 철인이 산다는 말이 있다. 온몸이 쇳덩이처럼 단단한 인간인데, 2미터가 넘는 키에 손가락 하나로 바위도 부순다고 한다. 게다가 칼로 베어도 베어지지 않는단다.

이름은 알려지지 않고 철인으로만 불린다.

그 철인이 눈앞에 있다. 바브릭이 아니면 누구랴.

바브릭을 이렇게 만든 사람은 바로 월랑이다.

월랑의 말에 의하면, 바브릭에게도 단점은 있다. 힘이 센 대신 움직임이 느리다. 몸이 단단한 대신 감각이 둔하고 섬세함이 떨어진다.

하지만 지금 학우의 눈에는 바브릭이 그 누구에게도 지지 않을 천하무적으로 보였다.

이카렌은 손속이 잔인했다.

상대를 죽여도 바브릭처럼 그냥 죽이지 않았다. 그는 창끝으로 상대의 눈을 뚫어버리거나 배를 찔러 창자를 휘어 감았다.

적은 고통에 몸부림치다가 서서히 죽어갔다. 그런 잔인한 행위는 적에게 상당한 공포심을 심어주었다.

물론 이카렌이 전략적으로 그런 짓을 하는 것은 아니다. 그는 원래 성정이 잔인한 살인마다. 바깥 대륙에서도 여러 사람을 잔인하게 죽여 이곳에 오게 됐다. 그러다가 슈안을 만나서 함께 행동했고, 나중에 월랑을 만난 것이다.

"크크크! 싱거워, 싱거워!"

슈가각!

"크아악!"

입이 귀까지 찢어진 감시 요원이 얼굴을 감싸 쥐고 고통에 몸부림쳤다.

'크크! 좀 더 소리쳐라! 괴롭다고 비명을 질러대라!'

악귀. 이 섬의 사람들은 이카렌을 악귀라고 부른다.

창을 들고 상대를 잔인하게 유린하는 그의 모습을 보면 지옥에서 갓 올라온 악귀가 연상되기 때문이다.

"아아악!"

"크악!"

비명이 연이어 튀어 올랐다.

하지만 어쩐지 이카렌의 표정은 뭔가 못마땅한 듯 일그러졌다.

'이놈들 죽이기는 이렇게 쉬운데! 어째서 그놈을 이기지 못하는 거지? 염병할!'

이카렌은 이를 부드득 갈고는 창을 휘둘렀다. 그의 창끝에 적의 눈알이 뽑혀 나오고 내장이 쏟아져 나왔다.

이카렌은 슈안과 가장 친하다. 그가 월랑으로부터 요구한 부적도 슈안과 똑같다.

하지만 그것은 친분 때문이 아니다. 경쟁의식이랄까.

그는 단 한 번도 슈안과 대련해서 이긴 적이 없었다. 은연 중 열등감이 항시 자리 잡고 있는 것이다.

'제기랄! 칼에 피도 묻히지 못하는 놈에게 내가 왜 질 수밖에 없냔 말이다!'

붕붕! 콰작! 콰가각!

창날이 지나가는 자리마다 비명이 밤하늘로 솟았다. 그의 마음을 달랠 수 있는 것은 오로지 적의 혈향과 고통에 찬 비명뿐이었다.

"킥킥킥! 딸꾹! 간만에 설쳐 볼까?"

루브르가 의신이 되면서 잃은 것은 두 가지다.

하나는 사람을 죽일 수 없게 된 것이다. 상대의 목숨을 끊을라치면 몸과 마음이 저절로 거부를 한다. 원인이야 어떻든 결과적으로 슈안과 비슷한 증상이다. 뿐만 아니라 혹여 사람을 죽이게 되면 그는 의신의 재능을 잃는다.

하지만 의사는 늘 살을 찢고 꿰맨다. 생명의 위협이 되지 않는 선에서 상처를 내는 것은 가능하다.

두 번째로 잃은 것은 바로 제정신이다. 루브르는 늘 취중 상태여야만 한다.

루브르는 월랑이 처음으로 부적을 적어준 사람이다. 때문에 부작용이 몇 개 생겼다. 그중 하나가 바로 술을 끊을 수 없다는 것이다. 특히 수술을 할 때면 항상 취한 상태여야만 가능하다. 그는 술에 취할수록 의지를 발휘했을 때의 집중력이 향상된다.

한 가지 우스운 건, 루브르는 그 현상에 아주 만족한다는 것이다.

촤라라락!

열 개의 은빛 니들이 그의 손가락에서 사방으로 쏘아져 나갔다. 이어서 세상에서 제일 가늘고 질긴 실, 올가가 적들을 꽁꽁 휘어 감았다.

"크윽! 이건 무, 무슨!"

올가에 묶인 자들은 모두 네 명. 다들 옴짝달싹 못할 때 월랑이 유유히 다가갔다.

"미안하군."

월랑은 손으로 그들의 팔목을 잡았다. 그것으로 끝이었다. 감시 요원들은 팔목이 잡힌 것만으로 신음을 흘리기 시작했다.

"끄으윽!"

피부 속에서 피가 말라간다. 혈색이 빠져나가고 피부가 새하얗게 변했다. 마른 논바닥처럼 살갗이 쩍쩍 갈라졌다.

"꺼어어억!"

네 명의 감시 요원은 모두 순식간에 홀쭉한 시체가 되어 쓰러졌다.

사망자 서른여섯.

그중 열하나는 보기 역겨울 정도로 처참한 몰골이다. 눈알이 뽑히고, 내장이 쏟아져 나오고, 입이 길게 찢어졌다. 사지가 잘려 나가기도 했다. 이카렌의 솜씨다.

아홉 구는 모가지가 완전히 싹둑 날아갔다. 잘려 나간 단면이 거침없이 깔끔하다. 바브릭이 한 짓이다.

여덟은 목과 심장에 화살을 틀어박았다. 한 치의 오차도 없이 완벽한 급소를 맞았다. 사야다.

마지막으로 여덟은 비쩍 말라비틀어진 시체다. 월랑의 손에 중독되어서 죽어간 것이다.

서른여섯 명의 감시 요원이 숨을 거두는 데는 불과 10분도 걸리지 않았다.

"교대 시간은 30분 간격. 10분을 사용했으니 20분 남았어. 그 안에 여기를 떠야 해."

"철망 바깥쪽에도 감시 요원이 많을 텐데……."

학우가 조금 불안한 목소리로 말했다.

월랑이 대꾸했다.

"그래서 이제 네가 나서야 해."

"뭘 하면 되지?"

"지금 가능한 한 많은 두더지를 불러 모아. 시간은 10분이다. 땅을 깊게 파야 할 거야."

10분.

학우는 곧장 바닥에 손을 짚었다. 드디어 자신이 나설 차례다. 두더지를 부르는 것은 처음이다.

하지만 쥐는 많이 부려봤다. 같은 종은 아니지만 부리는 느낌은 비슷하다.

학우는 양 손바닥을 바닥에 대고 입을 동그랗게 말았다.

"우우우우!"

그의 몸이 소리에 따라 미세하게 떨렸다. 이 소리와 떨림은 두더지들에게 전달될 것이다. 동물은 인간이 알아들을 수 없는 소리에도 반응하기 마련이다.

"우우우우!"

아직까지 아무런 신호도 느껴지지 않는다. 오감을 활짝 열고 두더지를 부르고 있지만 답이 없다.

하지만 한 가지는 분명하다. 월랑이 부적을 써준 후로 감각이 활짝 열린 듯하다. 주위의 동물들이 아주 미세한 반응만 보여도 무슨 상황이 일어나는지 짐작된다.

두두두!

학우가 눈을 번쩍 떴다.

'온다!'

두더지가 오고 있다. 활짝 열린 그의 감각에 두더지의 움직임이 잡혔다.

대략 30미터 밖이다.

'몇 마리지?'

한 마리, 두 마리, 셋, 다섯……. 맙소사!

많다! 셀 수 없이 많다!

월랑이 왜 이곳을 탈출로로 정했는지 알 것 같다. 이곳을 통해서 가면 해변이 멀 수밖에 없다. 한데도 월랑은 이곳을 지나간다고 고집했다.

그가 간다면 이유가 있다. 결국 사람들은 그를 따랐다.

'역시 이런 이유가 있었어!'

두두두두!

땅이 미세하게 흔들린다. 이제는 그 진동이 학우뿐만 아니라 다른 사람들에게까지 전해졌다. 단 한 명, 감각이 무딘 바브릭만을 제외하고.

"뭐, 뭐야?"

이카렌이 땅의 진동을 느끼고 중얼거렸다.

"두더지야. 두더지가 오고 있는 거야."

사야가 말했다.

"킥킥킥! 애송이 녀석, 제법이잖아!"

루브르가 키들거렸다.

파바박!

바닥에 구멍이 뚫리며 두더지 한 마리가 튀어나왔다. 이어서 수십, 아니, 수백 마리에 이르는 두더지가 바글거리며 튀어나왔다.

사야가 미간을 구겼다.

"징그럽게 많네."

"킥킥! 그럼 오라비 옆에 꼭 붙어 있어라."

루브르가 사야의 엉덩이를 슬쩍 만지며 끌어당겼다.

"이 변태 늙은이가!"

"이크! 역시 성난 암고양이가 더 매력적이라니까."

월랑은 철망 너머를 손으로 가리키며 말했다.

"이 방향으로 3킬로미터를 파도록 해. 땅굴 넓이는 우리가 기어갈 수 있을 정도."

학우는 곧장 눈을 감고 두더지들에게 명령을 내렸다.

스슥! 스슥!

두더지들은 곧장 행동으로 옮겼다.

수백 마리의 두더지가 정신없이 땅을 파내기 시작하자 굴은 금방 깊고 넓어졌다.

학우가 몸을 일으켰다.

"됐어. 가리킨 방향으로 3킬로미터 정도 파고 갈 거야."

그의 목소리는 한껏 고양됐다.

처음으로 월랑이 준 힘을 아낌없이 써보았다.

효과는 대단했다. 이렇게 많은 두더지들이 자신의 뜻에 따라줄 줄이야.

"수고했어."

월랑은 품에서 괴황지 여섯 장을 꺼냈다.

그리고 검지를 깨물어 피를 냈다. 경면주사가 없기에 다른 방법이 없었다.

월랑은 단숨에 부적을 적어 내려갔다. 한어와 아르젠 어가 뒤섞인 묘한 문양이다.

부적 여섯 장을 순식간에 완성한 월랑이 말했다.

"시신들을 뒤져서 수통 여섯 개를 챙겨와."

그들은 말이 떨어지기가 무섭게 수통을 챙겨왔다. 누가 시키지 않아도 각각 하나씩 들었다.

월랑은 부적을 쥐고 살짝 비볐다.

팟! 화르르!

부적이 순식간에 불에 타올랐다. 그 타고 남은 재를 수통 여섯 개에 각각 넣었다.

"마셔. 폐활량을 강화해 주는 부적이야. 땅굴이 기니까 공기가 턱없이 부족할 거야. 들어가면 최대한 호흡을 아끼도록 해. 부적의 지속력은 5분이야. 바브릭은 등에 판자를 대고 날 업고 가도록 해."

"놈들이 뒤쫓아오면?"

학우가 걱정스레 묻자 월랑이 간단히 대답했다.

"걱정 마. 굴을 무너뜨리면서 가면 쉽게 쫓아오진 못할 테니까. 자, 그럼 출발한다."

발 빠른 슈안이 제일 먼저 들어갔다. 그리고 이카렌, 학우가 뒤를 이었다. 루브르가 네 번째로 들어가고, 사야는 자청해서 가장 뒤를 맡았다.

땅굴은 그야말로 암흑 세계였다.

바로 코앞에 벌레가 앉아 있어도 보지 못할 것이다.

두더지들은 벌써 길을 완전히 뚫어놓았는지 소리도 들리지 않았다.

폐활량을 강화시킨 부적을 마시긴 했지만 지속력은 5분이다. 5분 만에 3킬로미터에 달하는 거리를 엉금엉금 기어서 가는 건 절대 무리다.

"푸후!"

누군가 숨을 터뜨렸다. 그만큼 공기가 줄어들었다. 신경이 날카로워진다.

조금 더 참을 것이지.

불만이 생기자 호흡은 더 가빠진다.

안 된다. 마음을 다스려야 한다. 누군지 몰라도 아마 참다
못해 숨을 토했으리라.

무엇보다 지금의 상황에서 가장 힘든 사람은 월랑일 것이
다. 바브릭에게 업혀서 간다지만 여러모로 신경 쓰일 것이 많
다.

바브릭에게 조금이라도 몸이 닿으면 바브릭이 죽는다. 최
대한 몸을 움츠리고 있어야 한다. 게다가 정작 자기 자신에게
는 부적을 사용할 수 없는 몸이지 않은가. 공기가 턱없이 부
족할 것이다.

굴은 좁고 답답하지만 무너져서 죽을 걱정은 아무도 하지
않았다. 설사 굴이 무너진다고 하더라도 바브릭이 있다면 살
수 있다. 그가 있다면 이딴 흙더미 정도는 얼마든지 파헤치고
지상으로 올라갈 수 있으리라.

긍정적으로 생각하자 힘이 조금 생긴다.

모두들 부지런히 손과 발을 놀렸다.

"푸하!"

"허억! 허억! 크허억!"

땅굴에서 기어나온 이카렌은 바닥에 널브러졌다. 세상에

존재하는 모든 공기를 혼자 들이마시겠다는 듯 크게 숨을 몰아쉬었다.

부적의 효과가 떨어지고 나자 숨 쉬는 건 평소보다 두 배로 힘들었다.

바로 이런 점이 일시적인 강화부를 사용할 때의 단점이다. 5분 동안 폐활량이 강화된 상태에 적응된 탓에 평소 호흡이 부족하게 느껴지는 것이다.

어쨌거나 굴을 무사히 빠져나오는 건 성공했다.

이카렌의 뒤를 이어 학우가 나오고, 루브르가 나왔다.

"허어억! 허어억! 후우!"

"아이고, 죽겠네. 헉헉헉! 다 늙어서 이게 무슨 고생이람."

그런데,

바브릭이 나오지 않는다.

먼저 나온 네 사람은 숨을 고르면서 어두컴컴한 굴 안을 바라보았다.

안 나온다. 소리도 들리지 않는다.

"바브릭! 빨리 나오지 않고 뭐 해! 다 왔다, 이놈아!"

루브르가 소리쳤다. 잠시의 침묵이 영원처럼 느껴지는 순간이다.

결국 기다리다 못한 이카렌이 욕지거리를 뱉었다.

"이런, 쌍! 이 굼벵이 같은 새끼! 왜 안 나오는 거야! 설마 뒈져 버린 거 아냐?"

불안하다. 나올 시간이 한참 지났다. 지금쯤은 나왔어야 한다.

"젠장! 내가 들어가 보겠어."

"기다려. 나올 게야!"

"이 미친 영감탱아! 가만히 앉아서 그렇게 지껄이고 있으면 뭐가 달라지냐?"

"멍청한 놈. 그럼 여기서 기어들어 간다고 뭐가 달라지냐? 죽은 놈이 살아 나와?"

"이런 씨! 누가 뒈졌다는 거야? 영감탱이가 정말 사는 게 지겨워졌나!"

"그러니까 기다려 보자고. 살아 있으면 나올 게야. 원래 이놈 굼뜬 거 몰라?"

"제기랄! 너무 늦잖아! 이 곰탱이 같은 게 뒈지면 월랑도 죽는다고! 그럼 뒤따라오는 사야도 죽을 거고!"

굴은 좁다. 뒤따르는 사람이 앞사람을 추월할 수 있는 공간이 없다. 게다가 앞을 막은 자가 바브릭이라면 더욱 그렇다.

그때, 어두컴컴한 굴 안에서 중저음의 목소리가 흘러나왔다.

"그 주둥이 안 닥치면 머리통을 깨버린다, 이카렌."

밖에 나와 있던 네 사람의 시선이 동시에 굴 쪽으로 향했다.

어둠 속에서 커다란 덩치의 바브릭이 엉금엉금 기어나오

고 있었다.

"곰탱이, 괜찮아?"

"나보다 월랑이 이상하다."

이카렌이 얼른 달려가서 바브릭의 등에 묶인 월랑을 판자째 들어 올렸다.

바브릭은 그대로 몸을 옆으로 뉘였다. 지친 기색이 역력했다.

그런데 문제는 월랑이다.

"의식이 없어! 루브르, 어떻게든 해봐!"

"비켜, 이것아! 앞에서 깔짝대지 말고!"

루브르가 얼른 달려갔다. 그는 먼저 니들을 이용해 침을 놓았다. 우선 급소에 니들을 꽂아서 혈액순환이 원활하도록 돕는 것이다.

"영감탱이, 살릴 수 있어?"

"월랑이 죽었냐, 살려내게?"

"그러니까 살 수 있냐고? 젠장!"

"미친놈. 내가 누군지 모르나 본데, 난 의신이다, 의신. 그러니 까불대지 좀 말고 가만히 찌그러져 있어."

보통 같았으면 욱해서 덤빌 이카렌이다. 하지만 지금은 잠자코 물러났다.

루브르 역시 큰소리는 쳤지만 표정이 썩 밝지 않았다.

그때 마지막으로 굴속에서 사야가 기어나왔다. 그녀는 나오자마자 거친 숨을 내쉬며 월랑의 상태부터 물었다.

"하아! 하아! 월랑은?"

"의식불명."

루브르가 월랑의 가슴을 압박하면서 대답했다.

사야가 기어가다시피 월랑에게 다가갔다.

"뭐 하는 거야! 그럼 빨리 치료해야지!"

"하고 있잖냐, 이년아! 정신 사나워 죽겠네!"

"그런데 왜 아직도 의식불명이야!"

"이런, 니미럴!"

루브르가 머리를 감싸 쥐었다.

사실 그가 할 수 있는 응급처치는 끝냈다. 흉부 압박도 할 만큼 했다. 한데 한 가지를 못하고 있다. 보통 사람이라면 아주 간단한 방법인데.

바로 입으로 숨을 불어넣는 방법이다. 탄부르 지방 의사라면 누구나 알고 있는 방법. 인공호흡이라고 부르는 응급처치법이다.

그런데 그걸 할 수가 없다.

누가 감히 월랑과 입을 맞출 것인가. 입을 맞대는 순간, 월랑은 살고 숨을 불어넣는 자는 죽을 것이다.

하지만 이대로 두면 월랑이 정말 죽을지도 모른다.

루브르가 절망적인 목소리로 말했다.

"인공호흡을 해야 해."

"인공… 뭐? 그게 뭐야?"

이카렌이 묻자 슈안이 대답했다.

"입을 맞대고 숨을 불어넣는 거야. 탄부르 지방에서는 의사뿐만 아니라 아이들도 알고 있을 정도로 기본적인 응급치료야."

그렇게 간단한 방법으로 살릴 수 있단 말인가.

하지만 월랑에게는 가장 어려운 방법.

그때 사야가 벌떡 일어났다.

"내가 할게!"

사람들의 시선이 일제히 그녀에게 향했다.

"미쳤어?"

루브르가 대뜸 말했다.

사야가 독기 품은 눈으로 그를 쏘아보았다.

"숨을 불어넣기만 하면 되는 거지? 내가 하겠어! 내가 월랑을 살리겠어!"

"이년아! 그럼 네가 죽어!"

"할 수 없잖아! 이대로 두면 월랑이 죽어!"

"그래서 넌 죽고 월랑을 살리겠다고? 의부 나셨구먼."

"비켜! 돌팔이 영감탱이! 내가 월랑을 살린다!"

"미친년. 그건 내가 의사로서 허락 못해. 목숨의 무게는 누구에게나 똑같은 거야, 이년아."

"시끄러! 사람도 못 살리는 돌팔이한테 그런 소리 들을 이유 없어!"

"아아! 거참! 누가 이년 좀 말려봐!"

결국 바브릭이 나섰다. 그가 사야의 양팔을 붙잡았다.

"침착해라, 사야. 생각하다 보면 방법이 있을 거다."

"생각하다가 저놈 죽어!"

"저 녀석은 그렇게 약한 놈이 아냐."

"약해! 약하다고! 남은 천하무적으로 만들어도 저 새끼는
제 몸 하나도 못 지키는 약해빠진 놈이야!"

"사야!"

바브릭이 모처럼 소리를 질렀다.

갑자기 큰 소리가 터져 나오자 주위가 순간 조용해졌다.

정신이 없다.

월랑 한 명이 의식불명인데 이렇게 파티 균형이 무너지나.
이제 겨우 1차 감시대를 통과했는데 앞으로는 어떻게 나아가
려고 이러나.

슈안이 일어났다.

"제가 하겠습니다."

"너도 돌았냐? 설쳐 대는 암고양이 한 마리로도 정신없어.
쭈그리고 앉아."

"만약 누군가 희생해야 한다면 제가 하겠습니다."

"아무도 희생으로 월랑을 살려선 안 돼. 만약 살릴 수 없다
면 이건 월랑 이놈의 팔자야."

말은 그렇게 했지만 루브르도 속이 바짝바짝 타 들어갔다.

보통 인간의 폐활량으로 이 긴 굴을 빠져나오려면 질식하는 것이 당연하다. 그런데 왜 월랑만은 괜찮을 거라고 생각했을까?

아니, 아무런 생각도 하지 않았다. 당연히 이놈은 괜찮을 테니까. 이놈은 언제나 상식을 뛰어넘는 놈이었으니까.

그런데 그게 아니다. 이놈도 역시 인간이었다. 공기가 없으면 죽는다. 이렇게 떠드는 시간도 아깝건만. 방법은 없나.

그때, 학우가 조심스러운 목소리로 입을 열었다.

"그런데 저어… 이건 왜 달고 있을까요?"

학우의 손가락이 월랑의 허리춤을 가리켰다.

허리춤에는 가죽 주머니 같은 것이 주렁주렁 달려 있었다.

"수통?"

가죽 수통이 여섯 개다. 그들이 부적을 마시고 버린 것들이다. 그런데 저걸 언제 옆구리에 찬 거지? 왜 찬 거지?

"그거군!"

루브르가 무릎을 탁, 쳤다.

그는 곧장 수통 하나를 꺼내서 바람을 빵빵하게 집어넣었다.

"슈안! 이걸 이놈 주둥이에 대고 바람을 집어넣어!"

슈안은 루브르의 의도를 눈치 챘다. 그는 곧장 수통의 주둥이를 월랑의 입에 맞대고 바람이 새어 나오지 못하게 밀착시켰다.

"손이 맨살에 닿지 않도록 조심해."

"알겠습니다. 바람을 집어넣으면 되는 거죠?"

"인공호흡법 알아?"

"대충은."

"좋아, 바람을 두 번 불어넣어!"

슈안은 가죽 주머니를 세 차례 눌러서 바람을 집어넣었다. 월랑의 가슴이 부풀어 올랐다.

그다음 루브르가 월랑의 흉부를 압박했다.

그러는 동안 이카렌은 다른 수통에 바람을 넣어서 슈안에게 건네주었다.

그럼 슈안은 다시 월랑의 코와 입을 덮고 바람을 불어넣었다.

그리고 루브르의 흉부 압박.

그렇게 몇 번을 반복했을 때,

"흐으업!"

월랑이 숨을 쉬기 시작했다.

이윽고 그가 가늘게 눈꺼풀을 들어 올렸다.

그 모습을 보던 사람들이 가까스로 안도의 숨을 내쉬었다.

"사, 살았다! 후으으!"

루브르는 그대로 털썩 주저앉았다.

월랑은 두통 때문에 잠시 미간을 찌푸렸다가 몸을 일으켰다.

그가 사람들을 둘러보고 말했다.

"다들 무사히 나왔군. 다행이야."

"이 빌어먹을 자식아! 네놈 때문에 얼마나 놀랐는지 아냐? 수명이 십 년은 줄어들었어, 이것아!"

루브르가 역정을 부렸다.

"쿠쿡! 영감이 십 년이나 더 살려고 했어?"

"뭐야? 이 때려죽일 놈이!"

"다들 무사하니 됐잖아."

"되긴 뭐가 돼? 너, 수통은 왜 가져온 거냐? 이렇게 될 줄 짐작한 거지?"

"내 폐활량으로 5킬로미터나 되는 굴을 빠져나오기는 무리라고 생각했으니까."

"그럼 진작 말해줬어야 할 것 아냐! 수통을 발견하지 못했으면 어쩔 뻔했냐? 전부 당황해서 안절부절못하다가 너 골로 갈 뻔했어, 이 새끼야."

"그러니 매사에 침착해야 한다는 말이 있지. 조금만 신중하면 생각해 낼 수 있는 방법이잖아."

"어휴~ 말이라도 못하면."

월랑이 일어섰다.

"내가 미리 말했으면 전부 마음이 조급해서 굴을 제대로 빠져나오지 못했을 거야. 그리고 의식을 잃는다고 해도 의신이 함께 있는데 무슨 걱정이야."

"쳇! 의신 두 번 믿었다간 너 정말 골로 간다, 이놈아."

루브르는 혀를 차고는 술통을 입에 들이부었다.

"썩을 놈. 이번엔 네가 잘못한 거다."

이카렌도 한마디 툭 던지고는 몸을 돌렸다.

사야가 걸어왔다. 그녀는 입술을 꾹 깨물고 있었다. 눈가
에는 이슬이 맺혔다.

월랑이 미안한 표정으로 물었다.

"화 많이 났어?"

"한 번만 더 이딴 식으로 행동하면 가만 안 둘 거야."

그녀 역시 몸을 홱 돌리고 걸어갔다.

슈안과 바브릭은 씁쓸한 웃음만 지었다.

월랑이 뒤통수를 긁적였다.

"이거 여러 사람에게 미움받는군."

"이 정도로 그친 게 다행인 줄 알아, 이놈아. 성질 같아선
다시 죽여놓고 싶다."

루브르가 툴툴거렸다.

학우는 안도의 숨을 쉬었다.

한편 이들의 유대감이 생각보다 끈끈하다는 사실에 놀랐
다. 그리고 지금의 상황을 미리 짐작하고 말없이 준비한 월랑
의 대비에 내심 감탄했다.

Chapter 8

Charm 참마스터
Master

　월랑은 거침없이 움직였다.

　마치 늘 다니던 길을 가듯이 조금의 망설임도 없었다.

　1차 방어선과 2차 방어선 사이는 감시 요원들의 땅이다. 죄수들은 그곳에 들어서는 순간 사냥감밖에 되지 않는다. 그래서 악마의 뿔에 갇힌 죄수들은 그 지대를 사냥터라고 부른다.

　굴을 파고 사냥터로 들어선 지 두 시간 정도가 지났다. 아마 감시 요원들이 눈에 불을 켜고 월랑 일행을 찾을 것이다.

　월랑은 100미터 정도의 간격으로 끊어서 움직였다. 100미터 정도 움직인 후에는 멈추고 주변을 살핀다. 이때는 철저히 몸을 숨긴다. 그리고 사야가 나무 위로 올라가서 주변을 살핀다.

안전이 확인되면 다시 100미터를 움직인다. 이동하는 동안에는 거침이 없다.

학우는 월랑을 따르며 희망을 가졌다.

월랑과 함께하면 믿음보다는 기대가 생긴다고 했던가?

맞는 말이다.

어쩐지 그와 함께 있으면 뭔가 해낼 것 같은, 놀라운 일을 겪을 것만 같은 기대가 생긴다.

나무 위에 올라갔던 사야가 내려왔다.

"목적지 200미터 앞. 이쪽으로. 지금이야."

월랑은 곧바로 몸을 일으켜 사야가 가리킨 방향으로 움직였다. 다른 사람들도 그의 뒤를 따랐다.

모든 결정은 월랑이 내린다. 그들은 월랑을 중심으로 움직였다. 사야의 정보가 완벽하다고 해도 월랑이 가지 않으면 멈춘다.

이번에도 100미터의 거리를 이동하는 동안 아무도 만나지 않았다. 사냥터에 들어서고 나서부터 단 한 명의 감시 요원도 만날 수 없었다.

그들은 풀숲에 몸을 숨겼다.

학우는 주위를 둘러보았다.

조금 전 사야는 목적지가 200미터 앞이라고 했다. 그럼 이제 100미터 남았다. 도대체 목적지는 어디를 말하는 건가.

2차 방어선을 말하나? 아니, 벌써 2차 방어선에 도착했을 리가 없다. 2차 방어선은 훨씬 멀리 바다를 등지고 있다. 파도 소리도 들리지 않고 갈매기 울음도 들리지 않는다. 그렇다면?

"지금 어딜 가는 거지?"

"사냥터 감시 본부."

"감시 본부? 거길 왜? 우리는 지금 이 섬을 탈출하려는 게 아냐?"

"맞아. 그러니까 가야 해."

학우는 묘한 표정을 지었다.

섬을 탈출하기 위해서 감시 본부에 제 발로 걸어간다? 호랑이 굴에 들어가서 날 잡아잡수쇼 하는 것과 뭐가 다르단 말인가.

학우의 표정을 본 월랑이 설명을 더했다.

"감시 본부에 섬 내부 지도가 있어. 그걸 가져와야 해. 그게 없다면 악마의 뿔은 절대로 탈출하지 못해."

아! 그렇다면 앞뒤가 어느 정도 맞아 들어간다.

"지도 때문이군. 그런데 지도가 거기 있다는 정보는 어떻게 알아냈어? 게다가 본부까지 가는 길을 상당히 정확히 알고 있잖아."

"완전한 비밀이란 있을 수 없지. 나는 이곳에서 십오 년을 살았다. 이 정도를 안다고 해서 이상할 것도 없지."

"맙소사! 십오 년이나……!"

학우는 말을 잇지 못했다.

십오 년. 이런 곳에서 인간이 십오 년을 살 수 있다는 게 놀라울 뿐이다.

그는 악마의 뿔에 갇힌 지 석 달 정도가 지났다. 그런데도 벌써 삼 년, 아니, 삼십 년은 산 것 같다. 그런데 십오 년의 세월을 여기서 보냈다면 도대체 월랑은 몇 살 때 이곳에 들어왔단 말인가.

"킥킥킥! 애송이, 지금 십오 년이 많다고 놀라는 거야?"

루브르가 술병을 나발 불며 말했다.

월랑이 피식 웃으며 말했다.

"루브르는 이십오 년을 살았지."

"이십오 년……."

학우가 멍한 표정을 짓고 있을 때, 월랑이 전방을 살피다가 말했다.

"이제부터는 10미터마다 한 번씩 움직인다. 숨소리도 죽여야 할 거야."

모두 고개를 끄덕였다.

당연한 조치다. 100미터 앞에 본부가 있으니 지금부터는 경비가 더욱 삼엄할 터다.

월랑을 비롯한 일행은 몸을 바짝 낮추고 이동을 시작했다.

난감하게 됐다.

감시 본부는 50미터 앞. 감시 요원들은 모두 서른다섯 명.

밤이지만 요원들의 모습은 학우에게마저 생생하게 보였다.

본부를 중심으로 사방 50미터가 대낮처럼 밝았다. 몸을 숨길 만한 나무나 풀잎조차도 없다.

만약 누구라도 나섰다가 발각되면 본부에서는 곧장 신호탄을 던져 올릴 것이다. 그럼 사냥터에 뿔뿔이 흩어져 있던 요원들이 일제히 몰려든다.

"이제 어떻게 하지?"

월랑은 아무런 대답도 하지 않았다. 생각 중이다.

다른 사람들은 월랑이 눈을 뜰 때까지 침묵했다. 불안해하는 사람은 아무도 없었다.

감시 본부는 둥글게 지어진 건물이다. 건물 밖에 경비를 서고 있는 요원만 서른다섯 명. 사방에 각 일곱 명씩이다. 어느 한쪽만 당하더라도 다른 두 방향을 지키고 서 있는 요원들이 알아챌 수 있게 배치되어 있었다. 그리고 10분 간격으로 감시 위치를 교대하고 있다.

네 팀으로 나누어 동서남북에서 동시에 치고 들어가는 건 어떨까?

아니다. 그랬다가는 요원들의 옷자락도 스치기 전에 일은 끝날 것이다. 사야의 경우 화살을 쏘면 되겠지만 다른 세 팀은 50미터 거리를 쏜살같이 달려가야 한다.

슈안과 이카렌이 제아무리 빨라도 50미터 거리를 달려가려면 적의 눈에 먼저 발각될 수밖에 없다.

그뿐만 아니다.

주변과 달리 어두컴컴한 저 건물. 저 건물 안에서도 밖을 감시하고 있을 터다. 기적처럼 저들을 처리한다고 해도 건물 안에서 지켜보고 있던 놈들이 신호를 보낼 것이다.

쥐도 새도 모르게 본부에 잠입해야 한단 말인데…….

지도는 포기해야 하나?

월랑이 고개를 들었다.

이카렌이 주먹을 쥐고 우두둑 소리를 냈다.

"자, 말해봐. 저놈들을 어떻게 요리할 건지."

학우는 할 말을 잃었다.

이런 상황에서 저 안을 들어갈 생각인가? 아무도 포기할 생각을 하지 않았단 말인가?

월랑이 입을 열었다.

"미안하지만 이카렌이 나설 기회는 없겠어."

"쳇! 한바탕하나 했더니."

"학우, 쥐를 부를 수 있겠지?"

"쥐라면 어렵지 않아."

"사야, 어느 쪽이든 좋아. 저기 감시 요원 열네 명을 한자리에서 처리할 수 있는 장소를 찾아."

사야는 곧바로 몸을 움직였다.

"사야가 자리를 잡으면 슈안과 이카렌이 반대편으로 돌아가도록. 명심해. 절대로 몸을 드러내서는 안 돼. 만약 몸을 드러냈다가는 본부에서 곧바로 신호탄을 던질 거야."

"그럼 거기서 뭘 하면 되는 거야?"

"풀숲에서 짐승인지 사람인지 애매할 정도로만 움직여. 건물 안에서 감시하는 요원들의 시선만 끌면 되니까."

"뭐야?"

이카렌이 표정을 일그러뜨리자 월랑이 부드럽게 웃었다.

"부탁한다. 아주 중요한 일이니까."

"쳇! 그래도 이건 너무하잖아. 이젠 짐승 역할까지 시키다니. 안 그러냐, 슈안?"

"잔말 말고 월랑이 시키는 대로 해."

"젠장, 배알도 없는 놈."

결국 이카렌은 툴툴거리며 몸을 움직였다.

사야는 자리를 잡았다.

그녀는 풀숲 사이에서 바짝 몸을 웅크리고 동쪽과 남쪽을 경계하는 감시 요원들을 바라보았다. 모두 열네 명. 활을 들고 각각을 조준해 보았다.

맞힐 수 있다.

이 자리라면 움직이지 않고 열네 명 모두 저승으로 보낼 수 있다.

부스럭부스럭.

누군가 접근하는 소리.

사야가 잔뜩 긴장하고 소리 나는 쪽으로 활을 돌렸다.

"나야."

월랑.

"휴우~"

사야가 활을 내렸다.

월랑은 몸을 웅크린 채 걸어왔다. 손에는 죽은 쥐 한 마리가 들려 있었다.

"학우가 부른 쥐?"

"맞아."

"쥐를 죽이면 학우도 정신적으로 충격받지 않아?"

"그래서 쥐를 잡은 후에 바로 유대를 끊게 했으니 괜찮을 거야."

월랑은 대답을 하면서 철침으로 쥐의 배를 갈랐다. 검붉은 피가 흠뻑 배어 나왔다.

월랑은 품에서 가느다란 붓을 꺼냈다. 그리고 쥐의 피를 흠뻑 묻혀서 부적을 적어갔다.

사야가 가만히 지켜보다가 물었다.

"괴황지도 이제 다 써가지?"

"응. 괜찮아. 괴황지가 아니라도 이젠 가능하니까."

"효력이 조금 떨어지잖아."

"할 수 없지. 자, 됐다."

월랑은 부적을 모두 열네 장 만들었다. 사야가 고개를 갸웃거렸다.

"무슨 부적이야?"

"석고부(石固符). 대상을 돌처럼 굳어버리게 만들지."

"시간은?"

모든 부적에는 유효기한이 있다.

영원히 작용되는 부적은 없다. 부적을 만드는 자의 능력이 뛰어나고 만들 때 오래도록 정성을 들인다면 지속력 또한 길다.

반대로 급하게 만든 부적은 지속력이 짧다.

"오래 걸리진 않아. 길어야 15분이야. 화살 열네 대를 꺼내봐."

월랑은 화살 하나에 부적 하나를 붙였다.

"몇 명까지 가능하겠어?"

사야가 대답했다.

"지난번 초소처럼 좁은 곳에 모여 있는 게 아니라서 한 번에 많이 쏠 순 없어. 이 거리라면 세 명까지 가능해."

더 물러서서 쏜다면 네 명까지도 가능하다.

하지만 열네 명을 상대하기에는 효율이 떨어진다. 조준 시간이 길어지고 성공률도 떨어지기 때문이다.

"부탁하지."

"맡겨둬."

사야가 싱긋 웃었다. 언제 월랑에게 화가 났었냐는 듯 웃는 모습이 마치 천사처럼 예쁘다.

끼이이익.

덧살 세 개를 대고 화살 세 개를 시위에 매겼다.

패애앵! 슈슉!

가까운 풀잎을 헤치고 화살 세 대가 날아갔다. 월랑이 화살을 쫓으려고 고개를 돌렸을 때, 사야는 이미 두 번째 시위를 당겼다.

패애앵! 슈슛! 패애앵! 슈슈슛! 패앵!

부적을 몸에 만 화살이 연이어 날아갔다.

"큭."

"웃."

아주 여린 신음이 입에서 흘러나왔다.

하지만 그 이상 반응은 없었다. 동쪽에 나란히 서 있던 일곱 명의 감시 요원들은 저마다 몸을 움찔거리고는 곧 돌처럼 굳었다.

그들의 가슴에는 짧은 화살이 깊게 박혀 있었다. 하지만 그들의 반응이 워낙 미비해 다른 방향을 감시하던 요원들은 아무엇도 눈치 채지 못했다.

동쪽과 남쪽, 총 열네 명의 감시 요원이 쥐도 새도 모르게 절명했다. 그리고 선 채로 굳어서 꼼짝도 하지 않았다.

쐐애애액! 타악!

나무에 짤막한 화살 하나가 날아와 박혔다.

나무 옆에 앉아 있던 이카렌이 히죽 웃었다.

"사야가 일을 끝낸 모양이군."

사야의 신호다. 이제 이쪽에서 교란작전을 펼칠 차례다.

"크크크, 어디 한번 짐승이 되어볼까?"

그가 목을 양옆으로 까딱이며 몸을 풀었다.

"가지."

슈안이 먼저 몸을 움직였다.

사삭! 사사삭!

풀숲이 미세하게 움직였다.

사람인가?

사삭!

아무래도 심상치 않다.

북쪽을 감시하던 요원 한 명이 고개를 갸웃거리고 옆 사람에게 물었다.

"어이, 저기 좀 수상하지 않아?"

"동물이겠지. 탈출범들이 미쳤다고 여길 오겠어?"

"그래도 혹시 모르잖아."

사사삭!

다시 풀숲이 움직였다.

두 요원은 눈살을 찌푸리고 가만히 바라보았다. 확실히 동물이라고 단정 짓기에는 움직임이 이상하긴 하다.

"신호탄을!"

"그랬다가 아무것도 아니면 무슨 욕을 들으려고."

"크흠! 그럼 먼저 확인이나 해보자고."

두 사람은 다른 다섯 명의 요원을 이끌고 풀숲으로 천천히 들어갔다.

북쪽과 서쪽의 경계를 지키던 요원들이 풀숲을 향해 걸어갔다.

월랑이 말했다.

"이제 들어갈 준비 하지."

"정말 이렇게 들어가도 되는 거야? 건물 안에서 저쪽을 본다는 보장도 없잖아."

"아마 볼 거야. 건물 안에 있는 놈들은 이쪽을 지키는 요원들이 죽은 줄 모를 테니까."

하긴, 이쪽을 지키고 있는 요원들이 열넷이나 되니까 굳이 신경 쓰진 않으리라.

"하지만 그래도 이쪽을 보고 있으면 어떻게 하지?"

학우가 말했다. 확률은 적지만 가능성은 있지 않은가.

월랑이 피식 웃었다.

"그럼 이카렌만 좋은 일 시켜주는 거지, 뭐."

"킥킥킥, 그건 맞는 말이네. 그놈은 잠시라도 사람을 안 죽이면 몸에 두드러기가 나는 미친놈이니까."

"자, 그럼 가볼까?"

월랑이 벌떡 일어섰다.

신호탄은? 없다.

확실히 이쪽을 보고 있는 사람이 없다.

"시간이 없어. 벌써 5분을 낭비했다. 10분 만에 지도를 찾아서 나와야 해."

"좋아, 가자구."

루브르도 벌떡 몸을 일으켜 달리기 시작했다.

다섯 사람은 최대한 빠른 속도로 본부 건물을 향해 달렸다.

본부의 정문은 열려 있었다.

당연하다.

어떤 정신 나간 탈출범이 감시 본부에 들어가겠는가.

감시 본부는 침입 대상이 아니다. 오히려 요원들이 비상시에 빠르게 뛰쳐나갈 수 있어야 하는 곳이다. 때문에 항시 열려 있다.

한데 허를 찔렸다.

지금 사냥터를 떠들썩하게 만든 탈출범 중 다섯이나 감시 본부 안으로 들어왔다.

복도를 따라 살금살금 걷던 월랑은 모퉁이에서 잠시 멈췄다.

세 명.

월랑은 품에서 미리 써두었던 석고부 세 장을 꺼냈다.

찰나,

쉬쉬쉿!

얇은 종이가 마치 빳빳한 철판처럼 허공을 가르며 날아갔다.

"무……!"

부적은 화살처럼 빨랐다. 부적을 이렇게 던지기 위해서 그동안 얼마나 많은 노력을 했는지 모른다.

석고부가 몸에 붙은 요원들은 말을 채 꺼내지도 못하고 몸이 굳었다.

석고부는 생명에 위협을 주지는 않는다. 그저 온몸의 근육을 경직시켜 돌처럼 굳게 만들 뿐이다. 그것조차도 15분이 지나면 모두 풀려 멀쩡하게 돌아다닐 수 있다.

"루브르, 바브릭, 저쪽 방을 뒤져."

"킥킥킥! 이거 무슨 보물찾기 같구먼. 먼저 찾는 사람에게 상이라도 주나?"

"밖에 나가면 술 한 통 사주지."

"캬! 그거 좋지!"

루브르는 멀뚱멀뚱 서 있는 요원들을 지나쳐 집무실로 들어갔다. 바브릭도 뒤를 따랐다.

요원들은 바로 앞에 적이 돌아다니는데도 아무것도 하지 못했다.

월랑은 다시 사야와 학우를 데리고 2층으로 올라갔다.

*   *   *

처참하다.

죄수들에게 있어서 공포의 대상이자 경외의 대상이 되어야 할 요원들이 짐승만도 못한 모습으로 도살당했다.

사방에서 혈향이 진하게 풍겼다.

화살이 목이나 심장에 틀어박힌 시체들은 그래도 양호하다. 눈알이 뽑힌 시체, 사지가 잘린 시체, 내장을 쏟은 시체, 목이 날아간 시체, 온몸의 피가 말라 버린 시체까지.

1차 감시초소.

이곳을 지키던 일개 부대가 몰살당했다.

이런 적은 처음이다. 지금까지 가장 많은 사상자가 난 것은 칠 년 전 감시 요원 일곱 명이 죽었을 때다.

그런데 이번 사상자는 그때의 다섯 배가 넘는다.

"빠드득."

검은 케이프를 두른 관리국장 드라카가 이를 갈았다.

"감히… 죄수 나부랭이 주제에 감히……."

처음 탈출 시도자가 발생했다는 보고를 받았을 때 그는 이렇게 말했다.

"잡아."

그리고 그 탈출 시도자가 1차 감시초소를 통과했다는 소리를 들었을 때 이렇게 말했다.

"어차피 사냥터에서 죽을 거다. 잡아."

하지만 1차 감시초소를 지키던 요원 서른여섯 명이 몰살당했다는 소리를 들었을 땐 자리에서 일어날 수밖에 없었다.

"직접 보기 전에는 믿지 못하겠다."

그런데 지금 직접 보았다. 아니, 보고도 믿지 못하겠다.

이들은 정예다. 이들 중에는 악마의 뿔에서 선발된 자들도 상당수다.

그런 자들이 기껏해야 이 섬의 생활을 견디지 못하고 탈출하려는 자들에게 죽었다니. 그것도 이토록 처참하게.

드라카는 사각 턱에 까칠하게 돋은 턱수염을 쓰다듬다가 불쑥 소리쳤다.

"정보관!"

"부르셨습니까?"

그의 옆으로 비쩍 마른 사내가 조용히 다가왔다. 움직임이 매우 은밀하면서도 재빠른 사내였다.

"누군지 알겠나?"

정보관이라 불린 사내가 날카롭게 사체들을 훑었다. 그가 비릿한 웃음을 머금었다.

"답이 나오는군요."

"어떤 놈들인가?"

"목을 깔끔하게 친 놈은 바브릭이라는 놈인데, 원래 직업은 대장장이였습니다. 이곳에 온 지는 이십 년 가까이 됐고 할버드를 주 무기로 쓰는 녀석입니다. 덩치가 크고 힘이 장사여서 죄수들은 놈을 거인이라고 부릅지요. 나이는 마흔셋입니다."

"그럼 저놈은?"

드라카는 처참한 모습으로 죽은 요원들을 가리켰다. 시체들이 죽은 모습만 보아도 각각 다른 놈의 솜씨라는 걸 짐작하고도 남았다.

"음… 창에 찔린 것으로 보아서는 악귀라고 불리는 이카렌 짓 같습니다. 놈은 천성이 잔혹해서 살인을 즐기고 잔인하게 죽이는 습성이 있지요. 이곳에 온 지는 십 년 됐습니다. 나이는 스물아홉이지요."

"계속."

"화살은 길이가 짧고 솜씨가 제법인 걸 보니 궁귀 사야일 것 같습니다. 섬에 들어온 지는 십팔 년 됐지요. 마지막으로 비쩍 마른 시체는 아무래도 월랑 같습니다. 십오 년 된 놈입니다. 나이는 사야가 스물일곱, 월랑이 스물넷입니다."

답은 생각보다 빨리 나왔다.

정보관의 기억력은 절대적이라고 볼 수 있다. 그는 보통 사람들보다 기억력이 다섯 배는 월등하다. 그리고 어떤 현상에 대한 분석 능력 또한 뛰어나다.

"그놈들이 같이 움직인다는 건가?"

"최근 저희가 입수한 정보에 의하면, 놈들이 무리를 지었다고 합니다. 이곳에서 다들 한가락 하는 녀석들입지요."

"그럼 좀 더 감시를 철저히 했어야 할 것 아냐!"

"저희들이 하는 일은 그저 정보 수집인지라……."

정보관이 말끝을 흐렸다.

드라카는 입을 다물었다. 그의 말이 맞다. 정보 요원들은 그저 정보만을 수집할 뿐, 다른 활동을 하지 않는다. 그들은 정보를 등급별로 나누고 그것들을 감시대와 내부 수색대, 내부 감찰대에 넘긴다.

결과적으로 이번 경우는 내부 수색대와 감찰대가 정보에

소홀히 대처한 결과다.

이 정도로 설치는 녀석들이 모였다면 요주의 인물로 지정하고 철저히 감시해야 했다. 각 대장들은 책임을 면할 수 없으리라.

그때 요원 한 명이 다가와서 보고했다.

"사냥터에서 녀석들이 빠져나온 굴을 찾았습니다."

"안내해!"

드라카는 턱을 긁었다.

사람이 기어서 들어갈 수 있을 정도의 땅굴.

확실히 놈들이 빠져나온 굴이 맞다. 요원들의 시체에 없던 수통 여섯 개가 이곳에서 발견됐다. 아마 이 수통으로 공기를 보충했으리라.

그런데 왜 이곳으로 왔을까?

탈출범들은 조금이라도 더 가까운 경로를 택하기 마련이다.

그런데 이곳은 바다로 가기에는 조금 멀다. 오히려 반대쪽에 가깝다.

지리를 몰라서 이곳으로 나온 걸까, 아니면 어떤 목적이 있어서 온 걸까?

목적이 있었다면? 생각해 보자. 이곳으로 나왔을 때 어디가 가장 가까운지.

드라카가 고개를 번쩍 들었다.

"감시 본부! 감시 본부에 곧바로 사람을 보내도록 해!"

요원들이 신속하게 움직였다.

*　　　　*　　　　*

"여기."

월랑이 지도 한곳을 짚었다.

"계곡?"

루브르가 고개를 들고 물었다.

본부에서 훔쳐 온 지도의 상태는 상당히 깔끔해서 알아보기가 쉬웠다.

월랑이 고개를 끄덕였다.

이카렌이 눈살을 찌푸렸다.

"바다로 가는 길이 아닌데?"

"이대로 바닷가로 갈 수는 없어. 그랬다가는 금방 잡힐 거야. 지금도 우린 아주 아슬아슬하게 줄타기하는 중이야."

"그렇다고 굳이 바다보다 먼 계곡으로 가는 이유는 뭐야?"

"한 번은 놈들을 확실히 뿌리쳐야 해. 그러기 위해서는 이 방법밖에 없어."

이카렌은 입을 다물었다.

그걸로 대답이 충분해서가 아니다. 아직도 왜 계곡으로 가야 하는지는 모른다.

하지만 월랑이 가야 한다면 분명히 이유가 있다. 그곳으로 가면 놈들을 뿌리칠 방법이 있는 거다. 더 이상 따질 필요도 없고, 따진다고 달라질 것도 없다. 월랑이 간다면 간다.

월랑은 지도를 품에 접어 넣었다.

"서둘러야겠어. 지금쯤이면 관리국장도 나서기 시작했을 거야."

"제길, 그놈이 나서면 일이 번거롭겠는데?"

루브르가 술병을 들이키며 말했다. 남아 있던 술이 모두 그의 목구멍으로 넘어갔다. 그는 빈 술통을 획 던지려다가 월랑의 눈치를 보았다.

월랑이 루브르에게 말했다.

"가능한 흔적을 남기지 않는 게 좋겠지."

결국 루브르는 빈 술통을 다시 허리에 맸다.

"쳇, 이제 남은 술은 한 통밖에 없어. 이거 떨어지면 난 죽어."

"그전에 섬을 나가야지."

월랑이 빙긋 웃었다.

왠지 그의 웃음을 보면 뭐든지 잘될 거라는 생각이 든다. 그들은 다시 움직이기 시작했다.

*　　　*　　　*

사망자 열아홉.

건물 밖에서 경계를 서던 열네 명이 당했고, 건물 내부에서 집무를 보던 다섯 명이 죽었다.

건물 내부에서 죽은 자들은 모두 목이 깔끔하게 절단됐다. 거인 바브릭의 짓이다.

건물 밖에서 죽은 자들은 부적이 말린 화살에 심장이 뚫렸다. 건물 안에서도 부적 때문에 꼼짝 못한 요원이 일곱이나 있었다. 다행히 그 일곱은 목숨을 건졌다.

"놈이 부적을 사용한다. 어떤 놈이냐?"

"월랑입니다."

정보관이 즉각 대답했다.

드라카는 몸을 가늘게 떨었다. 이런 치욕을 느껴본 것이 얼마 만인가. 아니, 태어나서 처음이다.

"2차 감시대는 모두 자리를 지키고 개미 새끼 한 마리도 지나가지 못하게 해. 1차 감시대는 최소 인원만을 방어선에 남기고 전원 사냥터로 투입, 놈들을 잡는다."

요원 하나가 명령을 이행하기 위해 즉시 몸을 날렸다.

드라카는 다시 한 번 이를 부드득 갈았다.

지도가 없어졌다. 어딜 가려고 했을까?

놈들은 대부분 이 섬에서 오래 살아남은 녀석들이다. 1차 방어선 너머의 지형에 익숙하지는 않겠지만 바다 정도는 찾을 수 있을 터다.

지도를 가져갔다는 것은 바다로 가지 않겠다는 뜻. 아니, 바다로 가더라도 원하는 방향을 이미 정해놓았다는 뜻일지도.

'이 쥐새끼 같은 놈들. 어디로 간 거냐?'

어디로 가든 이 섬을 탈출할 수는 없다. 절대로 불가능하다. 그것 하나는 자신있게 말할 수 있다.

그런데 태어나서 한 번도 느껴본 적 없는 이 불안감은 무엇 때문인가.

콰작!

드라카가 탁자를 내려쳤다. 탁자가 산산이 부서졌다.

그가 악다문 잇새로 말을 흘렸다.

"내부 감찰대와 내부 수색대 절반을 사냥터에 집합시켜! 내가 직접 지휘한다!"

Chapter 9

날이 밝았다.

계곡의 물이 말랐다. 아무리 깊은 곳을 찾아도 무릎 깊이를 넘지 못했다. 오랫동안 비가 내리지 않은 탓이다.

월랑은 계곡을 거슬러 꾸준히 올랐다. 사람들은 말없이 뒤를 따랐다.

감시 본부에서 계곡까지의 거리는 제법 멀었다.

하지만 쉬지 않고 줄곧 달려왔다면 날이 새기 전에 도착했을 터다.

사냥터에 감시 요원들이 대폭 충원됐다. 그들을 피하면서 오다 보니 날이 밝고 말았다.

"어디까지 가는 거야?"

학우가 월랑의 등에 대고 물었다.

월랑은 걸음을 멈추지 않은 채 말했다.

"조금 더 올라가다 보면 폭포가 있을 거야. 그곳에 작은 동굴이 있어."

"거길 가려고? 지도에 표시된 거라면 놈들도 그런 곳부터 수색할 텐데."

"어딜 가나 최소한 한 번은 정면으로 부딪쳐."

한 번은 부딪친단 말인가. 절대로 들키지 않고 섬을 빠져나가기란 불가능한가. 그래도 여기까지 잘 왔다고 생각했는데…….

한참 동안 올라가니 월랑의 말대로 폭포가 나왔다.

하지만 시원하게 떨어져 내리는 물줄기를 구경하기는 힘들었다. 오히려 가느다랗게 말라 버린 물줄기가 애처롭게 느껴질 정도다.

폭포 안쪽으로 동굴도 보였다.

"여기서 칠 일을 보내야 해."

월랑의 말에 사람들이 저마다 걸음을 우뚝 멈췄다.

"칠 일이라고?"

루브르가 희끗 갈라지는 목소리로 물었다.

월랑은 바위에 걸터앉았다.

"버티기 힘들 거야."

"이놈아, 버티기 힘든 정도가 아니지. 그건 여기서 뼈를 묻자는 소리랑 같잖아!"

"자신없어?"

"자신 있고 없고의 문제가 아니잖아! 이런 곳에 있다간 놈들한테 하루도 못 가서 발각될 거야!"

"버텨. 무슨 일이 있어도."

"나원, 말이 통해야지."

루브르가 한숨을 쉬며 바위에 걸터앉았다.

이카렌이 창을 휘두르며 말했다.

"호오, 드디어 설칠 일이 생긴 거구만!"

"그래. 앞으로 칠 일 동안은 마음껏 설쳐라. 놈들을 어떻게 요리하든 네 자유야."

"좋아, 좋아. 그런 건 내 전문이라는 말이지."

슈안이 다가왔다.

"그런데 칠 일 동안 여기서 뭘 하려고?"

"기우제를 지낼 거야."

"비를 부르겠다고?"

"부적을 사용해서 기우제를 지내야지. 칠 일 밤낮을 쉬지 않고 주문을 외면 비가 쏟아질 거야."

사야가 불쑥 끼어들었다.

"먹지도 자지도 않고?"

월랑은 말없이 고개만 끄덕였다. 그는 눈으로 폭포 안의 동굴을 가리켰다.

"기우제를 지내기엔 저 동굴이 가장 좋아. 폭포가 덮고 있으니 물의 기운도 아주 충만하지."

"왜 비를 부르는 거야?"

"탈출하기에 여러모로 수월할 거야. 추격자들에게는 상당한 장애물이겠지."

월랑은 말을 하다 말고 바브릭을 돌아보았다.

"바브릭, 뗏목을 만들어줘. 최대한 작고 효율적으로. 세 개를 만들면 돼. 그리고 동물의 피를 받아야 하니까 커다란 대야도 하나 만들어줘."

"그런 거라면 맡겨줘."

바브릭은 바로 몸을 일으키고 숲으로 걸어갔다. 왕년에는 유명한 대장장이였다. 그 정도는 식은 죽 먹기보다 쉽다.

월랑은 다음 지시를 내렸다.

"학우, 맹수들을 최대한 많이 불러들여. 가능하면 뱀 종류가 좋겠군."

맹수와 뱀이라…….

학우는 고개를 끄덕였다.

할 수 있을 것이다. 월랑에게 부적을 받고 나서 동물과의 소통 능력이 대폭 확대된 것을 느꼈다. 그리고 지난번 두더지를 부르면서 자신감도 생겼다.

"이카렌과 슈안은 내가 화약부(火藥符)를 써줄 테니 근방에 숨겨둬. 그리고 루브르."

"칠 일 동안 마실 술이나 주고 불러, 이것아!"

"밖에 나가면 배 터지게 사 줄게."

"제길, 그 약속 안 지키면 다신 말도 못하게 주둥이 꿰매 버

릴 줄 알아."

월랑이 빙긋 웃고 말했다.

"내가 부적을 완성하는 동안 총괄 지휘를 맡아. 안개부를

적어줄 테니 위험할 땐 사용해."

"찢으면 되는 거지?"

"맞아. 지속력은 30분이야. 모두 다섯 장을 써줄 수 있을

거야."

"그거면 충분해."

거짓말이다. 턱없이 부족하다.

아니, 안개부 따위는 있으나 없으나 큰 영향을 주지 않을

것이다. 근방에 화약부를 아무리 많이 붙여도 칠 일을 버티기

는 쉽지 않다.

요원들에게 이곳을 발각당하는 순간, 목을 내걸어야 한다.

누구 하나 죽어도 이상할 것이 없다. 오히려 죽지 않고 버티

는 게 기적이리라.

'그래도 이 녀석들이라면… 어떻게든……'

루브르는 불안한 내색을 하지 않고 헛기침을 했다.

"커험! 늙으니 몸이 근질근질하구먼."

"후후, 다들 준비가 끝나면 각자 위치를 정해주지."

월랑은 폭포 안의 동굴로 걸어갔다.

바브릭은 순식간에 뗏목 세 척을 만들었다. 나무를 깎아 대야도 만들었다. 뗏목은 두세 사람 정도 매달려서 타기에 충분했다.

슈안과 이카렌은 근방 50미터 내에 화약부를 모두 서른 개붙였다. 학우는 맹수들을 불렀다. 늑대와 뱀이 가장 많았다.

월랑은 각자에게 위치를 정해주었다.

사야는 우선 가장 높은 나무 위에서 사방을 감시한다. 그러다가 요원들의 포위망이 좁혀지면 학우와 함께 동굴 입구에 자리 잡는다.

슈안은 오른쪽, 이카렌은 왼쪽이다.

바브릭과 루브르는 정면을 맡는다.

어디까지나 방어를 위한 포진이다. 공격을 위한 진이 아니다. 상대의 공격에 따라 진은 신축과 확장을 자유롭게 해야한다.

적이 검과 창으로 덤비면 좌우 전방을 맡은 네 사람이 넓게 달려나가고, 적이 활을 같이 쏘면 동굴 입구에 모두 모여 밀도있게 방어한다.

"그럼 나는 좀 들어가서 쉬어야겠어."

월랑은 동굴 안으로 저벅저벅 들어갔다.

학우는 다소 어이없다는 표정으로 그의 뒷모습을 바라보았다.

언제 적이 공격해 들어올지 모르는데 쉬겠다니. 다른 사람들은 모두 자리를 지키게 하고는.

마침 루브르가 학우의 생각을 읽었는지 키들거렸다.

"킥킥킥! 아니꼽냐?"

"뭐… 그렇다기보다는 빨리 기우제를…….'

"킥킥킥! 저놈도 부적을 시도 때도 없이 만들 수 있는 건 아냐. 부적 하나 만들 때마다 어느 정도의 영기를 소모한다고 하더군. 그런데 앞으로 칠 일 밤낮으로 부적을 만들어야 하니 좀 쉬면서 영기를 보충해야지. 벌써 어젯밤부터 부적을 쉬지 않고 몇 개씩 만들었으니."

"아…….'

학우는 괜히 미안한 생각이 들어 머리를 긁적였다.

날이 저물고 달이 떠올랐다.

끼이…….

나무 위에서 망을 보던 사야의 활이 휘청 굽었다. 동굴 근처에 서 있던 사람들이 바짝 긴장을 다졌다.

사야가 시위를 당겼으니 곧 놈들이 이곳으로 올 것이다. 이제부터 칠 일 동안 목숨을 건 사투가 시작될 터다.

시위에 매겨진 화살은 세 대.

한 번에 쏘아서 맞힐 수 있는 자가 세 명이면 실제로 다가오는 인원은 그보다 많을 것이다.

패애앵! 쐐애액!

화살 세 대가 날아갔다.

"제길, 시작됐군."

루브르가 입술을 비틀었다.

학우는 침을 꼴깍 삼켰다.

이카렌은 들뜬 표정이었고, 슈안과 바브릭은 침묵을 지켰다.

비명성은 들리지 않았다.

하지만 누군가 죽었으리라.

패애앵! 쐐애액!

두 번째로 화살이 날아갔다.

패애앵! 쐐애액!

세 번째도 날아갔다.

"제기랄! 몇 놈인 거야?"

"크크크! 이거 신나 죽겠구먼!"

루브르와 이카렌이 극명하게 대비되는 목소리로 외쳤다.

삐이익! 팡!

동남쪽. 신호탄이 하늘에서 터졌다.

숲이 움직이는 듯하다. 놈들이 달려오는 소리가 귀에 박히는 듯하다.

쾅! 콰쾅!

곳곳에 설치해 두었던 화약부가 터졌다. 비명성이 밤하늘을 찢었다.

계곡에 죽음의 광시곡이 울려 퍼졌다.

횃불이 동굴 내부를 환하게 밝히고 있었다.

칠 일 밤을 견디지 못하고 꺼질 테지만 상관없다. 어둠 속에서 부적을 만들어본 적이 어디 한두 번인가.

월랑은 굵은 막대로 피를 저었다.

나무 대야에 가득 담긴 피.

대야에는 액화부가 부착되어 있어서 피가 굳지 않았다. 이 정도 양이라면 부적을 만드는 데 모자라진 않을 터다.

사슴의 피다.

사슴은 이카렌에게 잡아오도록 했다.

학우의 소통술을 이용한다면 좀 더 편하게 잡겠지만, 그에게는 큰 곤욕이리라. 자신이 정답게 부른 친구가 칼에 죽어나가는 심정일 것이다.

해서 월랑은 이카렌에게 사냥을 하도록 했다.

피를 뽑아내고 남은 고기는 모두들 배부르게 먹었다. 앞으로 칠 일 동안 싸우려면 식량을 보충할 수 있는 기회가 별로 없을 것이다.

쾅! 콰쾅!

아득히 화약부가 터지는 소리.

월랑은 피를 젓는 것을 멈추고 동굴 가운데로 와서 가부좌를 틀었다.

천만다행으로 동굴은 부적을 쓰기에 딱 좋은 구조였다. 동굴 천장은 봉분처럼 둥글었고, 지름은 10미터가 안 된다. 땅은 평평하다.

그가 지금까지 수련해 왔던 가상의 수련방과 느낌이 흡사하다.

"후우~"

우선 길게 심호흡했다.

바깥에서 벌어지는 일은 신경 쓰지 말아야 한다. 모든 현상에 초연해야 한다. 부적을 쓰는 동안 잡념이 들어가서는 안 된다.

동굴 입구에서 들어오다 보면 통로 중간에 붉은색 선이 그어져 있다. 결계선이다.

칠 일 밤낮을 보내는 동안 누구도 그 선을 넘어와서는 안 된다. 자갈 하나라도 밖의 것이 들어와서는 안 된다.

부적을 만드는 데 걸리는 시간은 이틀이면 충분하다. 나머지 닷새 동안은 주문을 읊어야 한다.

콰앙!

다시 화약부가 터졌다. 아련하게 비명 소리도 들려온다.

하지만 월랑은 귀를 완전히 닫았다. 들어도 들리지 않는 상태. 그의 마음은 이제 호수의 수면처럼 잔잔하다. 지금부터는 그 어떤 소리가 들린다고 한들 아무런 반응도 하지 않으리라.

월랑은 자리에서 일어났다. 그리고 대야에서 피를 젓던 굵은 막대를 꺼내 들었다.

"신필양양(神筆揚揚) 만고전방(萬古傳方) 금오서전(今吾書篆) 비소천방(飛召千方)……."

붓에 신령함을 불어넣기 위한 주필문이 흘러나왔다. 첫머리는 한어로 시작해서 끝머리는 아르젠 어로 끝났다.

막대 끝에 뭉쳐진 천에서 핏물이 뚝뚝 떨어졌다.

사삭!

바닥에 붉은 선이 그어졌다.

스윽, 사악!

부적이 그려지기 시작했다.

"좋아, 실컷 덤벼보라고! 죽음을 향해 달려드는 이 불나방 같은 녀석들! 아름답구나, 아름다워! 크크큭!"

이카렌은 춤을 추었다.

그의 창무(槍舞)에 적의 비명이 환호성처럼 울려 퍼졌다. 사방에 붉은 피가 비산했다. 피를 뒤집어쓰고 창을 휘두르는 이카렌은 한 마리의 야수였다.

요원들은 꾸역꾸역 몰려들었다. 그럴수록 이카렌의 입꼬리는 더욱 치켜 올라갔다.

"크크크! 그렇지! 좀 더 날 즐겁게 해보라고!"

"이 악마 같은 놈!"

"큭큭! 악마 좋지. 하찮은 인간보다 악마가 훨씬 위대하잖아?"

결국 욕을 퍼부으며 달려들던 요원은 본전도 찾지 못했다. 이카렌이 휘두른 창날에 오른팔 하나를 잃었다. 그리고 오른팔이 없어졌다는 걸 알았을 땐 왼팔마저 잃은 후였다.

"끄아악!"

뒤늦게 터진 비명.

이카렌은 비명을 즐겼다.

그는 절대로 상대를 한 번에 죽이지 않는다. 최대한의 고통을 선사하고 절망 속에서 몸부림치다가 죽게 만든다.

대신 그만큼 빈틈이 생기기도 한다. 제아무리 뛰어난 무사라 할지라도 한번에 죽일 수 있는 상대를 여러 번 공격하다 보면 동작에 빈틈이 생기기 마련이다.

요원 하나가 그 빈틈을 보았다.

"이 마귀 같은 놈! 죽어랏!"

그는 몸을 날려 이카렌의 허리를 베어 들어갔다. 하지만 그때,

파밧!

땅속에서 느닷없이 시커먼 뱀 한 마리가 튀어나오더니 그의 발목을 덥석 물었다.

"컥! 중음사(重陰蛇)! 갑자기 이런 게 어디서……?"

머리가 핑그르르 돈다. 바닥이 기운다 싶더니 요원은 그대로 맨땅에 쓰러졌다.

순간 요원들이 경계심을 가지고 물러섰다. 이카렌을 둘러싸기만 할 뿐, 섣불리 공격을 가하지 못했다.

중음사는 땅속을 파고 다니며 이동하는 뱀이다. 온몸이 시커멓고 음독(陰毒)이 매우 강하다. 한 번 물렸을 때, 응급처치를 하지 않으면 보통 열흘 만에 사망한다. 게다가 물리면 곧바로 심한 현기증을 느끼고 쓰러져서 꼼짝하지 못한다.

이름이 한어인 이유는 그 뱀을 처음 발견한 사람이 이계인이기 때문이다.

어째서 중음사 따위가 튀어나온 걸까? 지금 상황으로 보면 마치 그 뱀이 저 악마를 호위하는 듯하지 않은가.

설마 뱀을 부리는 자가 있단 말인가?

요원 하나가 퍼뜩 정신을 차리고 소리쳤다.

"모두 물러섯! 놈들 중에 뱀을 부리는 자가 있다!"

사삭! 쉭!

요원들이 일제히 물러났다.

이카렌이 혀를 찼다.

"쳇! 뭐야? 나보다 고작 뱀 따위가 더 무섭다는 거냐? 덤비라고!"

하지만 요원들은 바보가 아니다. 땅속에 몇 마리인지도 모를 중음사가 기어다니고 있다. 그런 곳을 미쳤다고 내딛겠는가.

이카렌이 뒤통수를 긁더니 피식 웃었다.

"쿠쿡! 이것들이 정말 재미없게 만드네. 좋아, 오지 않으면 내가 가지. 뱀 따위보다 훨씬 더 무서운 분이 누군지 가르쳐 주마!"

이카렌이 용수철처럼 튀어 올랐다. 그의 창끝에서 또다시 핏방울이 튀어 올랐다.

쉬익! 서걱! 쉬싯! 서걱!

루브르와 바브릭이 싸우는 곳은 조용했다.

어쩌다가 비명 소리가 나더라도 짧고 희미했다.

쉬쉬쉿!

루브르의 장갑 끝에서 열 개의 바늘이 쏘아지면 적들은 꼼짝없이 가늘고 질긴 올가에 걸려든다. 그땐 바브릭의 할버드가 주저없이 목을 쳐낸다.

샤샥! 서거걱!

"큭!"

루브르는 열 개의 바늘을 자유자재로 움직일 수 있는 능력이 있다. 그가 한 번 손을 펼치면 서너 명이 구속된다. 바브릭은 일도(一刀)에 서너 명의 모가지를 쳐낼 수 있는 힘이 있다.

두 사람은 환상의 조합이다.

얼마 지나지 않아서 요원들은 아예 두 사람 가까이 가는 것을 포기했다.

"킥킥킥! 그래도 제 몸 사릴 줄은 아는구나."

루브르와 바브릭도 요원들을 기어코 쫓지는 않았다.

슈안의 검무(劍舞)는 아름답다.

이카렌의 창무는 화려하지만 잔혹하다. 그의 창무는 피로 얼룩지고, 비명에 묻힌다.

하지만 슈안의 검이 뻗는 곳은 피가 흐르지 않는다. 비명도 터지지 않는다. 맑고 청명한 금속성만 난무한다. 무수한 금속성에 어울려 추는 검무는 아름답다. 우아하다.

그의 검술에 쓰러지는 자는 단 한 명도 없다. 그는 오로지 자신을 향한 무기를 쳐낼 뿐이다. 무섭게 반격하던 검이라도 상대의 목젖 앞에선 머리카락 한 올 차이로 멈춘다.

그럼 요원들은 그대로 오줌을 지리며 주저앉는다. 그의 검술은 상대로 하여금 목숨을 잃게 하진 않지만, 전의를 상실하게 만든다.

하지만 그의 주변에도 시체는 쌓인다.

쐐애애액! 푹!

"컥!"

또 요원 한 명이 가슴에 꽂힌 화살을 움켜쥐며 쓰러졌다. 그의 뒤를 받치는 사람은 다름 아닌 사야다.

한참 동안 슈안과 어울리던 요원들은 결국 퇴보를 거듭하다 돌아서고 말았다.

"제길! 일단 물러난다!"

요원들은 썰물처럼 빠졌다.

패애앵! 쐐애애액!

화살이 날아온다.

사야가 쏜 것이 아니다.

그것이 신호탄이 된 듯 하늘을 새까맣게 매우며 화살이 날아들었다.

"니미럴! 오래 살기 힘들구먼! 전부 집합!"

루브르의 고함 소리가 폭포 주변에 쩌렁쩌렁 울렸다.

파바박! 타다다닥!

하늘을 메웠던 화살이 폭우처럼 쏟아지며 바닥에 꽂혔다. 순식간에 폭포 주변은 고슴도치 등짝처럼 가시밭이 되었다. 슈안은 검으로 쳐내고, 루브르는 바브릭이 대신 몸으로 받았다. 가장 깊숙이 쫓아 들어갔던 이카렌은 허벅지와 팔꿈치에 화살 두 대를 박았다.

바브릭은 철인이다. 그의 움직임으로 절대로 화살을 쳐내거나 피할 수는 없겠지만, 화살 몇 대가 등짝에 꽂혔다고 해서 치명상을 입지는 않는다. 그저 바늘로 찔린 것처럼 따끔한 기분만 느끼리라.

루브르는 곧바로 안개부를 찢었다.

파핫!

안개가 순식간에 폭포 주위로 자욱하게 피어올랐다. 밤인데다 안개마저 자욱하니 시야는 한 치 앞도 내다보기 힘들었다.

아무리 부적술이 뛰어나다고 하더라도 완전한 무에서 유를 창조할 순 없다. 그나마 이곳이 계곡이었으니 안개부가 통하는 것이다. 숲에서 터졌던 화약부도 만약 비가 내렸더라면 제대로 효과를 보지 못했을 것이다.

어쨌든 갑작스런 안개 덕분인지 화살비는 잠시 그쳤다.

슈안과 루브르, 바브릭, 그리고 이카렌이 동굴 입구로 모였다.

놈들이 화살을 동원했으니 지금부터는 밀도있는 방어를 해야 한다.

이카렌이 동굴 입구로 걸어와서는 팔뚝과 허벅지에 꽂힌 화살 두 대를 뽑아냈다.

"크크크. 이 자식들, 화살을 두 대나 박다니. 제법 귀여운 짓을 하는군."

그의 입은 웃고 있었지만 눈은 웃고 있지 않았다.

학우가 가만히 한숨을 내쉬었다.

"후우~ 정말 버틸 수 있을까?"

"어이, 애송이. 고민하는 내용이 틀렸어. 버틸 수 있을까가 아니라 정말 저놈들을 몽땅 죽일 수 있을지를 고민하라고."

이카렌이 눈을 부라리며 대꾸했다.

그때 루브르가 불쑥 끼어들었다.

"온다!"

바브릭이 그 말을 기다렸다는 듯 동굴 벽에 놔둔 뗏목 두 척을 들고 앞에 나섰다.

쿵!

뗏목을 바닥에 세우자 제법 든든한 방패막이가 됐다.

콰가가각! 콰가가각!

때마침 요란한 소리가 울리면서 화살이 뗏목에 박혔다. 가끔 뗏목을 비껴서 동굴 안으로 들어온 화살은 빳빳한 철시다.

"빌어먹을 놈들. 철시를 쏘는군."

철시는 충격이 세다. 얼마나 많은 철시가 쏟아지는지 철인이라 불리는 바브릭의 몸이 충격으로 떨릴 정도다.

만약 지금이 낮이고 안개가 없었다면 더 많은 철시가 동굴 안으로 쏟아졌을 터다.

과연 그때도 지금처럼 버텨낼 수 있을까? 아마 버텨낼 것이다. 바브릭이라면, 그리고 이들이라면.

하지만 그걸 일주일 동안 계속해야 한다면?

"휴우~"

학우는 다시 길게 한숨을 내쉬었다. 그러다가 문득 외쳤다.

"오고 있어요!"

"뭐가 온단 거야?"

이카렌이 고개를 돌리고 물었다.

학우는 눈을 감았다. 들린다. 아니, 느껴진다. 늑대의 울음

소리도 들리고 뱀의 신호도 느껴진다.

"놈들이 이쪽으로 오고 있어. 화살은 쏘지 않는 것 같아."

거리는 꽤 멀다. 하지만 확실히 전달된다.

"호오? 그걸 알 수 있단 거야? 생각보다 꽤 쓸 만한 녀석이 잖아?"

"할 만하겠는데?"

바브릭이 뗏목을 옆으로 치우며 할버드를 꺼내 들었다.

루브르가 키들거렸다.

"킥킥, 좀 지루하겠어. 일주일이라……."

그의 말을 끝으로 사람들은 입을 다물었다.

이제 그들도 느끼고 있었다. 자신들을 향해 쏟아지는 살기, 그리고 요원들의 발걸음 소리.

심장이 뛴다.

다시 사투가 시작될 것이다.

*   *   *

나흘이 흘렀다.

드라카는 멀찍이 떨어진 폭포를 바라보다가 몸을 돌렸다. 그의 미간에 세로로 주름이 콱 새겨졌다.

진전이 없다.

놈들은 여전히 저 동굴 속에 처박혀서 꼼짝할 생각을 않는다. 이쪽의 인원은 천 명이 넘는다. 아니, 넘었었다. 그런데 지금은 백 단위로 줄었다. 단 일곱을 상대하지 못하고.

"이게 말이나 돼!"

드라카가 버럭 소리를 질렀다.

1차 감시대장과 내부 감시대장이 고개를 깊이 숙였다.

드라카는 그들을 사납게 쏘아보다가 고개를 절레절레 흔들었다.

이들이 무슨 죄랴. 일괄 지휘를 하는 사람은 다른 누구도 아닌 바로 자신이다.

드라카는 나무 의자에 앉았다. 야외에서 나흘을 머무는 동안 요원들은 아예 폭포를 포위하면서 진을 쳐버렸다. 단 일곱의 죄수를 상대로 마치 군대처럼 진지를 구축한 것이다.

그런데도 상황의 진전이 없다니!

놈들은 동굴 입구에 요원들의 시체를 차곡차곡 쌓았다. 지금은 요원들의 시체가 벽이 되어서 동굴을 막아버렸다. 정보원들에 의하면 시체의 벽은 세 겹.

강궁으로 철시를 쏜다고 해도 시체의 벽은 뚫지 못한다. 그렇다고 시체를 제거하기 위해 요원들을 보내면?

전부 죽었다. 쌓인 시체들 틈으로 놈들이 화살을 쏜다. 아마 궁귀 사야라는 여자일 테다.

저 시체 벽을 뚫을 방법은 없을까?

요원 주제에 죽어서도 아군의 발목을 잡다니!

나흘이 지나는 동안 얻은 것이라고는 두 가지 의문을 푼 것 뿐이다.

우선 놈들 중에 맹수사가 있다는 것을 알아냈다. 깊고 긴 땅굴을 어떻게 파냈는지 알 만하다.

두 번째로 놈들의 총원이 일곱이라는 것.

그 두 사실 외에는 아무런 소득이 없다.

오히려 의문이 하나 생겼다.

'저 녀석들이 도대체 왜 저기서 나올 생각을 하지 않는 거지?'

나흘이 지났으면 배도 고플 것이다.

물론 식량을 비축해 두었을 수도 있다.

하지만 비축분은 언젠간 바닥난다. 도망자 신세에 식량을 비축했다고 해봐야 얼마나 되겠는가. 그렇다면 지금쯤 포위 망을 벗어나려고 발악을 해야 한다. 기회는 그때 생긴다.

그런데 이건 오히려 거꾸로다. 이쪽에서는 들어가려고 안 간힘을 쓰고, 놈들은 문을 꼭 걸어 잠그고 있다.

"저 자식들이 도대체 무슨 속셈이지?"

옆에 서 있던 정보관이 말했다.

"국장님, 녀석들을 잡으려고 너무 서두를 필요는 없을 것 같습니다. 저 동굴은 입구가 하나밖에 없고 길이도 짧습니다. 놈들이 나온다면 분명 저곳으로 나올 것입니다."

"지난번처럼 땅을 파는 동물을 이용해서 다른 곳으로 탈출한다면?"

정보관은 고개를 저었다.

"그건 불가능합니다. 저 동굴은 바닥이며 천장 등 전부가 단단한 암벽입니다. 암벽을 파고 다니는 동물은 없습지요."

그 점은 드라카도 아는 사실이다.

그런데 이상하게 불안하다.

정보관 말대로 놈들이 지쳐서 제 발로 나올 때까지 기다리면 된다.

한데 오랜 경험으로 인한 직감일까?

그래서는 안 된다는 생각이 자꾸만 밀려든다. 만약 여기서 시간을 더 주게 되면 놈들에게 더욱 유리한 상황이 될 것만 같다.

"어떻게든 저 벽을 뚫어야겠다."

드라카가 신음처럼 말을 흘렸다.

정보관은 잠시 턱을 괴고 생각하더니 허리를 숙여 말을 전했다.

"그럼 이건 어떻습니까?"

"뭐든 말해. 떠오르는 방법이 있다면."

"철시에 화약을 매다는 겁니다."

드라카가 정보관을 올려다보았다.

좋은 방법이다. 그런데 그 방법을 생각하지 못했던 건 아니다.

하지만 아르젠 제국에서는 죽은 자를 해하는 것을 엄하게 금한다. 그래서 탄부르 지방에서도 이제는 해부학을 익히지 못한다.

그런데 시신을 폭파시켜 버리자니. 그것도 한때 같은 식구였던 요원의 시신들을.

물론 그렇게만 한다면 시체 벽은 뚫을 수 있다.

하지만 그 사실이 밖으로 알려지면 귀족들은 분명 잔인하고 졸속한 행위라고 열을 올릴 터.

정보관이 한마디 덧붙였다.

"어차피 산 요원들의 발목을 잡는 시체입니다. 죽어서 저지른 죄에 대한 벌이라고 둘러대야겠지요."

드라카가 결심을 굳혔다.

"할 수 없군. 화약을 준비해."

요원들이 신속하게 움직이기 시작했다.

눈을 감고 있던 학우가 표정을 구겼다.

"화약 냄새를 맡았어요."

"우라질! 시체 벽을 산산이 부숴 버리겠다는 생각이군."

루브르가 욕지기를 뱉었다.

"크크크! 그럼 또 재미가 시작되는 건가?"

이카렌이 어깨를 휘휘 돌리며 웃자 사야가 그를 흘겨보았다.

"그럴 일은 없을 것 같은데?"

"뭐야? 왜?"

"만약 나라면 시체 벽을 없앤 후에도 계속 화약을 매단 철시로 집중사격하겠어. 그럼 바브릭의 뗏목도 다 날려 버릴 테니까."

"이 비겁한 새끼들!"

"싸움에 비겁한 게 어딨어. 폭력은 시작된 순간부터 이미 비겁한 거야."

"알 게 뭐야! 젠장! 뗏목에 월랑이 쓴 강화부 한 장이라도 붙여놓으면 화약 정도는 버텼을 텐데."

"월랑이면 뭐든지 다 그저 되는 줄 알아? 화약에 버틸 만한 강화부를 만들려면 걸리는 시간만 최소 사흘이야. 죽일 줄만 알고 생각할 줄은 모르나 보군?"

"쳇! 왜 이렇게 성질이야?"

이카렌이 언성을 높이자 슈안이 중재하고 나섰다.

"둘 다 그만 해. 대책을 세워야지. 월랑이 그어놓은 결계선 안으로 파편이라도 튀어 들어가면 모든 게 끝이다."

그제야 두 사람은 입을 다물었다.

나흘 동안 동굴에서 사투를 벌이느라 모두들 심경이 날카로워졌다. 별것 아닌 일에 화가 나고 열이 뻗친다.

이럴 땐 입을 다무는 것이 오히려 낫다. 때론 침묵이 가장 큰 위로가 되기도 한다.

이제 어떻게 막아야 하나.

놈들이 화약을 매단 화살로 시체 벽을 날려 버리면 무슨 수로 막나. 시체 벽이 날아가는 것까지는 좋다. 그다음에 쏟아질 화약은 어떻게 막아내나. 이제는 뗏목으로 막을 수도 없지 않나.

그렇다고 화살을 쳐낼 수도 없다. 슈안과 이카렌이라면 날아오는 화살을 쳐낼지도 모르지만 그 순간 화약이 터질 것이다.

바브릭이 몸으로 막아내는 건 더욱 무리다. 그가 아무리 철인이라도 화약 수십 개가 동시에 터지면 몸이 버티지 못한다.

뾰족한 수가 떠오르지 않는다.

그런데 요원들은 그들에게 생각할 틈마저도 주지 않았다.

"바브릭, 준비해."

시체 벽 틈새로 밖을 내다보던 사야가 급하게 말했다. 놈들이 화약을 매단 철시로 시위를 당겼다.

바브릭은 냉큼 뗏목을 가져와서 막았다. 이걸로 우선 시체들의 파편은 막아낼 것이다.

하지만 다음에 날아오는 화약은?

생각은 끊겼다.

콰아앙! 퍼퍼퍽!

요란한 폭음과 함께 시체 벽이 날아갔다. 뗏목에 시체들의 찢겨져 나간 사지가 마구 부딪쳤다. 동굴 벽으로 핏자국이 촤촤악 튀어 오른다.

바브릭은 곧바로 뗏목을 걷어치웠다.

시체 벽은 휑하니 뚫렸다. 이제 저곳으로 화약이 날아오면 끝이다.

"시체 벽이 날아갔습니다."
요원 하나가 드라카에게 보고했다.
"좋아. 그럼 동굴 안으로 집중사격하라."
"화약은 얼마나……?"
"특급 궁수 세 명에게 나눠 줘."
화약은 비싸다.
전쟁터도 아닌 이런 곳에 화약이 남아돌 리는 없다. 오백여 명이 화살을 쏘고 그중 세 대에 화약을 매단다면 놈들도 어쩔 수 없으리라.
요원은 곧바로 몸을 돌려 명령을 전하러 달려갔다.

사야가 눈살을 찌푸리더니 어깨에 멘 활을 왼손에 쥐었다. 그녀는 곧바로 화살 세 대를 시위에 매겼다.
"무슨 일이여?"
루브르가 물었다.
하지만 사야는 대답 대신 학우를 불렀다.
"학우, 부리고 있는 동물은 모두 얼마나 돼?"
"중음사가 일곱, 늑대가 열셋, 다람쥐 다섯."
"늑대가 제일 쓸 만하겠군. 한 번은 내가 막을지도 모르지만 그 뒤엔 늑대를 희생시켜."

"느, 늑대를?"

학우는 하얗게 질린 얼굴로 반문했다.

자신더러 늑대를 죽이란 말인가? 그게 얼마나 힘든 일인지 알고 하는 말일까? 부리는 늑대들에게 자살하고 싶은 충동을 일으켜야 한다. 스스로 희생하도록 만들어야 한다.

그 마음을 심는 것도 어렵지만 그 후에 받을 충격은 더욱 두렵다. 학우로서는 자신의 가족을 제 손으로 죽이는 심정이리라.

사야는 반문을 허락하지 않았다.

"시간 없어! 빨리 해! 바브릭, 뗏목!"

패애앵! 쇄액!

사야는 소리치는 것과 동시에 시위를 놓았다. 세 개의 화살이 동굴 밖으로 튕겨져 나갔다.

도대체 뭘 쏜 걸까?

바브릭이 뗏목을 세워놓는 순간 그 답은 나왔다.

콰콰앙! 콰아앙!

화약을 매단 철시가 날아오던 중간에 터졌다. 그 화력에 의해 날아오던 철시들은 뿔뿔이 흩어져 나가 비교적 뗏목에 박힌 수는 적었다.

루브르가 눈을 동그랗게 뜨고 물었다.

"계집애야, 지, 지금 날아오는 화살을 명중시킨 거야? 그것도 세 대나?"

"화살이라면 맞히기 힘들었을 거야. 정확히 말하자면 철시에 매단 화약을 쏜 거야. 화약 덩어리가 아이 주먹만 했으니까."

"캬아! 궁귀는 궁귀네! 계집년이 엉덩이만 먹음직스러운 게 아니었어!"

"변태 노인네, 그 눈알에 화살 좀 꽂고 싶어?"

바브릭이 뗏목을 치우며 말했다.

"잡담은 그만. 사야, 상황 살펴."

"우선 시야에 보이는 놈들 중에 화약을 가진 놈은 없어. 학우, 어때?"

학우는 다람쥐를 부려서 상황을 살폈다.

조금 전 화약 냄새를 맡은 것도 바로 그가 부리는 다람쥐들이었다. 물론 다람쥐와 이루어지는 소통술인만큼 정확한 상황을 알 수는 없다.

"화약은 아직 남아 있는 것 같아."

"어쩔 수 없군."

바브릭이 중얼거렸다.

역시 늑대를 희생시키라는 소리다.

"화약이… 전부 도중에 폭발했습니다."

"날아가던 중에 터졌단 말인가?"

"아무래도 궁귀라는 녀석이……."

드라카는 턱을 괴었다.

"제법이군. 이번에는 화약 열 개를 매달고 쏴."

요원은 잠깐 놀란 표정을 지었지만 곧 몸을 돌렸다.

잠시 후 감시대와 수색대의 궁수들이 철시를 시위에 매겼다. 오백여 개의 화살이 동굴을 향해 날아갈 준비를 마쳤다. 그중 열 개는 화약을 매달았다.

"이번에는……."

드라카는 혼잣말처럼 중얼거리고 나서 힘껏 소리쳤다.

"쏴라!"

슈슈슉!

허공을 새까맣게 메우며 철시들이 날아갔다.

쾅! 콰콰쾅! 콰쾅!

수차례 폭음이 울렸다.

한데 드라카의 눈이 찢어질 듯 부릅떠졌다.

"이건 또 뭐야?"

화약이 동굴 안에 들어가기도 전에 터져 버렸다. 먼저 날아간 하나가 터지면서 뒤따라가던 화약도 전부 터져 버렸다. 원인은 금방 밝혀졌다.

"늑대가 갑자기 나타나서……."

"이런 빌어먹을! 무슨 이유가 그렇게 많아! 저 쥐구멍에 숨어든 일곱 마리를 잡지 못하는 게 말이나 돼!"

드라카가 역정을 내며 이를 부득부득 갈았다.

"남은 화약을 모두 나눠 주도록! 단, 다섯 개 조로 나누어서 순차적으로 쏜다."

요원들이 일사불란하게 움직이기 시작했다.

동굴 앞에 고인 물은 온통 붉게 물들었다.

폭포수가 쉴 새 없이 떨어져 내리는데도 핏물은 묽어질 줄 몰랐다.

"허억! 허억! 허억!"

학우는 눈물을 줄줄 흘렸다.

늑대가 죽어나갈 때마다 가슴이 찢어지는 듯 아팠다. 늑대를 울려서 또 다른 늑대를 부르고, 그 늑대들마저 죽음으로 몰아넣었다.

"내가 살겠다고… 내가 살겠다고……."

그는 찢겨져 나간 늑대의 모가지를 들고 있었다. 늑대의 얼굴 위로 그의 굵은 눈물이 뚝뚝 떨어졌다.

사야가 날카롭게 말했다.

"어이, 질질 짜고 있을 때가 아냐! 이제부터 시작이야! 동료의 복수를 해야 할 것 아냐?"

"큭큭큭! 이제 또 즐거운 시간이 돌아왔군. 슬슬 나가볼까?"

이카렌이 침을 탁 뱉고는 창을 휘휘 휘둘렀다.

바브릭이 뗏목을 짚고 말했다.

"여긴 내게 맡기고 다들 실컷 설치고 와라."

놈들은 남은 화약을 모두 썼다. 덕분에 늑대 서른 마리가 몰살당했다.

하지만 마냥 기다리고 있다가는 놈들이 다시 화약을 준비할 것이다. 그전에 먼저 치는 거다.

바브릭과 슈안을 남기고 모두 동굴을 나가기로 했다. 바깥에서 시끄러워지면 놈들이 동굴을 향한 미련을 버리겠지만, 만약을 생각해서 두 사람이 남는다.

슈안이 루브르를 돌아보았다.

"안개부는 몇 장입니까?"

"두 장밖에."

"이젠 한 장이 남겠군요."

"킬킬킬! 뭐, 저런 잡스런 놈들을 상대로 그 정도면 충분하잖아?"

슈안은 부드럽게 미소 지었다.

루브르는 손에 들린 안개부를 망설임없이 찢었다.

"자, 설쳐 보자고!"

"좋았어, 영감!"

이카렌이 소리치며 달려나갔다.

사야는 그 자리에서 화살 세 대를 쏘고 달렸다.

루브르가 나가고, 마지막으로 학우가 몸을 일으켰다.

그의 두 눈은 붉게 충혈됐다.

요원들이 늑대를 죽였다고 볼 수는 없다. 늑대들을 죽인 것은 자신이다.

하지만 언제까지 자책만 하고 있을 수는 없다. 지금 그가 할 수 있는 일을 해야 한다.

"이 죄책감은 평생 가지고 가마. 대신 지금은 너희들의 죽음에 조금이라도 기여한 놈들을 먼저 처리하마."

학우가 비장한 음성으로 말을 뱉고는 늑대의 머리를 내려놓았다.

동굴 밖, 사방에 퍼져 있던 중음사가 땅속에서 스멀스멀 움직이기 시작했다.

"크헉!"

"크아아악!"

요원들의 비명이 숲에 가득 울렸다.

갑자기 안개가 자욱하게 피고 나서부터 여기저기서 비명성이 울리기 시작했다.

"노, 놈들이 빠져나왔다! 어서… 크윽!"

"크크크! 어서 뭐? 어서 죽자고?"

이카렌이 허연 이를 드러내며 웃었다. 온몸에 피가 말라붙은 그의 모습은 영락없는 악귀다.

"히익! 악마다! 사, 살려… 크학!"

"크크, 죽일 놈들! 우릴 죽이려고 눈에 불을 켤 땐 언제고

살려달라고? 언제부터 악마한테 목숨을 구걸하는 버릇이 생겼나?'

이카렌은 히죽 웃고는 다시 몸을 날렸다.

"흐음, 놈들이 나온 모양이군."

드라카는 숲을 둘러보며 팔짱을 꼈다.

준비한 화약으로 큰 이득을 보지 못할 것이라는 건 이미 예상했다. 어차피 무예 실력이 어느 정도 수준에 머물면 화약 따위로 서로에게 흠집을 내기는 힘들다.

다만 화약을 사용한 이유는 놈들을 끌어내기 위함이다. 바로 지금처럼.

"후후, 결국 뜻대로 되셨군요."

옆에 선 정보관이 낮게 웃음을 흘리며 말했다.

드라카는 그의 목소리를 듣지 못한 것처럼 희뿌연 안개만 지그시 응시했다.

"내가 직접 저 동굴에 가보겠다. 감시대장과 수색대장은 요원들의 피해를 최소화하도록."

감시대장과 수색대장이 서로의 얼굴을 바라보았다.

드라카는 죄수들을 잡아내라고 하지 않았다. 대신 요원들의 피해를 최소화하라고만 했다. 그만큼 상대를 인정했다는 말이다. 반대로 자신들을 신뢰하지 못한다는 말이기도 하다. 아마 이번 일이 끝나는 대로 그들은 대장의 자리에서 물러나야 하리라.

드라카는 바로 걸음을 옮겼다.

동굴이 수상하다.

놈들이 바깥으로 뛰어나와서 설치고 있지만 그건 하나의 교란작전일 것이다. 지금까지 악착같이 버티던 놈들이 아닌가.

분명 저 동굴 안에서 뭔가가 벌어지고 있다.

드라카가 한 걸음씩 내디딜 때마다 주위에서 묘한 움직임이 일어났다. 마치 안개 속에서 아지랑이가 꿈틀거리듯.

그를 호위하는 직할대가 움직이기 시작한 것이다.

드라카는 눈살을 구겼다.

그가 서 있는 곳은 암벽 바로 밑이다. 암벽 바로 아래에는 좁게 길이 나 있어서 폭포 안쪽 동굴까지 이어져 있다.

폭포는 그의 눈앞에서 호선을 그리며 떨어져 내렸다. 그리고 그 폭포수 아래에 거한이 서 있었다.

"그대가 말로만 듣던 철인인가?"

"후후, 그래도 사람 몸인데 철인이라는 말은 좀 과분하고."

"듣던 대로 훌륭한 몸이군."

"그럼 포기하고 돌아갈 텐가?"

"아니. 목적을 가지고 왔으면 시도는 해봐야지."

"그럼 나도 내 목적이 있으니 곱게 돌려보내 주진 못하겠군."

바브릭이 허리춤의 할버드를 꺼내 들었다.

드라카가 그 모습을 보며 조용히 웃었다.

"제대로 해볼 텐가?"

"기꺼이."

"그전에 한 가지."

"말이 많군."

"저 안에서 뭘 벌이고 있는 건가?"

드라카가 눈짓으로 동굴을 가리켰다.

"후후후, 그건 나도 몰라."

"적어도 그대가 리더는 아니란 말이군."

"리더? 후후, 우린 전부 리더지. 반대로 말하면 우리에게 리더는 없다."

드라카는 어깨를 으쓱였다.

"아무래도 좋겠지. 지금 너희들을 잡으면 그만이니까."

"할 수 있다면."

대화는 끝났다.

먼저 움직인 쪽은 드라카였다. 그의 눈이 부릅떠진다 싶더니 검은 케이프 자락이 펄럭였다.

'빠르다!'

순식간에 드라카가 바브릭의 눈앞에서 사라졌다. 힘겨루기라면 자신있지만 속전에는 자신이 없다.

'그래도 슈안과 이카렌보다는……'

"느린 편이군!"

카앙!

할버드와 드라카의 칼이 부딪치며 불꽃이 튀어 올랐다. 찰나, 드라카는 몸을 빙글 돌리더니 반대쪽 손을 휘둘렀다.

'쌍검!'

슈악! 가가각!

칼날이 바브릭의 팔뚝을 대각선으로 주욱 그어 내렸다. 가느다란 선혈이 생겼다. 바브릭은 개의치 않고 곧장 할버드를 내뻗었다.

부웅!

날 끝이 허전하다. 아무것도 걸린 게 없다.

어느새 드라카는 저만치 물러서서 바브릭을 보고 있었다.

드라카가 슬쩍 웃음을 흘렸다.

"역시 대단해. 철인이라고 불릴 만해."

진심 어린 감탄이다. 분명 그는 팔뚝을 잘라낼 생각으로 검을 휘둘렀다. 여력이 남아 몸통도 베어낸다면 더욱 좋고.

한데 몸통은커녕 살갗에 자잘한 상처를 낸 게 전부다. 저 몸을 베려면 무게가 육중한 도를 써야만 하리라.

"후후후, 이 정도로 칭찬하면 곤란하지."

"어떻게 그런 몸을 가지게 된 거지? 부적인가?"

"알면서 묻는군."

"흐음, 정말 부적으로 그런 몸이 될 수 있단 말인가? 한낱 종이쪼가리가……."

"당연히 부적만으로 되는 건 아니지. 부적만 믿고 수련을 하지 않는다면 생각보다 별 효력이 없거든."

말을 마치는 것과 동시에 이번에는 바브릭이 먼저 달려들었다.

움직임은 느리지만 간혹 힘으로 극복되는 경우가 있다. 지금처럼.

바브릭은 바닥을 박차고 쏘아져 나갔다. 그의 다리 힘 덕분에 쏘아져 나가는 속도는 대단했다.

까앙!

청명한 금속성이 울렸다.

드라카는 검 두 개를 이용해서 바브릭의 할버드를 막아냈다.

하지만 아직도 팔이 저릿저릿 울렸다. 이제 대화나 나눌 수 있는 느긋함은 사라졌다. 한번 시작된 바브릭의 공격은 멈출 줄을 몰랐다.

바브릭은 가속도를 이용해서 무섭게 몰아쳤다. 느린 움직임을 극복할 수 있는 방법은 그뿐이다. 무게를 실은 공격을 같은 방향으로 계속 밀어붙이는 것.

일대일의 싸움이라면 그 방법에 문제가 없다. 상대는 바브릭의 공격을 막아내는 것만도 벅찰 터다.

하지만 다수의 적을 상대로 하면 조금 문제가 생긴다. 힘으로 밀어붙이는 싸움에서는 아무래도 빈틈이 생길 수밖에 없다.

촤촤촤악!

그 빈틈이 노려졌다.

정확히 열 개의 칼날이 바브릭의 목에 겨누어졌다. 동시에 바브릭의 공격도 멈췄다.

열 개의 칼날은 바브릭의 목을 사방에서 겨누지 않았다. 모두 오른쪽 한 곳에 겨누었다.

드라카의 직할대. 호위 요원들이다.

그들은 보통의 힘으로 바브릭의 목을 쳐낼 수 없다는 걸 알았다. 그래서 모두 한 방향으로 겨눈 것이다. 여차하면 열 사람이 동시에 검을 휘두를 것이다. 아무리 단단한 목뼈라도 열 사람의 무게가 실리면 잘려 나갈 수밖에 없으리라.

바브릭이 할버드를 내렸다.

"식구가 많군."

"하하! 우리 식구 많은 건 그쪽이 더 잘 알지 않나. 우리 애들로 벽까지 쌓았으니 말이야."

바브릭은 씨익 웃었다.

웃어? 여유인가?

바브릭이 눈썹을 꿈틀거렸다. 그제야 그는 뭔가 잘못됐다는 걸 알았다.

"물러섯!"

쒜애애액! 푸욱! 푹! 푹!

모든 소리는 현상보다 나중에 일어나기 마련이다. 귀로 소리를 들었을 때는 이미 짧고 가느다란 화살이 요원들의 목줄기를 그대로 관통한 후였다.

"커헉!"

"컥!"

날아온 화살은 세 대.

하지만 목을 움켜쥐고 쓰러진 직할대 요원은 모두 다섯. 두 개의 화살이 요원의 목을 그대로 관통하고 뒤에 선 요원의 목까지 뚫어버린 것이다.

"빌어먹을!"

드라카의 표정에서 여유가 사라졌다.

어쩌면 놈들은 자신이 이곳으로 올 것을 기다리고 있었던 걸지도.

너무 섣불리 움직였다. 부하들이 못미더워 직접 나선 것인데, 이럴 줄 알았으면 부하들을 먼저 보낼 걸 그랬다.

아니다. 그런다고 상황이 달라지나? 그랬다면 애꿏은 부하들만 질책했을 터다. 자신이 직접 와도 직할대 요원 다섯이 순식간에 쓰러졌는데 부하들을 보냈다면 더 큰 피해만 입었을 터.

게다가 저 동굴 안에 아직 누가 남아 있는지도 모르지 않은가.

드라카는 잽싸게 주위를 둘러보았다.

궁귀 사야! 정말 귀신같은 솜씨다. 본인의 모습은 드러내지 않고 상대를 명중시킨다. 지금도 어디선가 이쪽을 뚫어져라 지켜보고 있을 터.

그런 생각이 들자 드라카는 등줄기에 소름이 돋았다.

바브릭이 다시 할버드를 들어 올렸다.

"후후, 우리 식구는 적지만 제법 쓸 만하지."

드라카는 대꾸하지 않았다. 대신 이리저리 눈치를 살피며 조금씩 물러섰다. 그때,

취리릿!

암벽을 타고 기어 내려오던 뱀이 드라카의 목을 노리고 달려들었다. 만약 조금만 늦게 피했어도 드라카는 차가운 바닥에 몸을 뉘고 말았으리라.

'제길, 이거 상황이 거꾸로 됐군.'

이제는 놈들이 밖에서 이쪽을 감시하고 있다.

'코앞에 와서 다시 돌아가야 한다니.'

결국 드라카는 아무런 성과도 없이 물러날 수밖에 없었다.

사흘이 또 흘렀다.

일주일 전과 비교했을 때 나아진 것이 없다.

다만 변한 것은 있다. 동굴 안에 틀어박혀만 있던 놈들이 사흘 전부터 밖에 나와서 설치기 시작한 것이다.

동굴은 바브릭이라는 철인이 지키고 있다. 그리고 그 안쪽

에는 천검 슈안이 버티고 있다는 정보다. 바브릭의 시선을 돌려놓고 동굴 안으로 잠입한 자는 모두 돌아오지 못했다.

게다가 숲 어디에선가 궁귀 사야가 동굴로 접근하는 자를 모조리 쏘아 맞혀 죽이고 있다.

다른 녀석들은 숲 곳곳에서 치고 빠지는 전략으로 요원들을 암살하고 있다. 대부분 약삭빠른 녀석들이고, 맹수사처럼 움직일 필요가 없는 놈들은 어딘가에 꽁꽁 숨어서 동물을 부린다. 어쩌면 맹수사는 아직도 저 동굴 안에서 동물들을 부리고 있는지도 모른다.

드라카는 곤욕스런 표정으로 머리를 쓸어 넘겼다.

벌써 일주일째.

단 한 놈이라면 문제될 것도 없다.

다만 이놈들이 뭉치니까 문제다.

보통 악마의 뿔에서는 상상도 할 수 없는 일이다. 신뢰라는 단어가 존재할 수 없는 곳이 바로 이곳, 악마의 뿔이 아닌가.

게다가 이 정도 실력이면 대부분 귀와 코를 모아서 비밀 요원으로 갱생된다. 그런데 이놈들은 실력도 충분하면서 굳이 탈출하려고 한다. 그것도 똘똘 뭉쳐서.

이유가 뭔가? 만에 하나 섬을 빠져나간다고 하더라도 제국에서 평생을 도망 다녀야 할 텐데. 제국에는 자신들보다 훨씬 뛰어난 자들이 많지 않은가.

드라카는 동굴을 가만히 바라보았다.

'놈들은 왜 저 동굴을 사수하고 있나?

결국 그는 고개를 절레절레 저었다.

정보도 없이 생각만 한다고 해서 답이 나오는 건 아니다.

기다려 보자. 정보관의 말대로 놈들이 저기서 평생을 지낼 수는 없을 터. 언젠가는 나올 것이다. 무슨 꿍꿍이를 가지고 있는지는 모르지만 결국 나올 구멍은 저 동굴 입구밖에 없다.

그럼 그때 총공격을 명령해도 될 터.

드라카가 생각을 정리하고 일어섰을 때, 마침 정보관이 다가왔다.

"국장님, 놈들의 움직임이 심상치 않습니다."

"자세히 보고해 봐."

"쥐 죽은 듯 조용합니다. 어쩌면 모두 동굴로 돌아갔을지도 모르겠습니다."

"동굴을 감시하던 요원은?"

"아직 아무것도 발견하지 못했습니다만… 어두운 밤인지라…….'

그때 다른 정보 요원이 달려와 정보관에게 귓속말을 전했다. 정보관의 표정이 조금 흔들렸다.

"국장님, 동굴 근처에 다시 안개가 끼었다고 합니다."

안개!

안개는 분명 놈들이 부적으로 일으킨 걸 테다. 그렇다면 다시 동굴로 돌아갔을 가능성도 있다. 아니면 반대로 동굴에 있는 남은 자들이 밖으로 나온 것일 수도 있다.

가능성은? 동굴로 돌아갔다는 쪽에 무게가 실린다.

드라카는 곧바로 명령을 내렸다.

"포위망을 좁혀라. 전원 총공세를 준비한다."

사실 좁은 동굴 입구에서는 수적 우위의 효과를 보기 힘들다. 꾸역꾸역 몰려든다고 해도 정작 싸우는 자는 기껏해야 제일 앞선 너댓 명이다.

오히려 시체가 쌓이면 방어하는 쪽이 더 유리해진다.

하지만 방법이 없다.

놈들도 일주일 동안 잠 한숨 제대로 못 자고 싸웠을 테다. 틈틈이 허기를 달랬다고 하더라도 체력은 바닥났으리라.

그런 걸 감안한다면 사흘 전과 다르게 이번 총공세는 승산이 있을지도.

저벅저벅.

"월랑은 나왔어?"

학우가 가장 마지막으로 동굴 안으로 들어왔다. 지친 음색이다.

"아직."

사야가 대꾸했다.

그녀 역시 초췌한 모습이다. 모두들 잠을 제대로 자지 못했다. 허기는 최소한의 식량으로 달래야 했다.

살풀이를 즐기던 이카렌조차도 피곤에 찌든 표정이다.

루브르가 혀를 찼다.

"쯧, 지금쯤 놈들도 몰려들 준비를 할 텐데."

"크크! 까짓, 오라고 해. 선착순으로 죽여주지."

이카렌이 광기를 드러내며 히죽 웃었다.

그때 동굴 안에서 빛이 흘러나왔다. 그리고 희미한 목소리가 이어졌다.

"다들… 잘 버텼군."

"월랑!"

일주일 만에 모습을 드러낸 월랑은 초췌하기 그지없었다. 다른 사람들은 틈틈이 배를 채울 수 있었지만, 월랑은 일주일 동안 물 한 모금도 마시지 못했다.

사야가 얼른 달려가서 어깨에 케이프를 둘러주었다. 그러다가 동굴 안을 보고는 입을 딱 벌렸다.

온통 붉은 글귀.

바닥이며 벽이며 천장 모두 온통 붉은색 글귀로 가득 찼다. 부적이다.

루브르가 반색하며 말했다.

"다 끝난 거야?"

"모두 수고했어. 마지막으로 조금만 더 버텨줘."

"킥킥, 일주일을 버텼는데 그 정도야 가뿐하지."

그는 얇은 장갑을 끼며 키들거렸다.

"이대로라면……."

뚫린다.

저 철옹성 같던 동굴을 요원들이 장악할 수 있다.

폭포 안쪽 동굴로 꾸역꾸역 몰려드는 요원들을 보면서 드라카는 몸을 가늘게 떨었다. 어두운 밤이지만 몇백이나 되는 요원들의 움직임은 눈에 쉽게 들어왔다.

평생 처음으로 위기가 찾아왔었다. 칠 년 전 감시 요원 일곱 명이 죽었을 때도 이처럼 다급하진 않았다. 그때의 탈출 시도자 역시 굉장한 놈이었다. 어쩌면 저기 모인 일곱의 죄수보다도 더 대단한 놈이었다.

하지만 그때는 한 놈이었다.

그런데 이번에는 일곱이 뭉쳤다. 처음으로 위기를 느꼈다. 그런데 이제 걱정을 덜 수 있을 것 같다.

일주일 동안 실랑이한 결과 놈들을 모조리 잡아낼 수 있게 됐다.

"이번에야말로 잡는다."

드라카는 주먹을 불끈 쥐었다. 그런데,

우르르릉! 쿠르릉!

비?

드라카가 하늘을 올려다보았다. 그의 곁에 다소곳이 서 있던 정보관도 하늘을 쳐다봤다.

두 사람의 표정이 조금 어두워졌다.

조금 전까지만 해도 맑은 하늘이 아니었던가. 분명히 별이 반짝이던 하늘이다.

그런데 어느새 저 많은 먹구름이 모여든 걸까? 달과 별은 말끔하게 지워져 버렸다.

"설마!"

우르르릉! 쫘앙!

번개가 번쩍이고 천둥이 울렸다. 드라카의 고함 소리는 천둥소리에 묻혔다.

쏴아아아아!

비가 내리기 시작했다.

악마의 뿔에서는 한 번도 내린 적이 없는 엄청난 폭우였다.

동굴 안에 혈향이 진하게 풍겼다.

요원들의 시체는 몇 겹씩 쌓였다. 그럼에도 요원들은 질릴 줄도 모르고 쳐들어왔다.

"징글징글하군."

학우가 몸서리를 쳤다.

퇴보를 거듭하다가 이제는 동굴 안, 부적의 글귀로 가득 새겨진 너른 터까지 밀렸다. 여기서 더 밀리면 요원들에게 둘러싸이고 만다.

"헉!"

학우가 헛바람을 집어삼켰다.

중음사 한 마리가 죽었다. 소통이 끊어졌다.

그가 소통하는 동물이 한 마리씩 죽을 때마다 학우는 상당한 정신적 충격을 받는다.

"니미럴! 언제까지 버텨야 해!"

큰소리치던 루브르가 참다못해 소리를 질렀다.

이건 많아도 너무나 많다. 첫날 이렇게 많은 적이 밀어닥쳤으면 어떻게든 막아냈을지도 모른다.

하지만 지금은 일주일째. 잠도 모자라고 기력도 없다.

월랑은 일주일 동안 부적을 완성하면서 제대로 서 있을 기력도 없다.

가장 많은 상처를 입은 자는 바브릭이다. 행동이 느리고 웬만한 공격은 몸으로 직접 받아내다 보니 전신이 칼에 베인 상처다.

요원들은 동료의 시체를 밟고 넘어 꾸역꾸역 몰려들었다. 그때,

우르르릉! 꽈앙!

번개가 번쩍이더니 천둥소리가 고막을 뚫었다.

진한 혈향 사이로 비릿한 비 냄새가 스며든다.

'비다!'

밀어닥치는 요원들을 혼신의 힘을 다해 막던 일곱 죄수의 눈동자에 희망이 일어났다.

대단한 폭우다.

요원들이 쉴 새 없이 몰려들어 바깥에 내리는 비를 볼 수는 없지만 확실히 느껴진다.

"크하하하! 하늘도 우리를 돕는구나!"

이카렌이 광소를 터뜨리며 창을 휘둘렀다.

"커억!"

"끄아악!"

그의 창끝에 무수한 목숨이 스러져 갔다.

참방! 참방!

바닥에 물이 고이기 시작했다. 갑작스런 비로 요원들의 기세도 한풀 꺾였다.

계곡은 비가 조금만 내려도 물이 무섭게 불어난다. 하물며 앞도 보이지 않을 만큼 엄청난 물줄기가 쏟아지니…….

맨 뒤에 앉아서 쉬고 있던 월랑이 잔뜩 쉰 목소리로 말했다.

"바브릭, 뗏목 준비해."

제일 앞에서 적의 공격을 받아내며 싸우던 바브릭이 뒤로 빠졌다. 그는 뗏목 세 대를 동시에 들고 월랑의 앞으로 왔다.

발목까지 오던 물은 어느새 무릎을 덮고 허벅지까지 차올랐다. 요원들의 움직임이 느려지자 버티던 쪽은 훨씬 방어가 수월해졌다.

"킥킥킥! 이거 어쩌나. 마지막 스테이지에서도 우리가 한 수 위인가 본데?"

좌아악!

바늘 열 개가 뻗어나가며 다섯 사람의 움직임을 구속했다.

서거거걱!

이카렌의 창이 그들의 목을 쳤다.

푸슛! 푸슈슈슛!

목에서 피가 솟았다.

바브릭과 다르게 이카렌은 목을 쳐도 절반만 벤다. 요원들은 너덜너덜해진 목을 부여잡으며 고통 속에 죽어간다.

"제, 제길! 후퇴다!"

요원 하나가 소리쳤다.

현명한 판단이다. 물이 벌써 허리까지 차오르고 있었다. 게다가 죽어나간 시체들이 두둥실 떠올라서 진격하는 데 까다로움이 많다.

이런 상황에서 싸움을 지속하다가는 전부 죽는다.

요원들이 썰물처럼 동굴을 빠져나가기 시작했다.

패애앵! 패애앵!

사야는 마지막까지 도망가는 요원들을 쏘아 맞혔다.

요원들이 모두 사라지고 나서 월랑은 다음 지시를 내렸다.

"각자 시체 한 구씩 업고 뗏목을 타고 가."

"시체를 업어?"

학우가 반문했다.

월랑은 두 번 말하지 않았다. 이미 다른 사람들은 각자 시체를 한 구씩 업고 뗏목에 엎드리고 있었다.

"폭포를 지나면 급류를 타고 떠내려갈 거야. 꽉 잡아야
해."

그들은 뗏목에 바짝 엎드렸다.

뗏목 하나에 세 명이 매달렸다.

월랑은 혼자 작은 뗏목을 사용했다. 혹시 모를 중독 가능성
때문에 그만의 뗏목을 하나 만든 것이다.

그들은 천천히 뗏목에 엎드린 채 동굴 입구로 나아갔다.

"제길! 이거였나?"

드라카는 이를 바드득 갈고는 곧바로 소리쳤다.

"궁수 전원 계곡을 둘러 배치해! 배치가 끝나면 계곡을 향
해 철시를 퍼부어라!"

빗줄기가 거세다. 밤인데다가 구름까지 자욱하고 굵은 비
까지 쏟아 부으니 코앞도 구분하기 힘들다.

그저 계곡을 향해 철시를 날릴 수밖에 없다.

놈들은 어떻게 해서든 계곡의 급류를 타고 탈출을 시도할
테니.

궁수의 배치가 끝났다. 그들은 일제히 시위를 매겼다.

슈슈슉!

거뭇한 철시가 빗줄기를 뚫고 계곡으로 날아갔다.

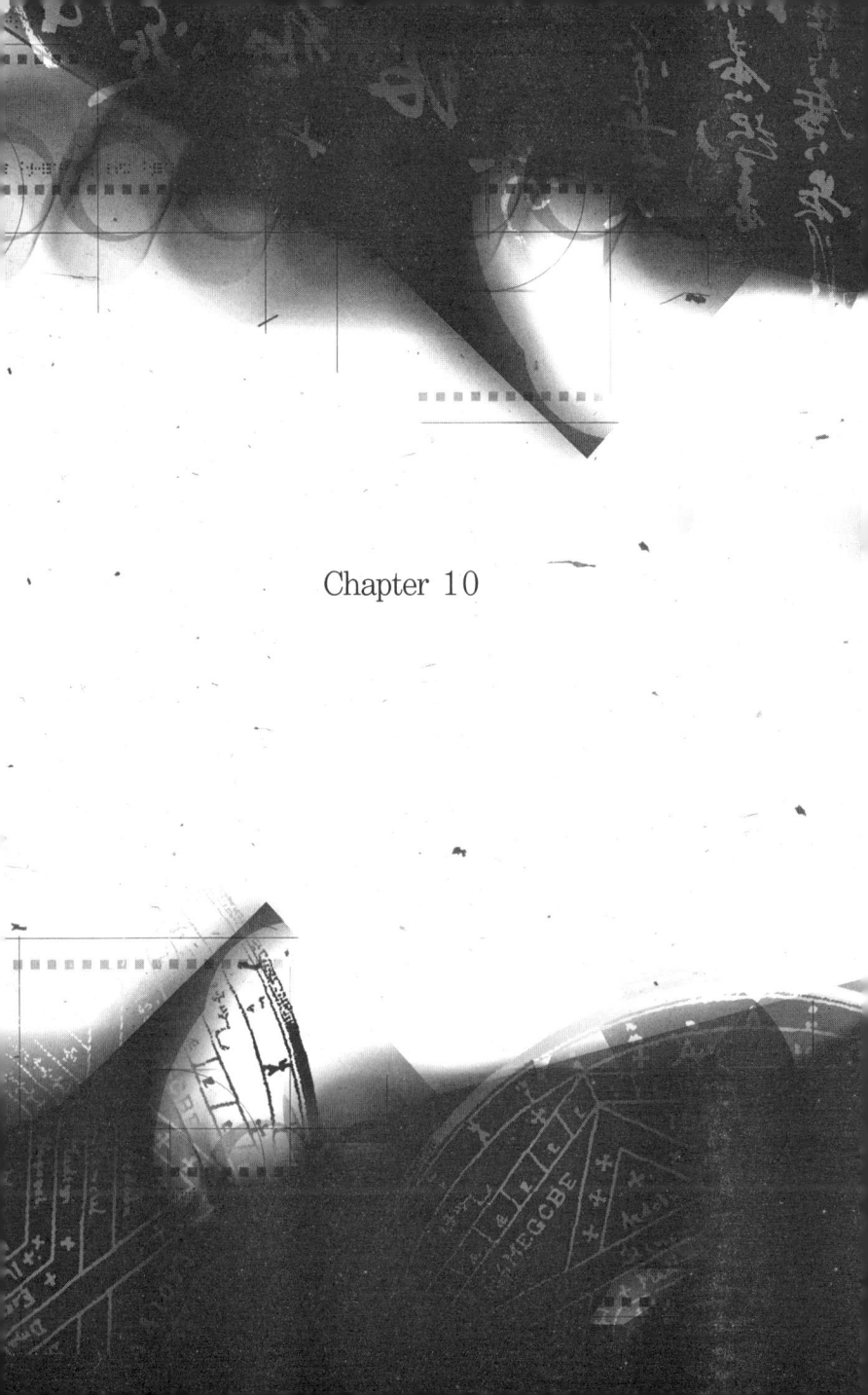

Chapter 10

Charm 참마스터
Master

쏴아아아!

세상이 온통 물에 잠긴 것 같다.

일곱 명의 죄수는 뗏목을 부서져라 움켜쥐었다. 뗏목은 급류에 휩쓸려 무서운 속도로 흘러갔다. 조금이라도 힘을 풀었다가는 급류에 휩쓸려 익사하고 말 것이다.

폭포를 지나서 급류를 타기 시작할 때 즈음 하늘에서 철시가 쏟아져 내렸다.

월랑이 업도록 한 시체들은 훌륭한 방패가 되어주었다. 철시를 받아낸 시체를 버리고 나자 뗏목은 더욱 빨리 급류를 타고 흘러갔다.

촤아아!

"염병할! 인생 말년에 이게 무슨 꼴이람!"

루브르가 욕지기를 뱉었다.

그나마 그는 다른 사람들보다 편하게 가는 편이었다. 바늘을 뗏목에 꽂아 넣고 몸을 고정시키고 있으니 다른 사람보다 훨씬 편하게 떠내려간다고 볼 수 있다.

바브릭이 탄 뗏목은 그의 무게 때문에 걸핏하면 물속에 잠겼다가 떠올랐다. 덕분에 그와 함께 타고 있던 학우와 이카렌이 곤욕이었다.

"우푸풉! 빌어먹을! 살 좀 빼지 뭐 했냐!"

이카렌이 물을 들이켰는지 몇 차례 콜록거리다가 성질을 부렸다.

바브릭은 말없이 그를 쏘아보기만 했다.

어쨌든 갑자기 불어난 계곡물 덕분에 그 지긋지긋하던 폭포를 손쉽게 벗어났다. 이렇게 굵은 빗줄기라면 추적자들도 쉽게 쫓아올 수 없으리라.

쫓아온다고 해도 급류를 타고 흐르는 속도를 따라잡을 수는 없다.

얼마나 흘러갔을까?

사방이 빗줄기인데다가 날까지 어두워 주위를 구분하기가 쉽지 않다.

하지만 급류를 타고 떠내려가던 그들은 주위 경관이 바뀌었다는 것을 눈치 챘다.

쿠르르릉! 쫘쫘앙!

빛이 번쩍 터졌다.

사람들은 그제야 자신들이 어딜 지나치는지 확실히 볼 수 있었다.

'협곡!'

양쪽으로 깎아지른 듯 높게 치솟은 절벽이 버티고 있었다. 대신 굽이치며 흐르던 계곡물은 조금 안정적으로 흘러가기 시작했다.

루브르가 주위를 두리번거리며 소리쳤다.

"여기가 어디야? 이러다가 도로 섬 안쪽으로 들어가는 거 아냐?"

옆에 매달려 있던 사야가 반박했다.

"변태영감, 무식한 소리 좀 그만 해. 모든 물줄기는 바다로 흐르는 게 당연하잖아."

"킥킥! 그런데 네년은 물에 젖으니까 더 먹음직스럽구나."

"이 노망난 늙은이가……!"

그때, 월랑이 소리쳤다.

"전부 정신 차려! 이제 저기 앞에 보이는 절벽을 타고 올라가야 해!"

루브르가 이맛살을 구겼다.

"뭐야? 뭐라는 거야?"

빗소리와 물소리가 너무 시끄러워서 제대로 듣지 못한 것이다.

"저 절벽을 타고 올라가야 한다는군요."

슈안이 대신 대답했다.

루브르가 눈을 동그랗게 떴다.

"저, 저걸?"

절벽은 마치 구름을 뚫어버릴 듯 치솟아 있었다. 까마득하게 높다.

"제길, 저길 어떻게 올라가?!"

옆에 있던 사야가 차갑게 말했다.

"그럼 혼자 계속 떠내려가든지."

"우라질! 네년은 다 좋은데 주둥이가 걸레야."

"죽여 버린다?"

루브르와 사야가 티격태격하는 동안 제일 먼저 떠내려가던 이카렌이 절벽으로 몸을 던졌다.

그는 절벽에 튀어나온 돌부리를 잡고 매달렸다. 그런 다음 창을 내밀면서 소리쳤다.

"애송이, 지나갈 때 이걸 잡아!"

학우는 이카렌의 창을 잡고 절벽에 매달렸다.

바브릭도 절벽으로 몸을 옮기는 데 성공했다.

"이제 우리 차례군."

루브르는 절벽을 지나칠 때 바늘을 쏘아 보냈다. 바늘 열

개가 절벽을 파고들었다. 이어서 사야와 슈안이 절벽에 매달리는 데 성공했다.

남은 사람은 가장 뒤에 떠내려오는 월랑.

월랑은 누군가 건져 줘야 한다. 일주일 동안 잠도 한숨 못 잤을 뿐만 아니라 물 한 모금도 마시지 못한 그이기에 기력이 쇠진했다. 스스로 절벽으로 올라올 힘이 남았을 리가 없다.

콰가각!

이카렌은 절벽에 창을 쑤셔 박았다.

"영감, 내 손을 잡고 녀석을 건져!"

평소엔 서로 티격태격하더라도 뭉쳐야 할 땐 확실히 뭉치는 그들이다.

루브르는 한 손으로 이카렌을 잡고 다른 손을 뻗었다.

촤악!

바늘 다섯 개가 날아가서 월랑의 옷에 박혔다.

월랑은 철침으로 뗏목과 묶어둔 천을 잘라냈다.

뗏목은 곧바로 급류에 휩쓸려 떠내려가고 월랑은 물에 빠졌다.

"건져!"

이카렌의 목소리가 터지는 것과 동시에 루브르가 온 힘을 다해 손을 잡아당겼다.

"썩을! 무슨 물살이 이렇게 거세!"

월랑은 좀처럼 절벽으로 가까이 붙지 못했다. 까딱하다가는 물살에 휘말려 떠내려갈 판이다.

사야가 버럭 소리쳤다.

"뭐 하는 거야? 빨리 끌어당겨!"

"시끄러, 이년아! 대책없이 힘으로 잡아당기다가는 옷이 찢어져!"

위험하다.

부욱!

월랑의 옷 한쪽이 찢어져 나갔다.

사야가 이카렌의 손을 덥석 잡았다. 그리고 다른 한 손으로 루브르의 허리를 꽉 껴안았다.

루브르의 몸이 앞으로 조금 더 내밀어졌다.

사야가 소리쳤다.

"두 손을 다 써서 구해!"

"킥킥! 이거 계집년 팔에 안긴 게 얼마 만이냐?"

"월랑을 구해내지 못하면 영감탱이는 내 손에 죽어!"

"쳇! 계집년이 너무 대가 세면 시집도 못 가, 이년아."

루브르는 다른 한 손을 뻗었다.

촤라락!

다섯 개의 바늘이 더 쏘아졌다.

루브르는 조심조심 힘을 더해가며 월랑을 끌어당겼다. 그의 온몸에서 비인지 땀인지 모를 물이 흠뻑 흘렀다.

"돼, 됐다."

월랑이 절벽 밖으로 내밀어진 돌부리를 간신히 잡았다.

사람들은 그제야 절벽에 매달린 채 한숨 돌릴 수 있었다.

* * *

이리저리 걸음을 옮기며 안절부절못하고 있는 드라카에게 정보관이 다가왔다.

"철시에 맞은 시체 몇 구를 건졌습니다만, 전부 요원들의 시체입니다."

"제기랄! 요원 전원을 계곡 하류에 배치시켜! 특히 물이 빠져나가는 바닷가의 2차 감시대에게 연락해서 경계를 철저히 지키라고 해!"

"알겠습니다."

드라카는 몸을 돌렸다.

불길한 예상이 점점 맞아들어 간다.

아니, 아직은 잡을 수 있다. 놈들은 이제 겨우 사냥터에서 발버둥치고 있을 뿐이다. 해변에는 2차 감시대가 버티고 있지 않나. 그리고 바다로 나간다고 하더라도 해양감시대가 있다.

그의 힘이 닿는 선은 해양감시대까지다. 최악의 경우 해양감시대에서 놈들을 잡거나 즉살한다면 상황은 정리된다.

여유를 가지자. 아직은 절망할 때가 아니다.

쏟아지는 폭우를 버티며 절벽을 기어오르는 것은 쉬운 일이 아니다. 빗물 때문에 절벽은 평소보다 몇 배는 미끄러웠다. 게다가 조금만 발을 잘못 디뎌도 낙석이 우루루 떨어져 나갔다.

가장 뒤처져서 오르는 자는 루브르다.

그가 느려서 가장 나중에 오르는 것은 아니다. 만에 하나 누군가 추락하게 되면 구할 수 있는 유일한 사람이 루브르이기 때문이다.

"킥킥킥! 밑에서 보니까 엉덩이가 참 맛스럽구나."

"저 빌어먹을 영감탱이!"

사야는 일부러 절벽을 차서 돌무더기를 떨어뜨렸다.

우르르!

"이크! 화내는 모습도 귀엽지만 가끔은 얼굴만 붉혀도 좋을 텐데 말이지."

제일 앞장서서 오르던 이카렌이 투덜거렸다.

"그나저나 기껏 떠내려 놓고 왜 다시 절벽을 기어오르는 거야?"

모처럼 터진 불평이다.

사람들의 시선이 월랑에게 향했다.

월랑이 하자고 하면 지금까지 군말없이 따랐던 그들이다. 그런데 이번에는 사실 의문이 생긴다. 어렵사리 여기까지 도망치지 않았나. 그런데 다시 절벽을 기어올라 간다니. 어떻게든 해변으로 가려면 저 급류를 타고 곧장 흘러가는 것이 빠르지 않을까?

지친 기색이 역력한 월랑은 희미한 목소리로 대꾸했다.

"계곡 하류에 놈들이 포진할 거야."

"그렇다고 산으로 오를 필요는 없잖아. 이래서 어느 세월에 해변으로 가겠냐고."

"반드시 모래사장이나 부두로 가야만 바다를 볼 수 있는 것도 아니지. 지도를 이미 살펴봤으니 날 믿어."

"쳇! 누가 못 믿어서 하는 소리냐? 이유나 알자는 거지."

믿는다.

월랑을 믿지 않으면 누굴 믿으랴.

악귀라 불리는 이카렌도 애송이 시절이 있었다.

섬 밖에서는 온갖 살인을 저지르며 잔악무도한 인간으로 악명을 떨쳤지만, 이 섬에서는 그저 겁없는 하룻강아지였다.

십 년 전, 만약 월랑이 아니었다면 그는 귀와 코가 잘린 상태로 이 섬 어디선가에서 썩어가고 있을 터다.

이카렌은 입을 다물었다.

대신 꾸준히 손과 발을 놀려 절벽을 기어올랐다.

절벽을 모두 오른 일곱 명은 그대로 벌러덩 드러누웠다. 잔뜩 벌린 입에서 허연 입김이 훅훅 뿜어져 나왔다.

이카렌이 숨을 토하며 말했다.

"어이, 영감. 뗏목 타는 거랑 절벽 기어오르는 거랑 한 번 더 하라고 하면 뭘 할 거야?"

"미친놈! 네놈이나 실컷 해라. 난 이제 죽으면 죽었지 이런 짓 두 번 하긴 싫다. 제길, 이 나이에 살면 얼마를 더 살겠다고."

"크크큭. 그래도 월랑이 하라면 할 거잖아."

"시끄러! 악귀야!"

두 사람의 대화를 끝으로 사람들은 한동안 침묵했다.

쏴아아아!

비는 여전히 세차게 쏟아졌지만 줄기가 제법 가늘어졌다.

먼저 몸을 일으킨 것은 월랑이었다.

"조금 더 걸어가면 동굴이 있어. 거기까지만 가지."

사람들은 다시 몸을 일으켰다.

월랑의 말대로 절벽에서 조금 떨어진 곳에 동굴이 있었다.

하지만 천연 동굴은 아니었다. 누군가 인위적으로 파낸 인공 동굴이었다.

"순찰 요원들이 잠시 머무는 곳이야."

월랑이 지도를 보며 말했다.

"이런 곳에 있어도 괜찮은 거야?"

"우리가 시선을 끈 덕분에 이곳은 괜찮을 거야. 그보다 누가 사냥 좀 해오지. 허기 좀 달래야겠어."

"쳇! 젊은 놈이 항상 시키기만 한다니까."

루르브가 투덜거리며 일어났다.

하지만 이번에는 사야가 먼저 움직였다.

"군소리할 거면 처박혀 있어. 내가 갔다 올 테니."

그녀는 지친 기색도 없이 휘적휘적 걸음을 놀렸다.

"캬~ 언제 봐도 저 육감적인 몸매는 지칠 줄을 모른다니까."

루르브는 멀어져 가는 사야를 보며 흐뭇한 미소를 지었다.

비가 그쳤다.

사야는 멧돼지를 잡아왔다.

동굴 안에는 마른 장작이 제법 쌓여 있었다.

멧돼지를 굽고 간만에 느긋하게 식사를 즐겼다. 먹음직스런 냄새가 동굴 안을 가득 메웠다.

"이거 이렇게 포식해도 되는 건지 모르겠구먼. 킬킬."

"먹을 수 있을 때 많이 먹어둬. 앞으로 편하게 식사할 수 있는 시간은 별로 없을 테니까."

"쳇, 입맛 떨어지게."

루르브는 투덜거리면서도 고기를 맛있게 물어뜯었다. 쫄깃쫄깃한 육질을 씹어 삼킨 뒤에는 술을 한 모금 들이컸다.

"캬! 좋다, 좋아! 그런데 이거 벌써 술이 다 떨어져 가니 큰

일이군."

"술은 얼마나 남았지?"

"절반도 안 남았어. 이것도 최선을 다해 아껴 먹은 게야!"

"전부 마시기 전에 이곳을 빠져나가야지."

학우는 두 사람의 대화를 들으면서 고개를 갸웃했다.

이 상황에서 술이 중요한가? 술 좀 덜 마시면 어떤가? 그런데 월랑은 유독 루브르의 술을 챙긴다. 그것도 뭔가 이유가 있는 것인가?

월랑이 동굴 한쪽으로 걸어가며 말했다.

"다들 잠이 부족할 텐데 두 시간만 자고 가도록 하자."

사람들의 표정이 조금 밝아졌다.

두 시간이면 충분하다. 아니, 단 30분이라도 아무 걱정 없이 잘 수 있다면 좀 살 것 같을 것이다.

잠시 후, 배를 어느 정도 채운 사람은 각자 자기 자리를 정해 드러누웠다.

두 시간은 금방 흘렀다.

눈을 감았다가 뜬 것 같은데 벌써 이동해야 한단다. 몸은 아직도 꿈속에서 허우적거리는데 월랑이 저리 움직이고 있으니 아무도 불평을 하지는 못했다.

학우는 몸을 일으키고 고개를 이리저리 돌렸다.

우두둑! 우둑!

뼈마디가 비명을 내지른다.

그래도 두 시간을 잤다고 몸은 제법 가벼워진 것 같다. 속도 든든하다.

"바브릭, 저기 있는 밧줄을 챙겨."

월랑이 동굴 한쪽에 둘둘 말려 있는 밧줄을 가리켰다. 아마도 탈주자를 포박하기 위해 준비해 둔 밧줄일 테다.

바브릭은 아무 말 없이 그 밧줄을 자신의 허리춤에 둘둘 감았다. 밧줄이 제법 두껍고 길었지만 그의 덩치가 워낙 크니 완전히 감길 수 있었다.

월랑은 동굴 밖으로 나와 기지개를 켰다.

"으차차! 좀 쉬고 나니 하늘이라도 날 것 같군. 그렇지 않나?"

"크크크, 그럼 날아서 이 망할 섬을 나가면 되겠군."

"하하! 까짓 날아서 가지, 뭐."

월랑은 농을 던지고는 산을 오르기 시작했다.

절벽을 올랐으니 이제 내려갈 것이라고 생각했는데 오히려 더 높은 곳으로 올라갔다.

이래서 정말 해변으로 갈 수나 있으려나.

의문이 드는 게 당연하다.

하지만 아무도 입 밖으로 내지 않았다. 그저 부지런히 산을 오를 뿐.

산세는 제법 험했다. 하지만 급류를 타고 절벽을 기어오르던 것에 비하면 평지나 다름없다.

날이 밝아오고 있었다.

월랑은 처음 출발한 동굴이 아득하게 내려다보이는 위치에 다다라서야 걸음을 멈췄다.

"잠시 쉬었다가 가지."

사람들은 각자 편한 자리를 찾아 쉬었다.

사야는 습관처럼 나무 위로 몸을 날렸다. 그녀는 주위를 둘러본 후 내려와서 말했다.

"건물이 있는데?"

"알아. 지도에서 봤어. 실험동이라고 쓰여 있더군."

"뭐 하는 곳일까?"

"글쎄."

학우는 재빨리 주위에 동물이 있는지 찾아보았다.

다람쥐가 세 마리.

그는 얼른 소통술을 펼쳐 다람쥐 세 마리를 부리기 시작했다. 다람쥐를 건물 근처로 보내 약간의 정보라도 얻기 위함이었다.

그러다가 그는 깜짝 놀란 표정으로 말했다.

"비명 소리가 났어."

"실험동에서?"

사야가 물었다.

학우는 가만히 눈을 감은 상태에서 고개를 끄덕였다.

"맞아. 실험동에서 울리는 소리야."

동물은 인간이 알지 못하는 방법으로 소통한다.

인간은 언어가 발달하면서 많은 감각이 퇴화됐지만, 동물은 인간이 알 수 없는 초감각적인 소통술을 이용한다. 이러한 사실을 아는 인간조차도 거의 없을 정도다.

맹수사는 바로 그 소통술을 익힌 자들이다. 때문에 학우는 다람쥐가 느낀 것들을 소통술을 통해 그대로 전해 받을 수 있는 셈이다.

"사람의 비명 소리라고 하기엔 뭔가 느낌이 달라."

"동물?"

"잘 모르겠어. 아무래도 다람쥐로는 한계가 있는데?"

학우는 소통술을 끊었다.

그가 눈을 뜨고 월랑을 보았다.

하지만 월랑은 별 관심을 보이지 않았다.

"어차피 우리가 가는 쪽은 실험동과 반대 방향이야. 그곳에서 무슨 일이 일어나고 있던지 우리가 상관할 바가 아니지."

그러자 나무 기둥에 기대앉아 있던 루브르가 입을 열었다.

"혹시 이것들, 이곳 죄수들을 데려다가 이상한 실험 하는 것 아냐?"

"무슨 실험?"

"왜, 거 있잖냐. 의학 실험이랍시고 생체 해부를 한다든지."

"후후, 누가 의사 아니랄까 봐. 가능성이 없진 않지."

"이런 비열한 놈들! 그럼 당장……!'

"당장 뭐? 당장 가서 구해주기라도 할 거야?'

월랑의 물음에 루브르가 입을 다물었다.

월랑이 말했다.

"정신 차려. 지금 우리 갈 길도 빠듯해. 이런 상황에 놈들 소굴로 제 발로 찾아갈 필요는 없잖아? 내 생각엔 그곳은 죄수들을 갱생시키는 곳일 거야."

"아……."

학우는 고개를 끄덕였다.

그럴 가능성이 있다. 죄수들을 갱생시키는 기관이라면 비명 소리가 흘러나온 것도 이해할 만하다. 소문에 의하면, 갱생시키는 과정에서 고문을 견뎌내는 인내심 테스트 등을 받는다고 한다.

'자칫하다가는 제 발로 호랑이 굴에 찾아갈 뻔했군.'

월랑은 다시 몸을 일으켰다. 그가 산을 오르기 시작했다.

다른 사람들도 뒤를 따라 산을 올랐다.

"저게 뭐야?'

풀숲에 몸을 숨긴 루브르가 낮은 목소리로 물었다.

"2차 방어선."

"뭐, 뭣?'

루브르가 눈을 동그랗게 떴다. 비단 그뿐만 아니라 다른 사람들도 휘둥그레진 눈으로 월랑을 바라보았다.

월랑은 해가 저물 때까지 걷기만 했다. 산을 오르기도 하고 내려가기도 했다. 그러다가 다다른 곳이 또 다른 벼랑 끝이었다.

그런데 벼랑 끝에 석조 건물이 떡하니 버티고 있었다. 웬 건물인가 했더니 저게 2차 방어선이란다. 그럼 저 벼랑 아래는 바다란 말인가?

독특한 지형 때문에 여기까지 오는 동안 바다를 한 번도 볼 수 없었다. 마치 바다가 어딘가에 숨어 있다가 짠하고 나타난 기분이다.

월랑이 사야를 돌아보았다.

"전부 몇 명이야?"

건물 밖에 서성이는 사람이 몇 있었다. 2차 방어선을 지키는 감시대다.

"눈에 보이는 자만 스물."

"그럼 건물 안에 다섯 정도 있겠군."

루브르가 불쑥 끼어들었다.

"왜 이렇게 사람이 적어? 뭔가 이상한데?"

"이상할 것 없어. 지금쯤 대부분 계곡 하류 지역에 모여 있을 테니까. 이런 곳은 경비가 허술한 거지."

"킬킬, 급류를 타고 떠내려간 건 결국 눈속임이었구먼!"

이렇게 되면 2차 방어선을 뚫어버리는 것은 1차 방어선을 뚫을 때보다도 더 간단해졌다. 게다가 놈들은 비상이 걸린 탓에 교대가 이루어지지 않고 있었다.

즉, 눈에 보이는 놈들만 깔끔하게 처리하면 이 지긋지긋한 섬을 벗어날 수 있다는 말이다.

월랑이 조용히 지시를 내렸다.

"사야, 몇 명이나 맡을 수 있겠어?"

"처음 둘."

한 번에 맞힐 수 있는 숫자다.

"이카렌, 다섯 맡을 수 있지?"

"더 맡아도 돼."

"다섯만 맡아."

"학우 주위에 부릴 수 있는 동물은?"

"도움 될 만한 녀석들이 없어."

"그럼 바브릭, 다섯 맡을 수 있지?"

"가뿐히."

"좋아, 다섯은 내가 맡지. 남은 셋은 사야가 맡아."

두 번째 시위를 당길 때 처리하라는 말이다.

"알았어."

사야는 기다릴 것도 없이 시위를 당겼다.

쐐애액! 푹! 푹!

"커헉!

"큭!"

요원 두 명이 가슴을 움켜쥐고 쓰러졌다.

"웬 놈이냐?"

남은 요원들이 바짝 긴장을 다지고 경계 태세를 갖췄다.

이런 곳에 적이 나타나다니.

상상도 못한 일이다. 탈주자들이 길을 잘못 든 게 아닐까?

쉬이잇!

숲에서 뭔가가 날아왔다. 이번에는 요원 두 명의 심장을 뚫었던 짧은 화살이 아니다. 길고 굵다.

'헉! 창?'

날아오는 것이 창이라는 것을 알았을 때는 이미 늦은 후였다.

기다란 창은 요원의 명치를 그대로 관통해 버렸다.

"끄악!"

"뭐, 뭐야, 저건?"

어둠 속에서 광소를 머금은 악마가 달려나왔다.

"크하하! 긴장들 하라고!"

이카렌은 그대로 몸을 날려 요원이 쓰러지기도 전에 창을 명치에서 뽑아냈다. 그리고 그대로 몸을 돌려 두 번째 상대의 목을 그었다.

피츄웃!

"케헥!"

목 절반이 찢어져 나갔다. 피가 솟았다.

그때 또 다른 곳에서 비명이 터졌다.

"으악!"

서걱!

보통 사람보다 머리 두어 개는 더 얹은 키의 거구가 커다란 할버드를 휘두르고 있었다.

"이, 이놈들… 도대체 이런 곳에서 어쩌자는……!"

말을 내뱉던 요원은 등골이 서늘해지는 것을 느끼고 몸을 휙 돌렸다. 새하얀 머리카락에 준수한 외모를 가진 청년. 그는 씁쓸한 표정으로 요원의 목줄을 움켜잡았다.

"컥! 네, 네놈들이 여기서 나갈 수… 있을… 으아아악!"

안타깝게도 그는 말을 마저 잇지 못했다.

순식간에 온몸의 피가 바삭바삭 말라 버리면서 요원은 마른 장작처럼 쓰러지고 말았다.

싸움은 일방적으로 흘렀다.

요원들 중 누구도 이런 곳에 탈주자가 나타나리라 생각하지 못했다. 그래서 대다수의 요원들이 해변과 부두, 그리고 계곡 하류로 집결하지 않았나.

그런데 예상을 완전히 뒤엎고 나타났으니 그들은 제대로 된 저항 한 번 하지 못했다.

스무 명의 요원이 목숨을 잃어가는 동안 슈안과 루브르는 초소를 습격했다.

2차 방어선은 섬을 두르고 있기 때문에 이곳처럼 탈출로로 이용될 가능성이 희박한 곳은 초소가 띄엄띄엄 존재한다. 때문에 비상시에 그들은 폭죽을 쏘아 올려 서로 연락을 취한다.

슈안과 루브르가 막고자 하는 것이 바로 그것이었다.

계획은 성공했다.

루브르가 초소 안으로 들어갔을 때는 이미 슈안이 요원들을 모두 제압한 상태였다.

모두 여섯 명. 새파랗게 질린 그들은 전의를 상실한 지 오래였다.

초소에서 활활 타는 홰가 어둠을 물리치고 있었다.

초소 앞에서 여섯 명의 요원이 무릎을 꿇은 채 오들오들 떨고 있다.

"킬킬, 이거 2차 방어선이 1차 방어선보다 처리하기 쉽잖아."

"사, 살려주십시오."

"요원들이 죄수한테 살려달라고 빌다니. 배알도 없는 놈들 같으니라구."

루브르는 콧방귀를 뀌며 고개를 휙 돌렸다.

월랑은 여섯 요원을 가만히 바라보다가 바브릭을 돌아보았다.

"죽여."

요원들의 낯빛이 시커멓게 물들었다.

놀란 것은 그들뿐만이 아니었다. 이카렌을 비롯한 다른 죄수들조차 놀라서 월랑을 바라보았다.

월랑은 단호하지만 타고난 성정이 잔인하지는 않다. 그는 지금껏 굳이 죽일 필요가 없는 상대는 죽이지 않았다. 그런데 지금의 결정은 의외다.

월랑이 입을 열었다.

"지금부터는 놈들이 우리가 갈 길을 알아선 곤란하지. 근심거리는 싹이 트기 전부터 씨를 말려야지."

바브릭은 할버드를 들고 걸어나왔다.

"헉! 제, 제발 살려……!"

서걱!

결국 가장 먼저 애걸한 자가 제일 빨리 죽었다. 다른 다섯 명의 목숨도 차례로 월랑의 눈앞에서 스러져 갔다.

루브르가 월랑을 돌아보았다.

"이제 말해봐. 어디로 갈 거야?"

월랑은 손가락으로 방향을 가리켰다.

사람들의 눈이 휘둥그레졌다.

까마득한 절벽 아래.

시커먼 바다가 출렁인다.

루브르가 난간을 잡고 아래를 내려다보다가 혀를 내둘렀다.

"맙소사! 정말 여기로 뛰어내리겠다는 거야?"

월랑은 대답하지 않았다. 대신 부적을 만드는 일이 열중했다. 그가 마지막 부적을 완성하고 나서 사람들에게 한 장씩 나누어 주었다.

"심폐기능 강화부야. 받아."

사람들의 표정이 굳었다.

정말로 여길 뛰어내릴 심산인가 보다. 과연 이 높이에서 뛰어내리면 살아남을 수 있을까?

하늘을 날아서 섬을 빠져나가겠다더니, 이 소리였던가.

학우가 몸서리를 쳤다.

"죽을지도. 이런 곳에서 뛰어내렸다가는 죽을지도⋯⋯."

전신을 부르르 떨었다.

시커먼 바다가 발밑에 펼쳐지니 지금까지와는 전혀 색다른 공포가 밀려들었다.

월랑은 바브릭을 불렀다.

"뗏목 하나를 만들어야겠어. 일곱 명이 몸만 걸칠 수 있을 정도면 돼."

바브릭은 그대로 몸을 돌려 숲으로 걸어갔다.

그가 뗏목을 만드는 데는 오랜 시간이 걸리지 않았다. 모든 준비가 되고 나서 월랑은 바브릭의 몸에 감긴 밧줄을 가리켰다.

"밧줄을 풀어. 네 사람이 나를 가운데 넣고 서로 몸을 연결해서 묶어."

월랑은 심폐기능 강화부를 사용할 수 없다. 이런 높이에서 떨어진다면 바다 깊숙이 가라앉았다가 떠오를 것이다. 부적의 영향을 받을 수 없는 월랑이라면 물속에서 의식을 잃을 수도 있다.

그래서 서로의 몸을 묶어 힘을 합쳐 월랑을 끌어올려야 한다.

슈안, 이카렌, 루브르, 바브릭이 월랑을 가운데 놓고 자신의 몸을 연결해서 묶었다.

이제 벼랑 밖으로 몸을 던지기만 하면 끝이다.

루브르가 난간을 짚고 내려다보다가 말했다.

"휴우~ 이거 떨리는걸. 이렇게 힘들게 가야만 하나?"

"우리가 편하게 가면 그만큼 위험 요소가 많아. 대신 우리가 힘들게 가면 그만큼 안전하지."

"그래도 이것도 별로 안전해 보이진 않는단 말이지."

월랑은 루브르의 말을 가볍게 웃어넘겼다.

대신 낙하할 때의 요령에 대해 모두에게 숙지시켰다.

"떨어질 땐 모두 몸을 활짝 펼쳐야 해. 그래서 낙하 속도를 최대한 줄이는 게 좋아. 그리고 입수하기 직전에는 최대한 수면과 마찰 면을 좁게 해야 해. 만약 그대로 떨어졌다가는 몸이 터지고 말테니까."

아무리 물에 떨어진다고 하더라도 이 정도 높이라면 수면에 닿는 순간 몸이 버티지 못할 것이다. 그걸 해결할 수 있는 방법은 입수 시에 최대한 몸을 세워 마찰 면을 줄이는 것이다.

월랑은 학우를 돌아보았다. 안색이 좋지 않다.

"학우, 부적을 믿어. 잠시 바다에 가라앉아도 심폐기능이 강화되면 다시 올라올 수 있을 테니까."

"하지만 이건 정말 아닌 것 같은데."

학우는 표정이 편치 못했다.

갑자기 그토록 믿음직스럽던 부적이 겨우 종이 쪼가리에 불과하다는 생각이 든다.

월랑은 표정을 구겼다.

위험하다. 부적의 힘을 불신하게 되면 효력은 절반 이하로 떨어진다.

"어이, 애송이! 계속 그렇게 쫄 거면 여기 두고 간다!"

이카렌이 한마디 내뱉었다.

괜한 협박은 아니다. 도저히 못 뛰어내리겠다는 사람을 억지로 떠밀 수는 없다. 그럴 필요도 없다.

대륙에 나가서도 학우의 힘이 필요할지는 모르겠지만, 이미 섬을 탈출하는 동안에 그는 필요할 만큼 써먹었다. 잔인한 말이지만 그가 기어코 가지 못한다면 여기서 이별할 수밖에 없다.

"결정은 네가 해."

월랑은 그렇게만 말하고 몸을 돌렸다.

이윽고 여섯 사람이 난간을 밟고 올라섰다.

훼에에엥!

바닷바람이 한차례 불어 닥쳤다.

"오오, 긴장되는걸!"

이카렌이 짐짓 큰 소리로 말했다.

원래 사람보다 자연의 힘이 더 무서운 법이다.

"셋 세면 간다. 하나, 둘……!"

"잠깐만! 잠깐! 잠깐!"

루브르다. 그가 허리춤에 매인 술병을 꺼내 들고 나발을 불었다.

"꺼억! 니미럴, 죽을 땐 죽더라도 남은 술은 마시고 죽어야지."

루브르는 술을 완전히 들이켜고 술병을 바다로 던졌다. 아득하게 떨어져 내리던 술병이 어둠에 삼켜졌다.

"나, 나도 갈게."

학우가 난간으로 다가왔다.

결심은 굳혔지만 여전히 까마득한 곳에서 출렁이는 바다가 무섭다.

그렇다고 이곳에 남으면 뭘 하겠나. 요원들에게 붙잡혀 온갖 고문을 당하다가 병신이 되든지 사형을 당하든지 둘 중 하나일 것이다.

어차피 목숨을 내걸고 모험을 하기로 한 게 아니던가.

뛰어내리자. 까짓, 해보자.

월랑이 다시 입을 열었다.

"하나, 둘, 셋!"

일곱 명이 동시에 벼랑 밖으로 몸을 던졌다. 뗏목도 함께 추락했다.

세찬 바람 줄기가 얼굴에 사정없이 부딪쳐 왔다. 시커먼 바다가 바로 밑에 펼쳐져 있는데도 얼마나 떨어진 건지 알 수가 없었다.

학우는 심장이 잠시 멎는 것을 느꼈다.

그리고 한참 후에 다시 심장이 뛴다는 사실에 안도했다.

'체공 시간이 이렇게 길 줄이야.'

영원히 떨어진다.

이러다가 평생을 떨어질 것 같다. 찰나,

"입수 준비해!"

월랑이 버럭 소리쳤다.

몸을 활짝 펴고 날듯이 추락하던 일곱 죄수는 저마다 몸을 웅크린 후 몸을 곧게 폈다.

촤악! 촤악! 촤악!

철퍽!

일곱 명이 차례로 입수하고 마지막으로 뗏목이 떨어졌다.

눈 깜짝할 사이에 일곱 죄수를 집어삼킨 바다는 마치 아무

일도 없었다는 듯 고요히 출렁였다.

　한참 후,

　"푸하!"

　슈안이 가장 먼저 수면 위로 얼굴을 내밀었다. 이어서,

　"푸허억!"

　이카렌이 솟아올랐다.

　그 뒤를 이어 루브르, 사야가 올라왔고, 마지막으로 바브릭이 머리를 내밀었다.

　바브릭이 올라오자마자 루브르가 소리쳤다.

　"모두 퍼져서 줄을 잡아당겨! 월랑을 올려야 해!"

　네 사람은 각자 사방을 향해 헤엄쳐 나갔다. 줄이 팽팽하게 잡아당겨지면 월랑은 저절로 수면으로 떠오를 것이다. 그런데,

　"근데 이 애송이 새끼는 왜 안 올라와!"

　"니미럴! 고루고루 속 썩이네! 사야! 들어가 봐!"

　사야가 다시 물속으로 들어갔다.

　잠시 후, 네 사람에 의해 월랑이 먼저 수면 위로 떠올랐다.

　"커헉! 헉! 헉!"

　수면 위로 올라온 월랑은 물을 뱉어내고 숨을 몰아쉬었다.

　"괜찮냐?"

"헉! 헉!"

월랑은 대답 대신 얼른 밧줄을 휘어 감아 매달렸다. 너무
지쳐서 수영을 할 여력도 없었다.

루브르는 안도의 숨을 내쉬고는 바늘을 쏘아냈다.

그가 근처에서 출렁이는 뗏목을 끌어당긴 후로 다섯 사람
은 뗏목에 팔을 걸쳐 올렸다.

이제 남은 건 두 사람.

사야와 학우다.

학우는 부적의 효력을 완전히 신뢰하지 못한 게 분명하다.
그만큼 믿음을 가지라고 일렀건만.

수면 위로 한 사람이 떠오르면 사야는 살고 학우는 죽었다
고 봐야 한다.

촤악!

수면 위로 머리가 올라왔다. 길게 풀어진 머리가 얼굴에 착
달라붙었다. 사야다.

학우는 죽었나?

그때 사야가 잠수하더니 다시 고개를 내밀었다.

그가 학우의 목을 끌어당겨 데려오고 있었다.

"명은 질긴 놈이군."

루브르가 킬킬거렸다.

바브릭은 얼른 학우를 뗏목 위로 올렸다. 뗏목은 별로 크
지 않아서 일곱 명이 매달릴 수는 있지만 모두 올라탈 수는

없었다.

루브르가 냉큼 뗏목 위로 올라섰다.

그는 서둘러 인공호흡을 실시했다.

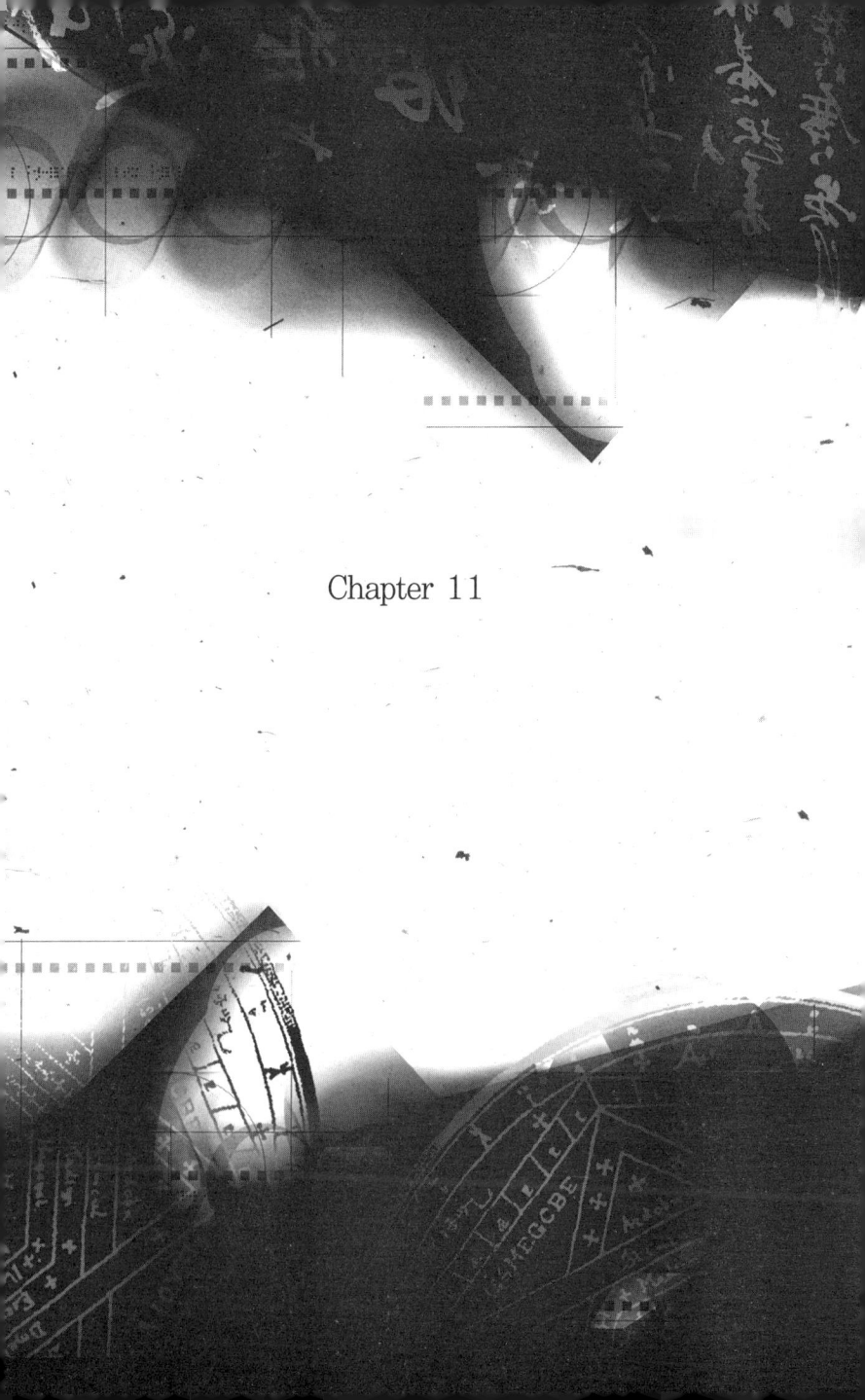

Chapter 11

Charm 참마스터
Master

철썩철썩!

파도는 쉼없이 배를 향해 달려들어 부딪쳤다. 배는 가만히 멈춰 있는데도 심하게 일렁였다.

"푸하!"

뱃머리 아래쪽. 수면 위로 사람 머리가 불쑥 솟아올랐다.

머리카락이 짧고 얼굴에 흉터가 있는 사내. 이카렌이었다.

이어서 바브릭과 루브르, 제일 마지막으로 학우까지 일곱 명의 죄수가 수면 위로 모습을 드러냈다.

바브릭은 밧줄 끝에 자신의 할버드를 매달고 선박 위로 던졌다.

삭!

소리가 거의 들리지 않았다.

갑판에 제대로 박혔다는 뜻이다. 만약 요란한 소리가 들렸다면 할버드가 제대로 박히지 못하고 굴렀다는 뜻이고.

평생 병장기를 만들고 할버드 하나만을 휘두르며 살아온 그에게 이 정도 감각은 별것 아니다.

밧줄을 당기니 제법 팽팽하다. 두어 사람이 동시에 올라도 거뜬히 버틸 것 같다.

하지만 월랑은 한 사람씩 오르도록 지시했다.

제일 먼저 이카렌이 올랐다. 그리고 이어서 남은 여섯 명이 차례로 갑판 위로 올랐다.

갑판에는 총 일곱 구의 시체가 있었다. 모두 가슴에 화살을 박은 시체다.

사야의 솜씨다.

뗏목을 타고 감시 배가 있는 곳까지 왔다. 절벽 아래에서 바다로 흘러나올 때까지는 혼신의 힘을 다해 뗏목을 밀었다. 노가 없으니 뗏목에 매달려 일곱 사람이 팔다리로 저어야 했다.

어느 정도 흘러나온 후로는 학우가 소통술을 시도했다.

하지만 곧 난관에 부딪쳤다. 물고기의 지능이 너무도 낮다. 소통술을 시도하기에는 무리가 있다. 그렇다고 지능과 상관없는 본능을 유발하려니 물고기라는 종이 너무나 낯설었다.

결국 다시 뗏목을 저어나갔다. 그러다가 구원자(?)를 만났다.

돌고래 세 마리.

돌고래는 어류가 아니라 포유류다. 게다가 지능 역시 상당히 높다. 학우의 소통술은 수월하게 먹혔다. 돌고래는 친절하게 뗏목을 이끌어주었다.

그리고 감시 배가 보일 때 즈음 사야가 활을 쏘았다.

배에서는 보이지도 않을 만큼 어둡고 먼 곳에서 날아온 화살을 피할 방도가 없었으리라.

"배에 사람이 남아 있을지도 몰라. 주의하면서 선실을 살펴봐."

이카렌이 제일 빨랐다.

그는 문을 열고 복도를 따라 걸었다.

문득 시끌벅적한 소리가 안에서 튀어나왔다. 월랑의 예상대로 선실에 사람이 남아 있었다.

"오늘 같은 날은 나미 그 계집이랑 좀 뒹굴어야 하는데 이게 무슨 꼴이야. 쳇!"

"그러게 말입니다, 선장님. 그래도 할 수 없지요. 탈주자가 일주일이 넘도록 안 잡혔다니까 만약을 대비해야죠."

"흥! 저 섬을 탈출한다고? 말이 돼? 그리고 거기서 무슨 수로 바다를 건넌다는 거야? 하여튼 드라카 국장은 걱정이 지나치다니까."

"그래도 그 국장을 이렇게 오랫동안 애먹인 죄수는 없지 않았습니까? 이번에는 조금 위태위태한가 봐요."

"위태롭긴 무슨. 뭐, 어차피 이쪽 방향으로 나타날 가능성은 없으니까 술이나 마시다 가자고."

아마도 선장과 항해사인 듯했다.

이카렌은 히죽 입꼬리를 치켜 올렸다. 먹이가 두 마리나 남아 있다니, 이렇게 즐거울 데가.

쾅!

이카렌은 다짜고짜 문을 발로 차고 들어갔다.

"뭐, 뭐야! 웬 놈이야!"

"악귀다."

"뭐, 뭐? 헉!"

이카렌은 말을 섞을 생각이 없었다. 곧바로 창을 휘두르며 달려들었다.

"죄, 죄수가 배에 올랐다!"

항해사가 꽥 소리를 질렀다.

"크크, 불러도 달려올 요원들은 없다고."

"이, 이 건방진!"

선장과 항해사가 칼을 뽑아 들었다.

하지만 거기까지였다.

샤각! 푸욱!

"크아악!"

"우욱!"

선장은 양 눈을 잃었다. 항해사는 배꼽에 구멍이 뚫렸다.

"아무리 배 타는 놈들이라지만 우릴 너무 물로 보지 마라. 바닷물보다는 훨씬 짠 놈들이거든. 큭큭큭."

그때 문을 벌컥 열고 루브르가 달려왔다.

그는 선실에 벌어진 참사를 거들떠보지도 않고 곧바로 테이블로 달려들었다.

"오오! 럼주! 럼주!"

"쳇! 저놈의 술주정뱅이 영감 같으니라고."

이카렌은 혀를 차고는 선실을 빠져나갔다.

그러거나 말거나 루브르는 럼주를 들고 벌컥벌컥 들이켰다.

"캬아~! 이 맛에 내가 산다니까."

선실에 남아 있던 선장과 항해사, 그리고 다른 요원들까지 합해서 모두 스무 명.

그중 열아홉이 죽었다.

육지와 거리가 먼 곳에 배치된 배였기에 요원들은 죄수들의 난입을 전혀 예상하지 못하고 있었다.

그들은 하나같이 놀란 표정으로 갑자기 들이닥친 죽음을

맞이해야 했다.

그리고 마지막으로 살아남은 한 명.

그는 오들오들 떨며 목숨을 구걸했다.

"제, 제발 목숨만은……."

"그러니까 말해. 이 배가 경계에서 물러나는 게 언제인지. 입을 다물겠다면 우리도 할 수 없고."

이카렌이 으름장을 놓았다.

요원은 달달 떨면서 대답했다.

"내, 내일 동이 트면 저희 배는 경계에서 물러나게 되어 있습니다."

"확실해?"

"제 목숨을 걸고 맹세합니다. 그러니 제발 목숨만은……."

월랑이 요원 앞으로 걸어왔다.

"배 몰 줄 아나?"

"무, 물론입니다."

"내일 아침 정확한 시간에 경계에서 물러나도록."

"가, 감사합니다. 감사합니다!"

요원은 바닥에 깊이 부복했다.

날이 밝았다.

월랑이 탄 배는 천천히 경계에서 물러났다.

배에 탄 일곱 명의 죄수는 오랜만에 느긋한 여유를 가질 수 있었다.

월랑은 뱃머리에서 마주쳐 오는 바람을 맞았다.

드디어 육지다. 정확히 십오 년 만에 육지의 땅을 밟게 되는 것이다. 가슴이 벅차오른다.

"그 정도 실력이라면 스스로 귀와 코를 모아서 제국 비밀요원이 되는 것도 나쁘지 않았을 텐데."

그의 등 뒤에서 목소리가 들려왔다.

학우였다. 그가 뱃머리로 다가왔다.

월랑은 몸을 돌려 학우를 보았다. 새하얀 머리카락이 바람결을 따라 세차게 휘날렸다.

"어차피 내가 손대는 순간 코와 귀는 썩어 없어질 거야."

"독 때문에? 그건 핑계지."

월랑이 웃었다.

"십오 년 전에 날 이곳에 가둔 자가 있지."

"이유는?"

"나도 몰라."

"죄목이라도 있을 것 아닌가?"

"반역죄."

학우는 입을 다물었다.

그는 멍한 표정으로 월랑을 바라보았다.

"반역죄… 라니? 그때 넌 어린애였을 것 아냐?"

"그랬지. 아홉 살이었지. 내가 그때 황제를 죽일 음모에 가담했다는군."

"너… 정체가 뭐야? 아홉 살에 그런 죄목으로 이런 곳에 끌려왔다면 보통 신분으로는… 진월랑! 설마, 네가 그……!"

학우는 뇌리를 스치는 생각에 입을 딱 벌렸다.

왜 그 생각을 하지 못했을까!

십오 년 전 천하를 오시하던 가문이 있었다. 일등 개국공신 가문. 바로 제1대 귀족 진가였다.

그런데 진가는 하룻밤 사이에 거짓말처럼 몰락했다. 반역죄를 저질렀다는 이유로.

월랑은 몸을 돌렸다. 그는 바람을 마주한 채 말했다.

"이 섬에서 비밀 요원으로 선발되는 것? 나 혼자서 그럴 수 있는 능력은 없어. 루브르, 사야, 슈안, 이카렌, 바브릭. 전부 뛰어나지만 날 만나기 전에는 그저 그런 수준이었어. 다들 내 도움을 받았다지만 나 역시 그들에게 도움을 받았고."

"그래서 모두 함께 이 섬을 나갈 수 있는 방법은 탈출밖에 없었다?"

"그래. 특히 슈안은 검술이 뛰어나지만 상대방에게 상처 하나 입힐 수 없고, 루브르는 의신이지만 사람을 죽이지는 못해. 게다가 이카렌은 죽어도 섬에서 시키는 대로 살긴 싫다더군. 죽이고 나서 시체 귀를 뜯는 찌질한 취미는 없다나? 차라리 요원과 싸우면 싸웠지."

"그럼 이제 나가서 뭘 할 생각이야?"

"날 이곳에 가둔 자를 찾아가야지. 그게 이 섬을 벗어나려는 첫 번째 이유니까. 왜 날 이런 곳에 집어넣었는지, 어째서 날 이런 살인마로 만든 건지 물어봐야지."

"복수?"

"그런 거창한 표현은 어색하고, 말 그대로 가서 물어볼 거야. 정말 궁금하니까."

"그럼 다른 이유는?"

"내 몸."

"아……."

학우는 고개를 끄덕였다.

자세한 설명을 듣지 않아도 뭘 말하는지 알 것 같다.

독성을 제어하지 못하는 몸을 치유하기 위해서 여왕벌을 찾아갈 것이라고 했던가.

루브르에게 들은 기억이 난다.

"정말 여왕벌을 만날 생각인가?"

"만나야지. 이 몸을 어떻게든 할 수 있다면. 그 누구와도 닿을 수 없다는 건 꽤 힘든 일이거든."

월랑은 하늘을 올려다보며 말했다.

학우는 더 이상 아무런 말도 꺼내지 않았다.

소금기 묻은 바람이 부드럽게 둘의 안면을 감싸 안았다.

제법 한산한 부두에 배가 들어섰다.

배에서 선원들이 내렸다. 모두 일곱이었다.

그들은 가만히 주변 눈치를 살피며 물류 창고로 걸어갔다.

끼이이익!

물류 창고의 문을 열고 들어선 그들은 갑자기 선원복을 벗기 시작했다.

"뭔가 위화감이 느껴지지 않아, 월랑?"

단발머리에 곱상하게 생긴 사내가 물었다. 슈안이었다.

월랑은 선원복을 벗으며 대꾸했다.

"아무래도 잘못 짚은 것 같군. 아직 악마의 뿔에서 완전히 벗어나지는 못한 것 같아."

"쳇! 간만에 세상에 나왔는데 이렇게 숨기에 바쁘다니."

이카렌이 투덜거렸다.

사람들의 낯빛이 어두워졌다.

배를 정박하는 순간만 해도 자유를 얻었다고 생각했다. 아니, 자유는 아니더라도 적어도 악마의 뿔에서 완전히 벗어났다고 생각했다.

하지만 큰 착각이었다.

배가 들어선 부두는 외부 감시대의 본부였다.

만약을 대비해서 그들이 선원복을 입고 있지 않았다면 문제가 커졌으리라.

그나마 다행인 것은 부두가 한산하다는 것이다. 아직 이곳 요원들은 자신들이 여기까지 탈주했다는 사실을 모르는 것이 분명했다.

"꺼억~ 이제 어쩔 생각이야?"

루브르가 럼주를 한 모금 들이켜고 말했다.

그는 아무래도 좋다는 표정이었다. 술만 있다면 그곳이 어디든 그에겐 지상낙원이다.

월랑이 학우를 돌아보았다.

"근처에 덩치 좀 있는 동물 있나?"

"없어."

그렇지 않아도 알아본 참이다. 넘쳐 나는 건 쥐새끼밖에 없다. 도통 이런 부두에 덩치 큰 동물이 있을 리가 만무하다.

아, 개가 있다.

하지만 극도로 잘 훈련된 군견이다. 아무리 맹수사라고 할지라도 오랜 세월 훈련된 개에게 자칫 소통술을 시도하다가는 낭패를 보기 십상이다.

개는 영리하다. 특히 군견이라면 적아를 분별하는 능력이 뛰어나다.

월랑은 슈안을 돌아보았다.

"할 수 없군. 한 놈 유인할 수 있겠지?"

"물론."

슈안은 곧바로 창고를 걸어나갔다.

니콜은 야망이 큰 자였다.

지금은 비록 외부 감시대에서 분대장에 머물러 있지만 언젠가는 외부 감시대장이 되는 게 그의 목표였다.

그런데 사실 이건 대외적으로 떠들고 다니는 목표일 뿐이다. 그의 마음속에 들어 있는 진정한 야망은 더 컸다.

"언젠가는 저 악마의 뿔을 관리하는 관리국장이 될 테다."

니콜은 감시탑에서 그렇게 중얼거리며 부두를 살폈다.

부두는 한산했다.

끼룩끼룩!

갈매기가 한가롭게 하늘을 날고 있었다.

'쳇, 그나저나 쥐새끼 한 마리도 안 보이는군.'

니콜은 실망한 표정으로 혀를 찼다.

어젯밤에 급보가 날아왔다. 탈주자들이 1차 방어선을 뚫고 사냥터에서 일주일을 버티다가 사라졌다는 내용이었다.

2급 비상이 걸린 후, 니콜은 계속해서 기도했다.

'신이시여, 제발 그놈들이 제 앞에 나타나게 해주소서!'

오늘 감시탑에서 근무하겠다고 일부러 자원까지 한 그다. 만약 발견해서 그놈들을 모두 잡아낸다면 최소 3계급은 특진이다. 포상금도 어마어마할 것이다.

그런데 그 순간, 그의 기도가 이루어졌다.

부두를 꼼꼼히 살피던 니콜은 눈빛을 반짝였다.

"뭐지? 방금 뭔가가……."

물류 창고 사이에 그림자가 나타났다. 그림자는 조금씩 모습을 드러내더니 이윽고 완전히 실체를 드러냈다.

단발머리의 사내.

요원이 아니다. 복장도 얼굴도 모두 낯설다.

놈은 주위를 살펴보다가 감시탑을 확인하고는 얼른 창고 틈으로 몸을 숨겼다.

'잡았다!'

니콜은 속으로 쾌재를 불렀다.

드디어 기다리고 기다리던 기회가 온 것이다. 그는 잽싸게 감시탑의 사다리를 타고 내려왔다.

기회는 준비된 자에게 다가온다고 하지 않던가!

니콜은 창고 사이로 사라진 그림자를 쫓아 달렸다. 조금 달려가다 보니 감시탑에서 보았던 사내의 뒷모습이 잡혔다.

'좋았어!'

니콜은 조심스럽게 뒤를 밟았다.

단발머리사내는 5번 창고로 들어갔다.

"후후후, 거기에 전부 숨었단 말이지?"

짐작이 간다. 탈주자는 모두 일곱이라고 했다. 그중 한 놈이 나와서 바깥의 정황을 살펴본 것이리라. 어제 들은 인상착의가 비슷하다. 단발머리에 장검을 허리에 찬 검사.

어떻게 여기까지 탈출한 것인지는 모르지만 그의 예리한 직감에 의하면 놈은 필시 탈주자다.

그래도 혹시 모르니 확인은 해야 한다. 니콜은 창고 뒷문으

로 몰래 접근해서 안에 숨어 있는 죄수들을 모두 확인하고자
했다.

그런데,

쉬익! 탁!

"응?"

등 뒤가 서늘해지는 것을 느끼고 몸을 돌렸다.

착!

시퍼런 창날이 그의 목을 겨눴다.

"이, 이건······."

"쉬이! 조금만 조용히 하자."

이카렌이 입술에 검지를 대고 주의를 주었다.

니콜은 침을 꿀꺽 삼켰다.

쥐도 새도 모르게 미행했다고 생각했는데 그게 유인책이
었을 줄이야!

이카렌이 고개를 까딱하며 말했다.

"우리, 보고 싶었던 거지? 좀 같이 가실까?"

니콜은 그대로 창고 문을 열고 안으로 들어갈 수밖에 없었
다.

니콜의 예상은 적중했다.

놈들은 모두 일곱. 인상착의가 틀림없었다.

어떻게 부두까지 온 걸까?

"원하는 게 뭔가?"

자신을 산 채로 잡아왔다는 것은 뭔가 원하는 것이 있다는 뜻. 니콜이 날카롭게 쏘아붙이자 루브르가 킬킬 웃었다.

"클클클! 이거 생각보다 이야기가 빨리 통하겠어. 눈치가 제법이야."

"네놈들, 어떻게 여기까지 왔지?"

니콜은 포박당한 상태에서도 당당한 기세를 잃지 않았다. 이 정도 위기쯤이야 극복하면 그만이다. 오히려 이런 위기를 극복했을 때야말로 후일에 영웅담이 있지 않겠나.

월랑이 다가갔다.

"이곳에서도 필요한 물품을 교류하는 도시가 있겠지? 어딘가?"

"로렌츠 시다."

니콜은 숨기지 않고 대답했다.

어차피 그 정도는 기밀에 해당되지도 않는다. 이야기해 준다고 해서 달라질 건 없다.

월랑은 고개를 끄덕였다.

로렌츠 시라면 제국의 북서쪽에 위치한 해안 도시다. 이곳에서 그리 멀지는 않지만 감시대의 영향권에서는 충분히 벗어난다고 봐야 한다.

"가장 빠른 수송선은 언제 출발하나?"

니콜이 월랑을 쏘아보았다.

"크크크, 멍청한 놈. 내가 그런 걸 말해줄 것 같나?"

"정의를 실현하고 죽겠다?"

"네놈들은 날 죽이지 못할걸? 내 협조가 필요할 테니까."

"이곳에 넘쳐 나는 게 요원이지. 넌 죽여 버리고 다른 놈을 붙잡아 심문하면 돼."

니콜의 낯빛이 살짝 어두워졌다.

하지만 그는 곧 평정심을 되찾았다. 거짓말일 것이다. 다시 요원을 끌어들이면 된다고? 요원들이 그렇게 쉽게 걸려들까? 그뿐만 아니라 자신이 여기서 소리라도 지르면 이들의 계획은 수포로 돌아갈 텐데.

니콜이 다시 당당하게 말했다.

"그래도 영 이야기할 맘이 생기지 않는군."

월랑은 품에서 부적 한 장을 꺼내 사야에게 건네주었다.

"사야, 이걸 벽에 붙여."

"방음부야?"

"응."

방음부라고? 소리를 질러도 소용없도록 하겠다?

허풍을 쳐도 유분수지.

니콜은 코웃음을 쳤다. 그는 부적을 믿지 않았다.

지금이라도 저잣거리에 나가면 노인네들이 노상에서 팔고 있는 게 부적이다. 그런 부적들 중에 제대로 된 부적을 본 적이 없다.

사야는 방음부를 붙였다.

월랑이 다시 물었다.

"지금 말하는 게 좋을 거야. 이곳에서 제일 먼저 떠나는 배는?"

"말하기 싫다고 했을 텐데."

"곧 말하고 싶어질 거야."

월랑은 바브릭을 향해 눈짓했다.

바브릭은 주저앉아 있는 니콜의 발을 슬며시 밟았다.

우두둑!

"헉! 끄아아악!"

창고 가득 비명이 차올랐다.

'이 미친놈들! 이렇게 되면 요원들이 잔뜩 몰려들 텐데!'

그 와중에도 니콜은 자신의 공이 다른 요원들에게 돌아갈까 봐 걱정됐다.

하지만 괜한 걱정이었다.

요원들은 단 한 사람도 달려오지 않았다.

'설마 저 부적, 진짜란 말인가?'

월랑이 다시 가까이 다가와서 물었다.

"언제지?"

"나, 난 모른다."

식은땀이 흘렀다.

그의 야망이 조금씩 희미해지고 있었다.

"바브릭, 좀 더 확실하게 손봐줘."

바브릭이 다시 다가왔다. 그가 다른 한쪽 발을 지그시 밟았다.

빠드득!

"크아아악! 헉! 마, 말할게! 말하겠습니다!"

바브릭은 니콜의 손목을 잡으려다가 손을 거두었다.

"언제?"

"헉! 헉! 오늘 저녁 여덟시."

"시계 가지고 있나?"

"오른쪽 가슴에."

말이 떨어지자마자 슈안이 요원의 오른쪽 가슴을 뒤졌다.

금박을 입힌 고급스러운 시계였다.

이카렌이 그걸 보고 피식 웃었다.

"뭐야? 감시탑을 지키는 요원에게는 어울리지 않는 시계잖아?"

"이, 이제 날 어쩔 생각이지?"

"한 가지만 더 대답하면 살려주겠다."

"뭐야?"

"수송선으로 나를 물건들은 어디에 있나?"

"3번 창고에 커다란 목재 상자가 있다. 그걸 옮길 거야."

월랑은 가만히 요원을 바라보았다.

이윽고 그가 입을 열었다.

"살려주지. 바브릭, 이 녀석을 묶어서 창고 구석에 숨겨 둬."

그런데,

"이야압!"

갑자기 니콜이 벌떡 일어나서 달려들었다. 어느새 밧줄은 풀어지고 그의 손에는 작은 나이프가 들려 있었다.

"크크, 그래도 몸수색 정도는 했어야지. 너무 물렁한 거 아 닌가?"

그는 월랑을 뒤에서 붙잡은 채 단검으로 목을 겨누었다. 과 연 감시대의 분대장이라 할 만큼 신속한 동작이었다.

니콜이 말했다.

"쿠쿠쿠, 보아하니 네놈이 대장 같은데 전부 그 자리에서 꼼짝 마라. 안 그러면 이놈을… 이놈… 을… 커헉! 뭐, 뭐야?"

그가 말을 하다 말고 자신의 손을 바라보았다.

핏기가 없어지고 있었다. 동시에 목이 타는 듯 갈증을 느꼈 다.

월랑이 담담한 표정으로 말했다.

"살려주려고 했는데 스스로 무덤을 파는군."

"너, 넌 도대체……."

풀썩!

니콜은 잔뜩 쉰 목소리를 흘리고는 그대로 마른 고목처럼 쓰러졌다.

그렇게 그의 야망도 목숨과 함께 스러져 갔다.

한산하던 부두는 해질녘부터 분주해지기 시작했다.

2급 비상이 하루 만에 1급 비상으로 바뀌었다.

어쩌면 탈주자들이 섬을 빠져나와 부두까지 다다랐을지도 모른다는 정보가 들어왔기 때문이다.

해가 완전히 저물고 나서 또 다른 정보가 나왔다.

오늘 본부로 복귀했어야 할 요원들이 보이지 않았다. 그들이 승선했던 선박만 부두에 정박한 채 요원들은 증발했다. 1급 비상은 다시 특급 비상으로 바뀌었다.

그 시각, 3번 물류 창고의 뒷문이 스르르 닫혔다.

"밖이 시끌시끌하군."

바브릭이 무거운 목소리로 입을 열었다.

"시간 됐어. 다들 준비해."

월랑이 몸을 일으켰다.

일곱 죄수들은 창고 안쪽으로 걸어갔다.

창고 안쪽에는 목재 상자가 한가득 놓여 있었다. 덮개를 열어보니 곡식을 담아놓은 듯 보이는 포대 자루가 가득하다. 포대 자루를 몇 개 들어내고 안에 숨는다면 알맞을 듯하다.

그들은 각자 상자 안에 몸을 숨겼다.

몸을 숨기기 위해 빼낸 포대 자루는 창구 구석으로 숨겨놓았다.

잠시 후,

끼이이익!

3번 창고의 정문이 활짝 열렸다.

누군가 들어와서 명령했다.

"전부 이송해."

사람들이 상자를 수레에 옮겨 싣기 시작했다.

'이상하군.'

상자 안에 숨어 있던 월랑은 미간을 좁혔다.

상자는 배에 올랐다.

그런데 상자가 배에 오르는 동안 단 한 번도 검문을 받지 않았다. 아직 배가 출발한 것은 아니지만, 이 분위기라면 출항할 때까지 아무런 검문도 받지 않고 통과할 듯하다.

마침 상자 밖에서 나이 지긋한 사내의 목소리가 들렸다.

"다 실었나?"

"예, 선장님. 출항해도 됩니다."

"그럼 슬슬 가볼까? 오늘은 짐이 좀 많군."

선장은 어디론가 뚜벅뚜벅 걸어갔다.

그걸로 끝이었다. 검문도 없었다.

'특급 비상이 걸렸는데 왜 이렇게 검문이 허술하지?'

아무래도 불길한 생각이 밀려든다.

배가 출렁였다. 출항한 것이다.

한참 후, 배가 부두에서 충분히 멀어졌다고 생각됐을 때 월랑은 조심스레 덮개를 열어보았다. 열린 덮개 틈으로 주변을 찬찬히 살폈다.

다행히 옮겨 실은 상자만 가득할 뿐 사람은 없었다.

"휴우~ 이제 자유를 향해 떠나는 건가?"

이카렌도 덮개를 열고 머리를 내밀었다.

숨어 있던 일곱 명이 차례로 모습을 드러냈다.

자유를 향한 항해여서 그럴까? 다들 조금은 상기된 표정이다.

하지만 월랑만은 표정이 밝지 못했다.

"뭔가 이상해."

사람들의 시선이 그에게 모였다.

"제길, 또 왜? 이번엔 뭐가 문제야?"

이카렌이 투덜거렸다.

월랑은 대답하지 않고 가만히 생각에만 잠겼다.

"어이, 월랑! 뭐가 문제인지 말을……."

사야가 이카렌의 어깨를 짚었다.

"너무 설치지 말고 생각하게 둬."

"제길! 부부끼리 똘똘 뭉친다, 이거냐?"

"죽을래?"

사야의 눈빛이 차갑게 빛났다.

이카렌이 어깨를 으쓱이고 물러났다.

"관두자, 관둬."

그때 슈안이 입을 열었다.

"너무 쉬웠던 거지."

이번에는 사람들의 시선이 모두 슈안에게로 향했다.

월랑도 그를 바라보았다.

"역시 그렇지?"

"응. 특급 비상이 걸렸는데 이렇게 쉽게 승선할 수 있었던 게 마음에 걸려."

이카렌이 불쑥 끼어들었다.

"뭐야? 그럼 검문하지 않고 쉽게 탄 게 문제라는 거야? 그 놈들이 좀 멍청해서 실수한 거면 우리야 좋은 것 아냐?"

"그렇게 간단하게 생각할 문제는 아냐."

"호오, 슈안, 언제부터 그렇게 생각이 많아지셨나?"

"너보단 항상 많아."

"젠장! 오늘따라 날 무시하는 인간들이 많군."

여태 침묵하던 월랑이 입을 열었다.

"우리가 3번 창고에 숨어 있다는 사실을 아는 사람은 아무도 없어. 그건 확실해."

"알았다면 한바탕했겠지."

"그래, 적어도 놈들이 일부러 이런 배에 태워서 일을 어렵게 만들진 않을 거야. 창고를 포위해서 한번에 쳐들어왔다면 사로잡혔을 테니까."

"그럼 놈들은 우리가 여기 숨었다는 걸 모른다는 거잖아? 잘됐네."

이카렌의 대꾸에 월랑이 고개를 저었다.

"문제는 특급 비상인데도 싣는 짐들을 검문하지 않았다는 거야. 즉, 이 배에 오를 짐은 검문할 필요가 없다는 뜻이지."

"올리는 짐을 자세히 검문할 필요가 없는 배라……."

"어디로 가는 배지?"

사람들이 하나같이 고개를 번쩍 들었다.

"설마……!"

최악의 상황이다.

이 배는 악마의 뿔로 들어가는 것이 확실하다. 그렇지 않고서야 특급 비상인 데도 불구하고 옮겨 싣는 짐을 검문하지 않을 리가 없다.

탈주자가 발생한 특급 비상사태.

이런 때 검문을 꼼꼼하게 하지 않아도 되는 배는 단 하나다.

악마의 뿔로 물품을 조달하는 배!

즉, 이 배는 로렌츠 시로 가는 배가 아닌 것이다.

"이 개자식! 우릴 속였어!"

이카렌이 뒤늦게 상황을 알아채고 불같이 화를 냈다.

니콜은 그들에게 진실을 말하지 않았다. 만약 아직 그가 살아 있었더라면 월랑 일행은 완전히 사로잡혔으리라.

그나마 다행인 것은 아직 그들이 이 배에 탄 사실을 아무도 모른다는 것이다.

이카렌이 창을 바닥에 꽂고 말했다.

"이 배를 접수해 버리자. 다시 돌아가야 할 것 아냐."

"그건 안 돼. 배가 돌아가면 본부에서 당연히 이상하게 볼 거야. 이 배로 돌아갈 수 있는 방법은 단 하나. 악마의 뿔에서 물품을 조달한 후 돌아갈 때야."

슈안의 대답에 월랑도 고개를 끄덕였다.

"슈안 말이 맞아. 하지만 그건 너무 위험해."

"빌어먹을! 그럼 이제 어떻게 할 거야?"

"우리로서는 최대한 일을 크게 벌이지 않는 게 좋겠지. 구명배를 타고 도망가도록 하자."

월랑이 벌떡 일어섰다.

다행히 갑판에는 사람들이 별로 없었다.

어쩌다가 사람이 보이면 사야와 바브릭이 소리없이 처리했다.

"이거 생각보다 심심한데?"

또 한 번 실컷 살풀이를 하리라 생각했던 이카렌이 입술을 삐죽 내밀었다.

"섬으로 들어가는 배니까 경계가 허술할 수밖에. 대부분 선실에서 여유있게 가겠지."

어쨌든 월랑에게는 무리하지 않고 도망칠 수 있는 좋은 기회다.

"지금!"

월랑의 지시가 내려지자 기다리고 있던 사야와 루브르, 슈안이 달려나갔다.

사야와 슈안은 구명 배가 매달려 있는 밧줄을 끊어버렸고, 루브르는 떨어지는 배에 바늘을 꽂아 낙하 속도를 줄였다.

철퍽!

배가 수면에 닿으면서 마찰음을 내질렀다.

"가지!"

먼저 월랑이 뛰어내렸다. 이어서 여섯 사람이 모두 작은 배 위로 뛰어내렸다.

＊　　　＊　　　＊

"으아함!"

브린덴은 한껏 기지개를 켜면서 갑판으로 걸어나왔다. 시원한 밤바람을 맞으니 졸음이 싹 달아났다.

'지금쯤 부두에 있었으면 정신없었겠지? 쿡쿡.'

그는 천성이 게을렀다.

평소의 그였다면 악마의 뿔로 물품을 조달하는 배 따위는 타지 않았을 것이다.

그는 요원도 아니고 선원도 아니다. 그저 물품 상태를 관리하는 계약직 직원이었다.

그런데 오늘은 부두에 특급 비상이 걸렸다. 요원이든 아니든 특급 비상이 걸렸으니 바짝 긴장을 하고 바쁘게 움직여야 했다.

요원 전원이 경계 근무에 돌입했으니 브린덴처럼 일반 관리원들은 일손이 바쁘기 마련이다.

그때 약삭빠르게 이 배에 오르겠다고 나선 것이다.

악마의 뿔로 향하는 배라서 썩 내키지는 않지만 부두에서 정신없이 일하는 것보단 나을 것이라는 판단에서였다.

판단은 옳았다.

배에서는 할 일이 없다.

그저 밀려드는 졸음을 참아내는 것만 할 뿐이다. 사실 참아낼 필요도 없지만 다른 선원들 보기에 민망해서 참는 중이다.

"으하암! 슬슬 춥군. 이제 들어갈… 어라?"

브린덴은 고개를 갸웃하고는 갑판 가운데로 걸어갔다.

끊어진 밧줄.

'이상한데? 이게 왜 끊어졌지? 배가……'

쒜애액! 푹!

"컥!"

그의 선택은 틀렸다.

그는 심장에 꽂힌 작은 화살을 움켜쥔 채 뒤로 넘어갔다.

콰당!

그때 다시 선실 문이 열리면서 누군가 나타났다.

"어이, 브린덴. 밑에 좀 내려가서 상자……."

말을 꺼낸 그가 눈을 휘둥그렇게 떴다.

"브, 브린덴? 브린덴이 죽었다! 브린덴이 죽……!"

쒜애액! 푹!

"끄헉!"

소리치던 사내 역시 가슴을 움켜쥔 채 껄떡껄떡 몸을 떨다 가 그대로 주저앉아 버렸다.

땡땡땡땡땡!

배에 비상종이 울렸다.

선실에 있던 요원들이 모두 갑판으로 쏟아져 나왔다. 수는 많지 않았다. 모두 열 명.

쒜애액! 쒜애액!

열 대의 화살이 퍼부어졌다.

"이거 귀찮게 됐군."

월랑의 표정이 어두워졌다.

당장 여기를 떠나는 것이 문제가 아니다. 날아오는 화살은 슈안과 이카렌이 충분히 쳐낼 수 있을 만한 수다. 여의치 않 으면 바브릭이 몸으로 받아낼 수도 있다.

문제는 놈들이 외부 감시 본부에 전서구를 날리는 것이다. 그렇게 되면 이 배가 도착할 때쯤 외부 감시대는 만반의 준비를 갖추고 있을 터다.

"사야, 준비해. 한 마리라도 놓치면 안 돼."

"웅!"

사야는 시위를 팽팽하게 잡아당겼다.

덧살은 아홉 개나 됐다. 그녀가 한 번에 쏠 수 있는 가장 많은 화살이 아홉 개다.

지금까지 그녀는 맞힐 수 없는 화살은 처음부터 쏘지 않았다.

하지만 이번에는 예외였다. 그녀는 무조건 아홉 대의 화살을 모두 쏠 생각이다. 개중에는 빗나가는 화살도 있으리라.

그때,

푸드득!

배에서 비둘기들이 동시에 날아올랐다.

"지금!"

월랑이 소리쳤다.

전서구가 다리에 묶인 비둘기들이다.

그런데 너무 많다. 이렇게 많을 줄이야!

셋, 여섯, 아홉, 열! 열 마리!

패애애앵! 쒜에엑! 쒜엑!

아홉 대의 화살이 어두운 하늘로 날아올랐다. 날아가던 비둘기가 후두둑 떨어졌다.

첨벙첨벙!

"여섯 마리!"

여섯 마리를 명중시켰다. 하지만 아홉 대의 화살 중 세 대가 허공으로 사라졌다.

사야는 벌써 두 번째로 시위를 당기고 있었다.

패애앵! 쒜에엑 쒜에에엑!

푸드득! 푸득!

다시 비둘기가 떨어졌다. 이번엔 처음보다 더 적은 수다. 세 마리다.

사야가 이를 질끈 물었다. 그녀가 다시 세 번째로 쏠 화살을 준비할 때였다.

"됐어. 그만."

"맞힐 수 있어."

"아냐. 그만."

"할 수 있다니까!"

"사야."

월랑은 차분한 목소리로 그녀를 불렀다.

결국 그녀가 활을 내렸다.

"수고했어. 할 만큼 한 거야."

"제기랄!"

사야가 욕지기를 뱉으며 주먹을 꽉 말아 쥐었다.

월랑의 기대에 부응하지 못했다. 이번만큼은 자신만이 할 수 있는 일이었는데. 이런 기회를 줄곧 기다려 왔는데……

속상하다.

너무 억울하고 분해서인가?

눈가가 촉촉이 젖어든다.

월랑이 부드러운 목소리로 말했다.

"처음부터 무리한 주문이었어. 자책할 필요는 없지."

'아무리 무리한 주문이라도 해내고 싶었어.'

사야는 그 말을 가슴으로 삼켰다.

그들이 탄 배는 바브릭이 노를 젓는 가운데 빠르게 육지를 향해 나아갔다.

*   *   *

고린토 섬의 2차 방어 본부.

드라카는 창가에 서서 해변으로 밀려드는 파도를 가만히 바라보고 있었다. 그의 곁에는 정보관이 언제나처럼 다소곳하게 서 있었다.

탁 트인 넓은 바다가 눈앞에 펼쳐져 있지만 그의 마음은 그처럼 시원하지 못했다.

"제길……!"

그가 습관처럼 이를 부드득 갈고는 신음을 흘렸다.

불길한 예상은 어쩜 이리도 잘 맞는단 말인가. 놈들이 1차 방어선을 뚫었을 때부터 드라카는 불길한 생각에 시달렸다.

그 불길한 생각은 현실이 되어서 돌아왔다.

벌컥!

갑자기 문이 열리면서 요원 한 명이 뛰어 들어왔다.

"국장님! 외부 감시대에서 급보가……!"

"가져와!"

드라카는 요원의 말을 끊고 급보를 전해 받았다.

두루마리를 펼쳐서 단숨에 읽어 내려가던 드라카는 몸을 바들바들 떨었다.

"무슨 일입니까?"

옆에서 정보관이 조심스레 물었다.

"놈들이… 놈들이 외부 감시대까지 다다랐다."

"그럼 어서 지원병을……!"

"틀렸어!"

"예?"

"틀렸어, 틀렸어! 이제 우리가 나설 자리는 없어!"

"어째서 그런 말씀을…….."

드라카는 콧잔등을 손으로 꾹 누르며 답했다.

"제국에서 임페리얼 워치가 나섰다."

정보관의 표정이 전에 없이 어두워졌다.

그는 가만히 입을 다물고 물러나 있을 수밖에 없었다.

*   *   *

끼이익! 덜컹!

작은 배가 암벽에 슬쩍 부딪쳤다. 배에 탔던 일곱 사람은 신속하게 암벽으로 몸을 날렸다.

암벽은 경사가 완만했다. 습기 때문에 조금 미끄럽긴 해도 오르기 힘들 정도는 아니다.

일곱 명은 날렵한 움직임으로 암벽을 올랐다.

암벽 위에 오르자 바로 숲이 이어졌다. 일행은 비로소 큰 숨을 내쉬었다. 자칫 악마의 뿔로 돌아갈 뻔하지 않았나. 그나마 일찍 눈치 채고 구명 배를 타고 도망쳤으니 망정이지 조금만 늦게 알았다면 속절없이 섬으로 돌아갔을 터다.

하지만 안도하기에는 이르다. 이제부터 진짜 싸움이다.

"우선 이 산을 넘어가도록 하지."

월랑이 먼저 걸음을 내디뎠다.

산은 높지 않았다. 하지만 그들 중 아무도 와본 적이 없는 곳이다. 산을 넘으면 어디가 나타나는지도 모른다.

다만 지형상으로 한 가지는 확실하다. 외부 감시 본부에서 조금이라도 멀어진다는 것. 그거면 됐다.

그들은 쉬지 않고 산을 올랐다.

한참 산을 오르던 이카렌이 문득 걸음을 멈췄다. 그가 콧구멍을 벌름거리며 킁킁 냄새를 맡았다.

"냄새가 나는데?"

그의 말에 나머지 여섯 사람이 일제히 걸음을 멈췄다. 이카렌이 뭔가 심상치 않다고 느꼈다면 조심할 필요가 있다.

일곱 사람 중에서 육감이 가장 발달한 자는 이카렌이다. 물론 학우도 감각이 뛰어나지만 어디까지나 동물과의 소통술에 한해서다.

월랑이 이카렌을 물끄러미 바라보았다. 자세히 설명해 보라는 눈빛으로.

"기분이 좋지 않아. 조심해야겠어."

밑도 끝도 없는 간단한 대답.

하지만 사람들은 하나같이 놀란 표정을 지었다.

'이카렌이 저런 말을 하다니.'

사람을 죽이는 낙으로 살아가는 이카렌이다. 일곱 명 중에서 가장 무모하고 겁이 없는 자를 손꼽으라면 모두 이카렌을 지목할 것이다.

그런 그가 기분이 좋지 않다고 했다. 게다가 조심해야겠다는 말까지 뱉었다.

그럼 정말 조심해야 한다. 뭔가 일어나고 있다는 뜻이다.

월랑이 학우를 돌아보았다.

"학우."

학우가 얼른 뜻을 알아채고 눈을 감았다. 그리고 바닥에 손을 대고 입술을 모았다.

"우우우우!"

틀렸다. 주변에 동물이 없다. 정황을 살펴볼 수가 없게 됐다.

"동물이 없어."

"그럼 근처에 사람이 많다는 뜻이겠지."

사람들의 표정이 해쓱해졌다.

도대체 인간이 얼마나 많기에 산속에 동물이 얼씬하지 못할 정도란 말인가. 월랑은 품에서 종이 한 장을 꺼내 빠르게 부적을 적었다.

파밧!

그의 손에 들린 부적이 순간 불에 타올랐다.

그게 신호라도 된 걸까?

삐이익—!

하늘에서 긴 울음소리가 들리면서 푸른 매 한 마리가 월랑의 팔뚝에 내려앉았다.

학우는 눈을 크게 떴다.

'저 매! 틀림없이 월랑을 처음 만났을 때 보았던 그 매다!'

월랑이 물었다.

"후르 본 적 있지?"

'후르? 매의 이름인가?'

"이 녀석과 소통이 되겠나?"

월랑은 매와 친밀도가 높다. 하지만 단순히 친밀도만 높아서는 소통할 수 없다. 자세한 명령을 내리기도 어렵고 매가 느낀 것을 함께 공유하기도 힘들다.

"할 수 있을 거야."

월랑은 매의 머리를 부드럽게 쓰다듬었다.

"부탁하지."

학우는 눈을 감고 정신을 집중했다. 잠시 후 그가 눈을 번쩍 떴다.

동시에 하늘 높이 날아오르며 매가 울음을 토했다. 녀석은 그들의 머리 위를 크게 한 바퀴 돌았다.

삐이익!

다시 한 번 후르가 길게 울었다.

이번 울음에는 여러 가지 의미가 담겨 있다. 학우는 그 의미를 잡아냈다.

"심각하군."

"얼마나?"

"천 명은 될 거야."

"그뿐?"

학우가 이해할 수 없는 표정으로 월랑을 바라보았다.

지금 자기 말을 제대로 듣기나 한 건가? 그뿐이라니? 무려 천 명이다. 이쪽은 단 일곱인데.

월랑이 고개를 저으며 중얼거렸다.

"겨우 천 명으로 이카렌이 저런 소리를 하진 않겠지. 섬에서도 천 명의 요원을 상대했어."

"크크크, 당연하지! 이건 숫자의 문제가 아냐. 뭔가 대단한 게 있어. 위험해. 아주아주."

이카렌이 부르르 떨었다.

이 느낌. 과거 자신이 제국에서 병사들에게 사로잡히기 직전에 느낀 것과 똑같다.

마주치면 진다는 생각.

지금 자신을 쫓고 있는 자와 마주치면 절대 안 된다는 직감. 힘없는 초식동물들이 사자의 냄새를 맡고 오들오들 떠는 것과 비슷한 비참한 직감이다.

월랑이 턱을 괴고 말했다.

"천 명 중에 꽤 버거운 자가 섞였단 말이군. 이제 조심해서 움직여야겠어."

월랑이 다시 산을 오르기 시작했다. 그런데,

쒜에엑!

"피햇!"

슈안이 월랑을 감싸 안으며 뒹굴었다. 화살 하나가 슈안의 팔뚝을 스치며 나무 기둥에 박혔다.

탁!

"헉!"

학우가 기겁을 하고 물러났다. 깃털이 붉은 화살이었다.

루브르가 화살을 보더니 놀란 표정으로 중얼거렸다.

"임페리얼 워치!"

사야가 고개를 홱 돌렸다. 사람들 모두 그 자리에서 얼어붙은 듯 움직이지 못했다.

5대 노터치라인 중 하나, 임페리얼 워치.

세상 어디에 있는 누구라도 그들의 표적이 되는 순간 자유
란 사라졌다고 봐야 한다. 임페리얼 워치의 기사는 단 서른한
명에 불과하다. 하지만 그들은 결코 한 번 노린 먹이를 놓치
는 법이 없다.

'맙소사! 임페리얼 워치가 벌써부터 직접 나서다니!'

학우는 입을 쩍 벌리고 말았다.

임페리얼 워치가 나섰다는 것은 벌써 탈주자들의 정보가
제국에 넘어갔다는 소리다. 이렇게 되면 악마의 뿔 관리국장
은 나설 자리도 없을 게다.

그때 사야가 다시 소리쳤다.

"모두 숨어!"

쒜에엑! 쒜에에엑!

화살비가 쏟아졌다. 하늘이 시커멓게 물들었다.

"제길! 어디로 숨으라는 소리야?"

이카렌이 욕지기를 뱉었다.

화살은 사방에서 쏟아졌다. 놈들은 일행을 완전히 포위하
고 있었다.

바브릭이 할버드를 휘둘러 커다란 나무 밑동을 쳤다.

콰작!

구구구, 쿵!

나무가 쓰러지면서 상당량의 화살을 받아냈다. 나머지는 슈안과 이카렌이 쳐냈다. 그중에서도 유독 붉은 깃의 화살은 매섭게 날아왔다.

쒜에엑! 쒜엑!

푹! 푹!

두 대가 바브릭의 등에 꽂혔다.

"큭! 빌어먹을."

바브릭이 이를 바드득 갈았다.

월랑은 얼른 나뭇가지를 부러뜨려 손에 쥐었다. 그의 손끝에서 푸르스름한 오러가 맺히기 시작했다. 순간, 그는 단숨에 바닥에다가 글을 새기기 시작했다.

스스슥! 슥슥!

파핫!

주위에 안개가 생겨났다.

"일단 흩어지자. 세 시간 후에 산봉우리에서 만나기로 하고."

"넌? 너도 혼자 갈 거냐?"

이카렌이 묻자 사야가 나섰다.

"내가 월랑을 호위하겠어."

"아니. 난 혼자 갈 거야. 그보다 학우가 동물을 부릴 수 없게 됐으니 누군가 같이 가."

"하지만 넌!"

"난 괜찮아. 다들 잡히지 마."

더 이상 반론을 허용하지 않겠다는 말투.

그가 몸을 일으켰다.

루브르가 럼주를 들이키고 말을 받았다.

"쳇! 애송이는 내가 맡도록 하지. 다들 꼭대기에서 보자고."

일곱 사람은 누가 먼저랄 것도 없이 팔방으로 흩어졌다.

"우라질! 고생길이 훤하네."

이카렌은 몸을 낮춰 빠르게 내달렸다.

하지만 그는 몇 발자국 움직이기도 전에 제자리에서 굳어 버렸다.

"어딜 그렇게 급하게 가시나?"

등골이 서늘하다. 아무런 기척도 느끼지 못했는데 어느새 등 뒤에 다가섰단 말인가!

이카렌은 천천히 몸을 돌렸다.

나뭇가지 위. 검은색 경장 차림의 사내가 히죽 웃고 있다. 임페리얼 워치라는 표식의 붉은색 완장을 차고 있었다.

"임페리얼!"

"창을 들고 있는 걸 보니 네가 이카렌이로구나."

"네놈은……?"

"아, 소개가 늦었군. 요렌이라고 한다. 3분대장이지."

요렌은 나무 위에서 훌쩍 뛰어내렸다.

그는 사뿐히 바닥에 내려앉더니 허리춤에서 검을 뽑았다. 초승달처럼 휘청 굽은 기다란 검이었다.

"너, 살인 즐긴다지?"

"직접 확인하면 알 것 아냐!"

무작정 바닥을 차고 튀어나갔다. 상대의 능력이 자신보다 월등하다고 느껴질 때, 그것을 극복하기 위해 가장 쉽게 쓸 수 있는 방법은 선공이다. 이카렌의 창이 매섭게 뻗어나갔다.

요렌은 이카렌의 창이 코앞에 다가올 때까지 피하지 못했다. 이카렌은 속으로 웃었다.

'이겼어!'

한데,

까앙!

눈앞이 번쩍하더니 녀석이 사라졌다. 이카렌은 눈을 찢어져라 부릅뜨고는 돌아보았다.

"어딜 보나? 여기야, 여기."

요렌의 손이 이카렌의 어깨를 가볍게 탁탁 두드렸다.

'손으로 내 어깨를!'

모골이 송연해진다.

손이 닿을 거리에서 완전히 뒤를 보였다면 승패는 이미 났다.

철그렁!

이카렌은 그대로 창을 놓고 말았다.

넘지 못할 산이다. 저항은 부질없을 뿐이다. 그는 힘없이 무릎을 꿇었다.

사야는 몸을 낮게 숙인 채 사방을 살펴보았다. 그녀의 시력은 일반인에 비해 월등하다. 보통 사람보다 적어도 열 배나 먼 거리에 있는 적을 구분해 낸다.

주변을 꼼꼼하게 둘러본 사야는 날렵한 고양이처럼 몸을 던졌다.

사사삭!

그런데,

쒜에에엑!

"헛!"

탁!

그녀의 발아래 화살 하나가 날아와 박혔다.

사야는 반사적으로 몸을 튕겨 나무 아래로 몸을 숨겼다.

'어디지?'

화살은 일부러 그녀를 비껴갔다. 그녀는 궁귀다. 화살이 날아온 속도와 방향만 봐도 자신이 얼마나 완벽하게 당했는지 알 수 있다.

사야는 식은땀을 흘리며 눈동자를 굴렸다.

아무리 시력이 좋은 그녀라도 투시는 할 수 없는 법. 나무 뒤나 풀숲에 숨어 있던 자가 화살을 쏘았다면 정확한 위치를 찾아내기 힘들다.

　그때,

　"그만 포기하는 게 어떤가?"

　온몸에 소름이 돋았다.

　목소리는 바로 머리 위에서 떨어졌다.

　'이렇게 가까이에 사람이 또 있을 줄이야!'

　그녀가 용수철처럼 튕겨 물러섰다.

　붉은 완장을 차고 있는 중년의 사내. 유난히 눈썹이 많고 짙은 사내였다. 붉은 콧수염도 인상적이다. 그가 나무 위에서 사야를 가만히 내려다보고 있었다.

　"예쁘군. 예쁜 몸에 상처라도 나면 속상하지 않나."

　마치 아버지가 딸에게 타이르듯 다정한 말투다.

　왠지 듣고 있으면 그냥 아무것도 하기 싫어지는 목소리다. 온몸이 나른해진다.

　'안 돼! 어디서 잔재주를!'

　정신을 차린 사야가 곧바로 시위를 당겼다.

　"훗! 말을 안 듣는군."

　"헉!"

　남자는 빨랐다. 그녀가 시위를 놓을 수도 없었다.

　'쏘아도 맞힐 수 없어!'

　남자는 지그재그로 몸을 움직이면서 순식간에 사야에게 다가왔다.

"컥!"

다정하게 부를 때와는 달리 그의 억센 손마디가 사야의 가느다란 목을 움켜잡았다.

"거칠게 하고 싶진 않았다. 조용히 투항하라."

찰나!

쉬이잇!

남자는 사야를 안아 들고 뒤로 껑충 물러섰다. 바로 그 자리에 시퍼런 빛이 지나가면서 단발머리의 사내가 나타났다.

남자가 단발의 사내를 보고 감탄했다.

"호오, 빠르군. 자칫하면 목이 날아갈 뻔했어."

"사야를 놔주시오."

"곱상한 외모에 쾌검을 구사하는 검사라……. 천검 슈안인가?"

"사야를 놔주시오."

"후후, 할 줄 아는 말이 그것밖에 없나? 아니면 설마 사람을 베지 못해서 그렇게 입만 떠벌리는 건가?"

슈안의 표정이 흠칫 떨렸다.

남자는 슈안의 반응을 놓치지 않았다.

"사실인가 보군. 악마의 뿔 정보관이 조심스럽게 그 가능성을 이야기하더군. 천검 슈안이 사람을 베지 못할지도 모른다고 말이야. 설마 했는데… 후후, 일이 조금 쉬워졌어."

죄수들을 잡을 때 가장 골칫거리가 천검 슈안이었다. 만약 그와 직접 검을 섞는다면 당해내지 못할 공산이 컸다. 한데 정말 사람을 베지 못한다니. 이보다 반가운 소식이 어디 있을까.

사야가 불쑥 끼어들었다.

"슈안, 빨리 도망… 크윽!"

남자가 사야의 목을 콱 움켜잡았다.

"안 되지. 여자를 두고 혼자 가면 의로운 검사가 아니지. 슈안, 검을 버리게. 어차피 사람을 베지도 못하는 검 따윈 이미 검이 아니다."

슈안은 입술을 콱 깨물었다.

그러나 그가 할 수 있는 저항은 그걸로 전부다. 그는 손에 힘을 풀었다.

창그랑!

검이 바닥에 떨어졌다.

바브릭은 풀숲을 헤집으며 달렸다.

사삭! 사사삭!

그의 뒤쪽에서 추격자들의 발걸음 소리가 쫓아왔다. 순간, 팟!

요원 하나가 풀숲에서 불쑥 튀어나와 앞을 가로막았다.

바브릭은 망설임없이 할버드를 휘둘렀다.

서컥!

"크악!"

비명이 터지고 바브릭은 방향을 조금 틀었다.

그런 식으로 계속 달렸다. 앞을 가로막는 자가 나타날 때마다 서슴없이 베어나갔다. 그리고 그때마다 조금씩 방향을 틀었다.

그런데,

'여긴?'

더 이상 나아갈 수 있는 길이 없다.

높은 암벽이 그의 앞길을 가로막고 있었다. 그가 아무리 철인이라도 암벽을 뚫으며 갈 수는 없다.

바브릭은 몸을 돌렸다.

사사삭!

요원들이 풀잎을 헤치고 나타났다. 그들은 반원으로 바브릭을 둘러쌌다. 완전한 포위.

요원들 사이로 한 남자가 걸어왔다. 호리호리한 체격에 미소가 아름다운 잘생긴 남자였다. 그는 정중히 허리를 숙이며 인사했다.

"임페리얼 1분대장 이온이라 합니다. 그만 투항하시는 게 어떻습니까?"

"꺼져."

바브릭이 간단히 대꾸했다.

이온이라……. 놈은 자신을 일부러 이쪽으로 몰아간 것이 틀림없다. 요원 몇 녀석을 희생해 가면서 자신을 짐승 몰아가듯이 내몬 것이다.

'간악한 녀석!'

바브릭의 미간에 주름이 팍 새겨졌다.

하지만 이온은 여전히 미소를 머금은 채 말을 받았다.

"할 수 없군요."

그가 손을 들어 올렸다.

척척척!

포위하고 있던 요원들이 일제히 활을 꺼내 들고 시위를 당겼다.

쒜엑! 쒜에엑!

화살비가 쏟아졌다.

"으야압!"

바브릭은 할버드를 닥치는 대로 휘둘렀다.

하지만 무리다. 이 정도의 화살이라면 그가 아니라 슈안이나 이카렌이었다고 하더라도 다 쳐내지 못할 것이다.

푹푹푹푹!

화살은 그의 몸에 마구 꽂혔다.

"크윽! 제길!"

쿵!

할버드를 지팡이 삼아 짚고 한쪽 무릎을 꿇었다.

그의 몸은 어느새 고슴도치 등짝처럼 온통 가시로 덮여 버렸다.

짝짝짝!

이온이 박수를 치며 걸어나왔다.

"역시 대단한 몸이군요. 하지만 장기자랑은 여기까지입니다. 근접전은 아무래도 위험할 것 같아서 이런 방법을 썼습니다. 서운해도 이해하시길."

그가 몸을 돌리자 포위하고 있던 요원들이 바브릭을 포박하기 시작했다.

"크억!"

요원은 입을 쩍 벌리고 신음을 삼켰다. 그의 몸은 빠르게 말라갔다. 광대뼈가 튀어나오고 눈알이 툭 튀어나와 굴러 떨어질 정도로 비쩍 말라갔다.

피골이 상접해지자 월랑은 요원의 손목을 놓았다.

풀썩.

그는 요원의 옷을 벗겼다. 그리고 천을 마구 찢어냈다. 괴황지는 모두 써버렸고, 괴황지를 대신해서 쓰던 종이도 바닥이 났다.

물론 괴황지나 종이가 아니어도 부적을 쓸 수는 있다. 저번처럼 바닥에 문양을 새겨도 된다.

하지만 그러면 영력의 소모가 심하다. 그에 비해 효과는 줄어든다. 때문에 요원의 옷이라도 찢어서 부적으로 사용하려는 것이다.

월랑은 손가락을 찢어 피를 내고는 찢어낸 천 조각에 부적을 새겼다.

총 서른 장의 부적을 만든 월랑은 몸을 일으켰다. 그는 옆에 있는 기다란 나뭇가지를 꺾어 쥐었다.

'시간을 지체해서는 안 돼.'

다시 달리기 시작했다. 달리면서도 주위를 꼼꼼하게 살펴 은밀하게 이동했다.

그런데 이미 뒤를 밟힌 모양이다.

사삭! 사사삭!

주변에서 풀숲이 움직이는 소리가 미세하게 들려온다.

탁!

요원 둘이 월랑의 앞을 막아섰다.

"멈춰라! 그만 투항……!"

월랑은 잽싸게 부적을 날렸다. 부적으로 만든 천은 꼿꼿하게 날아가더니 상대의 몸에 찰싹 달라붙었다.

"헛!"

요원 둘이 굳은 듯 움직이지 못했다. 온몸의 근육을 경직시켜 버리는 석고부다.

월랑이 요원 둘을 지나쳐 갈 때였다.

다다다닥!

수십, 아니, 수백에 이르는 요원들이 그를 빼곡하게 둘러쌌다. 월랑은 걸음을 우뚝 멈추고 말았다. 피식 웃음이 터진다.

"후후, 토끼 한 마리를 잡으려고 이렇게 많은 늑대가 달려드나."

"원래 늑대들은 단체 행동에 익숙하지."

소리가 들린 곳은 겹겹이 둘러싼 요원들의 가장 뒤편이었다.

월랑이 말했다.

"모습을 드러내는 건?"

"곧 볼 수 있을 거야."

인파에 묻힌 목소리는 담담하게 말을 받았다.

"훗."

어지간히도 조심성이 많은 사람이다.

순간 월랑은 손에 쥐고 있던 스물여덟 개의 부적을 사방에 뿌렸다.

촤라라락!

"헉!"

그를 포위하고 있던 맨 앞줄의 요원들이 순식간에 석상처럼 굳어버렸다.

고오오오!

때마침 월랑의 손에서는 짙푸른 오러가 뿜어져 나왔다.

갑자기 일어난 일에 요원들이 몸을 움찔거리고 뒤로 물러섰다.

찰나, 월랑이 무서운 속도로 바닥에 글귀를 새기기 시작했다.

사가각!

나뭇가지가 지나가는 자리마다 푸른 오러가 머물다가 스르르 소멸됐다.

뒤늦게 인파 뒤에서 고함 소리가 터졌다.

"뭣들 하나! 놈의 행동을 저지해!"

하지만 월랑이 조금 더 빨랐다.

파핫!

바닥에 커다랗게 새겨진 글귀에서 순간 빛이 번쩍 터져 나왔다.

"헉!"

월랑에게 달려가던 수백 명의 요원이 그 자리에서 조각상이라도 된 듯 굳어버렸다.

"이놈! 바닥에 부적을!"

인파 뒤에 서 있던 사내는 부적의 영향을 받지 않았다.

그럼 서둘러야 한다.

월랑은 또 달리기 시작했다.

그는 굳어버린 요원들 사이를 헤집으며 빠져나왔다. 그런데,

파아앗!

'거미줄?'

희고 가는 실 같은 것이 월랑을 덮쳐왔다.

'올가!'

월랑은 뒤늦게 그게 무엇인지 알았다. 올가로 만든 그물망

이다.

월랑은 눈에 잘 보이지도 않는 올가를 벗겨내려고 버둥거렸다.

하지만 그럴수록 올가는 더욱 그를 단단히 조였다.

처처척!

어느새 열 명의 궁수가 월랑을 포위했다. 일부러 궁수가 포위한 것을 보면 월랑이 독공을 익혔다는 사실까지 아는 모양이다.

'여기까진가?'

월랑은 털썩 무릎을 꿇었다.

궁수들은 일반 감시 요원이 아니다. 그들은 모두 붉은 완장을 차고 있는 임페리얼 워치의 기사다.

그때 그의 등 뒤에서 더욱 절망스러운 말이 들렸다.

"다른 녀석들도 거의 잡혔다. 자유를 얻을 것이라는 헛된 희망 따위는 버리는 게 좋아. 너희는 이곳에서 죽는다."

월랑은 가만히 눈을 내리감았다.

『참 마스터』 제2권에 계속…

潛行武士
잠행무사

김문형 新무협 장편 소설

"흑랑성에 들어간 사람 중에
다시 강호에 나온 이는 없다."

서장 구륜사와의 결전을 승리로 이끌며
중원무림에 홀연히 나타난 문파 흑랑성(黑狼城).
그러나 흉흉한 소문이 사실로 드러나
무림맹으로부터 사파로 지목받고 멸문당한다.

그로부터 일 년 뒤.
강호의 은원을 정리하고 금분세수를 하려는
청위표국의 국주 송현은 마지막으로 무림맹의 의뢰를 받아들인다.
그것은 바로 금지 구역 흑랑성에 잠행하는 일.

송현은 무림에서 외면받는 무사 네 명을 선출하여
소림승 진광과 함께 흑랑성에 들어간다.
흑랑성의 비밀이 하나씩 드러나면서 밝혀지는 진실은
그들을 목숨을 건 사투로 끌어들여 가는데……

액션스릴러로 만나는 무협
잠행무사!

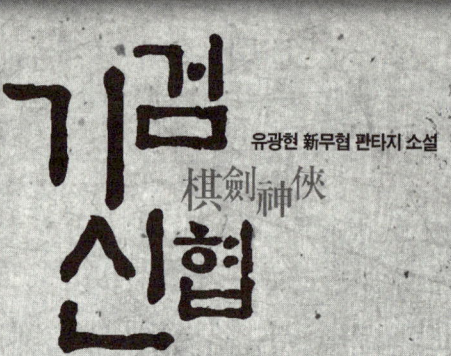
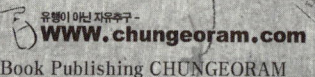

潛行武士
잠행무사

김문형 新무협 판타지 소설

"흑랑성에 들어간 사람 중에 다시 강호에 나온 이는 없다."

서장 구륜사와의 결전을 승리로 이끌며 중원무림에
홀연히 나타난 문파 흑랑성(黑狼城).
그러나 흉흉한 소문이 사실로 드러나 무림맹으로부터
사파로 지목받고 멸문당한다.

그로부터 일 년 뒤.
강호의 은원을 정리하고 금분세수를 하려는 청위표국의 국주 송현은
마지막으로 무림맹의 의뢰를 받아들인다.
그것은 바로 금지 구역 흑랑성에 잠행하는 일.

송현은 무림에서 외면받는 무사 네 명을 선출하여
소림승 진광과 함께 흑랑성에 들어간다.
흑랑성의 비밀이 하나씩 드러나면서 밝혀지는 진실은
그들을 목숨을 건 사투로 끌어들여 가는데……

액션스릴러로 만나는 무협
잠행무사!

유행이 아닌 자유추구 -
WWW.chungeoram.com
Book Publishing CHUNGEORAM

무영무쌍

김수겸
新무협 판타지 소설

그림자도 찾기 힘들고[無影],
가히 대적할 자도 없다[無雙]!
강호의 절대고수 무영무쌍!

청설위국의 위사 진세인,
그를 찾아오는 수많은 사람들.
그를 원하는 수많은 세력들.

거대한 음모의 소용돌이 속에서
그는 그를 버렸던 용부를 지켰고,
그에게 검을 겨눴던 무림맹과 십만마교를 구해냈다.

모든 것을 가졌던 황제가 끝까지
갖지 못했던 단 한 사람!
위사 진세인과 동료들의
강호행이 시작된다!

유행이 아닌 자유추구
WWW.chungeoram.com

Book Publishing CHUNGEORAM

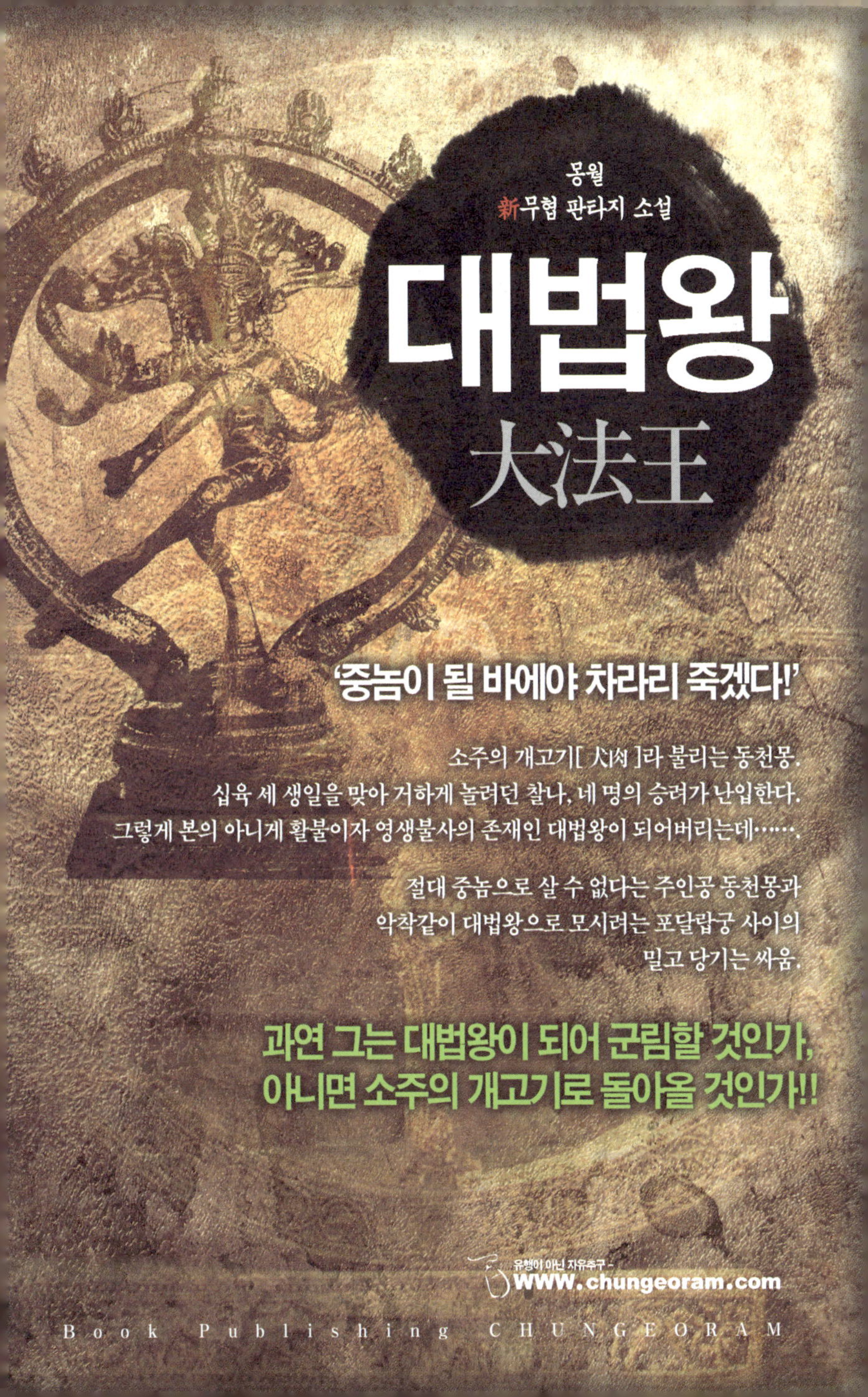
몽월
新무협 판타지 소설
대법왕
大法王
'중놈이 될 바에야 차라리 죽겠다!'
소주의 개고기[犬肉]라 불리는 동천몽.
십육 세 생일을 맞아 거하게 놀려던 찰나, 네 명의 승려가 난입한다.
그렇게 본의 아니게 활불이자 영생불사의 존재인 대법왕이 되어버리는데…….
절대 중놈으로 살 수 없다는 주인공 동천몽과
악착같이 대법왕으로 모시려는 포달랍궁 사이의
밀고 당기는 싸움.
과연 그는 대법왕이 되어 군림할 것인가,
아니면 소주의 개고기로 돌아올 것인가!!
유행이 아닌 자유추구 -
www.chungeoram.com
Book Publishing CHUNGEORAM

뉴 월드
New World

김형신 게임 판타지 소설

검이라는 지휘봉을 바람에 흩날리며, 피의 악보와
비명의 화음으로 죽음을 지휘하는 자… 마에스트로.

최초의 가상현실 게임의 뒤를 잇는 뉴 월드의 출현.
마법과 기사, 신관, 몬스터의 서대륙. 주술과 검사, 무녀, 요괴의 동대륙.
현실과 또 다른 현실, 그 경계선에서 숨 쉬는 유저들.
그런 뉴 월드에 한 유저가 나타났다!

레벨 업을 위해서라면 잠도 포기한다!
아이템을 위해서라면 한자리에서 보름 내내 움직이지 않는다!
자신을 위해서라면 아부는 필수! 꼼수는 센스!

그가 뉴 월드에서 얻게 된 직업은 죽음의 지휘자…
마에스트로.

유행이 아닌 자유추구 ~
WWW.chungeoram.com
Book Publishing CHUNGEORAM